Kontaktadresse nach EU-Produktsicherheitsverordnung:
produktsicherheit@droemer-knaur.de

KNAUR

Über den Autor:
Stefan Böhm, Jahrgang 1976, studierte nach einer kaufmännischen Ausbildung Rechtswissenschaften in Tübingen, Speyer und London. Mehrere Jahre verbrachte er in Frankreich und Belgien und beschäftigte sich beruflich mit der Europäischen Union und grenzüberschreitender Zusammenarbeit. Er lebt mit seiner Familie in Esslingen bei Stuttgart. »Pariser Enthüllungen« ist der zweite Teil der neuen Krimiserie mit dem Straßburger Ermittler Antoine Sturni.

Stefan Böhm

Pariser Enthüllungen – Kommissar Sturnis zweiter Fall

Kriminalroman

KNAUR

Bitte besuchen Sie uns im Internet:
www.facebook.de/droemerknaur

Redaktion: Franz Leipold
Covergestaltung: ZERO Werbeagentur, München
Coverabbildung: © FinePic®, München
Printed in Germany
ISBN 978-3-426-21719-1

3 5 4 2

Für Johan und Valentin

Prolog

Zoé hatte es sich in einer dunklen Ecke des kleinen Bistros am Canal Saint-Martin gemütlich gemacht und wartete auf ihren Informanten. Ihre beiden Wachhunde hatte sie ausgetrickst. Auf den unterirdischen Geheimausgang aus der palastartigen Villa ihrer Familie im 3. Arrondissement waren die beiden Dummköpfe bis heute nicht gekommen. Seelenruhig warteten sie rauchend vor dem Anwesen ihrer Eltern; anscheinend gingen sie davon aus, dass sie sich einen netten Abend zu Hause mit ihrer Familie machte.

Für ihre konspirativen Treffen nutzte sie immer dieses Restaurant, nicht ihr zweites Wohnzimmer in der Avenue de Montaigne, in dem sie bekannt war wie ein bunter Hund. Sie schätzte die Anonymität dieses Ortes. Das Bistro wurde in erster Linie von den Anwohnern des Viertels besucht; auch einige Touristen verirrten sich ab und an hierher, aber das störte sie nicht. Niemand aus ihrer sozialen Schicht, keiner ihrer Medienleute würde jemals hier aufkreuzen, das war ihr wichtig.

Sie bestellte sich einen weiteren Aperol Spritz, rauchte eine Gauloise und arbeitete auf ihrem iPad. Er hatte ängstlich geklungen, am Telefon. Ob er überhaupt kommen würde? Viele ihrer Kontaktleute machten in letzter Minute einen Rückzieher. Es war ihr tägliches Brot, schließlich war sie bei ihrer Arbeit auf Informanten wie diesen angewiesen. Menschen mit Insiderinformationen, die ihr Gewissen erleichtern wollten, ohne selbst belangt zu werden. Und ihre Informanten konnten sicher sein, dass sie allein sich öffentlich exponierte und alle Risiken auf sich nahm.

Zoé hatte ihn nicht kommen hören. Plötzlich stand er vor ihr. Klar, ihr Gesicht war in ganz Frankreich bekannt.

Der Mann stellte seine abgewetzte Aktentasche auf den Boden, nahm eine speckige Baskenmütze aus Leder vom Kopf und setzte sich unaufgefordert an ihren Tisch. Die aufmerksame Kellnerin war sofort zu Stelle.

»Einen *Picon Bière* bitte!«

Die Bedienung sah ihn verständnislos an, wollte sich aber keine Blöße geben und verschwand in Richtung Tresen, um den Kollegen am Ausschank zu fragen, was für ein sonderbares Getränk der verschrobene Gast bestellt hatte.

Picon Bière? Zoé lachte still in sich hinein. Gab es das überhaupt noch? Vielleicht im Elsass, in der Provinz, aber doch nicht in der Hauptstadt …

Eine graue Maus saß ihr gegenüber, der schillernden Journalistin, dem extrovertierten Star eines von sich eingenommenen Milieus. Der Mann musste um die fünfzig sein, wirkte aber viel älter mit seiner Halbglatze. Seine Haltung, seine Kleidung und sein ganzes Auftreten ließen eher auf einen Greis schließen. Den ergrauten Haarkranz hatte er sich lang wachsen lassen und über die glatt polierte Kopfhaut gekämmt. Die Frisur saß nicht mehr, nachdem er seine Mütze abgenommen hatte. Die langen Haare standen wild in alle Richtungen ab.

Obwohl es warm war, trug er einen karierten Pullover über seinem dunkelgrauen Hemd, das am Kragen ausgefranst war. Das zerknitterte Jackett hätte sie sich bei den Temperaturen geschenkt, von Qualität und Zustand des Kleidungsstücks ganz zu schweigen. Dieser Mann hatte zu Hause keine Frau, die sich um ein Minimum an Körperhygiene ihres Gatten kümmerte und auf seinen Stil achtete …

»Was haben Sie für mich?«

Zoé hielt sich nicht lange mit dem Austausch von Höflichkeiten auf, dafür fehlte ihr die Zeit. Genauso hatte sie sich ihr Gegenüber vorgestellt, ein biederer Beamter …

Umständlich öffnete er seine Aktentasche und holte einen dicken Umschlag heraus, der an den Kanten aufgerissen war. Ängstlich sah er sich dabei um, als befürchte er, beobachtet zu werden. Wenn hier jemand beobachtet wurde, dann Zoé. Sie war der Star, nicht dieser unscheinbare Staatsdiener. Madame Le Coq kannte keine Angst, hatte ähnliche Situationen schon hundertmal erlebt.

»In dem Umschlag befinden sich unveröffentlichte Gutachten, die ich in den letzten Jahren angefertigt habe.«

Zoé hatte sich vor dem Treffen über ihn erkundigt. Ein schrulliger Geselle mit einem genialen Verstand. Man durfte ihn nicht unterschätzen. Dieser Informant war wichtig für sie, vielleicht der wichtigste von allen. Zoé war selbst nicht auf den Kopf gefallen, aber nach allem, was sie über ihren Gesprächspartner in Erfahrung hatte bringen können – viel war es nicht –, schien ihr dieser Mann auf seinem Gebiet haushoch überlegen zu sein.

»Ich muss Ihnen nicht groß erklären, was in meinen Analysen steht. Sie werden alles verstehen, die Konsequenzen, vor allem die Gefahr, der wir ausgesetzt sind.«

»Sie wissen, dass ich meinen Informanten absolute Diskretion zusichere. Ihr Name wird nirgendwo erwähnt werden, und ich werde nichts veröffentlichen, was auf Sie persönlich zurückgeführt werden könnte.«

»Ich weiß, sonst wäre ich nicht hier.«

Wortlos stand er auf und verließ das Bistro, ohne sich zu verabschieden. Sein *Picon Bière* war noch nicht serviert worden. Wahrscheinlich suchte die Kellnerin verzweifelt im Keller nach einer verstaubten Flasche des Orangenlikörs, den schon seit Jahren niemand mehr bestellt hatte.

Zoé musste schmunzeln. Was für ein schräger Kauz! Kaum zu glauben, dass niemand an ihrer *grande école* in allen Jahrgängen besser abgeschnitten hatte als dieser Kerl. Gespannt öffnete sie den Umschlag und begann zu lesen.

Den Mann, der auf der anderen Seite des Kanals hinter einem Baum stand und sie fotografierte, sah sie nicht.

1
Eine unerwartete Versetzung

»*Qu'est-ce qu'il veut cette fois* – was will er denn diesmal schon wieder?«

Antoine Sturni stand gerade im Vorzimmer seines Direktors bei Elodie Lenz und nutzte die übliche lange Wartezeit für ein Schwätzchen, bevor er in die Höhle des Löwen gerufen wurde.

»Ich habe wirklich keine Ahnung. Er hat ein richtiges Staatsgeheimnis daraus gemacht. Aber ich muss Sie warnen. Seine Lippen umspielte immer ein süffisantes Lächeln, wenn er davon sprach, dass er demnächst mal ein ernstes Wörtchen mit Ihnen reden müsse.«

Das verhieß nichts Gutes. Besprechungen mit seinem direkten Vorgesetzten verhießen eigentlich nie etwas Gutes …

Wie immer ließ Bouget ihn ewig im Vorzimmer warten, obwohl er genau wusste, dass Sturni da war – ein Mittel, um ihm seine Macht zu demonstrieren. Gute Personalführung sah anders aus.

Nach einer gefühlten Ewigkeit war es so weit. Direktor Bouget rief seine Vorzimmerdame an und teilte ihr mit, dass sein für Mord und Totschlag zuständiger *commissaire* nun zur Audienz zu ihm kommen könne.

Elodie zwinkerte Sturni verschwörerisch zu und kniff ihm leicht in die Seite, als sie die Tür zum Büro des Direktors öffnete, um ihn hineinzulassen.

»Mein lieber Sturni, da sind Sie ja endlich.«

Ich bin schon seit fast einer Stunde hier, und das weißt du auch ganz genau, dachte er bei sich, lächelte aber nur freundlich.

»Womit kann ich Ihnen dienen, Herr Direktor?«

»Nicht so förmlich, mein Bester. Es gibt eine wichtige Angelegenheit, die ich mit Ihnen besprechen muss.«

Er fühlte sich immer unwohler in seiner Haut. Bouget war scheißfreundlich wie selten, und das konnte nur bedeuteten, dass er einen Anschlag auf ihn vorhatte.

»Wie ich Ihnen bereits sagte, war ich sehr zufrieden mit Ihrer Arbeit bei der Lösung des Mordes an Dr. Hasselfeld.«

Das hatte sich während seiner Ermittlungen aber ganz anders angehört. Damals hatte Bouget gedroht, ihn von dem Fall abzuziehen. Nach der Lösung des Falls hatte Bouget sich dann vor die Presse gestellt und so getan, als habe er den Mord am Kabinettschef des Präsidenten der Europäischen Kommission im Alleingang aufgeklärt.

»Allerdings sind mir bei Ihrer Ermittlungsarbeit einige Defizite aufgefallen, die eine Führungskraft, zumindest innerhalb meiner Polizeidirektion, nicht haben darf.«

Defizite? Wo bitte hatte er Defizite? Er hatte den komplexen Fall bravourös gelöst und Europa vor seinem Untergang bewahrt. Was wollte sein Chef denn noch?

Bouget selbst war seiner Auffassung nach das personifizierte charakterliche Defizit. Das sollte also kein Karrierehindernis sein, im Gegenteil.

»Sie sind ein hervorragender Ermittler, mit dem richtigen Riecher. Sie verstehen doch, was ich meine.«

Der Direktor schnickste ihm kumpelhaft mit dem Zeigefinger gegen seine zugegebenermaßen etwas zu groß geratene Nase. Dabei hielt er ihm die Hand vor sein Riechorgan, drückte seinen Zeigefinger gegen seinen Daumen, setzte ihn so unter Spannung und ließ ihn dann schnalzen, sodass sein Zeigefinger mit voller Wucht gegen Sturnis Nasenspitze titschte.

So viel *camaraderie* hatte er bei seinem sonst so distanzierten Vorgesetzten noch nie erlebt. Den Nasenschnickser empfand er als direkten Eingriff in seine Intimsphäre, wollte aber mit einem Protest noch abwarten, bis er wusste, worauf Bouget mit seinem eigentümlichen Verhalten hinauswollte. Er rieb sich mit den Fingern über seine schmerzende Nasenspitze und wartete ab.

»Was Ihnen ein wenig fehlt, ist Weltläufigkeit, Esprit. Mir ist nicht verborgen geblieben, dass Sie sich mit den Ermittlungen im Brüsseler Milieu etwas schwergetan haben.«

Das konnte man wohl sagen. Nicht zuletzt deshalb, weil sein Direktor ihm untersagt hatte, just in diesem Milieu zu ermitteln.

Zugegebenermaßen sprach Bouget mit seiner Kritik einen wunden Punkt an. Er war ein elsässisches Landei. Die Ermittlungen in der großen, weiten Welt, die ihn in diesem Mordfall nach Brüssel und Frankfurt führten, hatten ihm viel abverlangt. Antoine bekam Beklemmungen, wenn er das Elsass verlassen musste, und sein Direktor wusste um diese Schwäche.

»Deshalb habe ich mich dazu entschieden, Ihnen eine Personalentwicklungsmaßnahme angedeihen zu lassen.«

Personalentwicklungsmaßnahme? Angedeihen zu lassen? Was hatte das nun wieder zu bedeuten? Befördern konnte man ihn nur noch zum Polizeidirektor, einem Posten, den Bouget selbst einnahm, und er wäre wirklich der Letzte, der ihn für seine eigene Nachfolge vorgeschlagen hätte. Hatte Bouget vor, ihn zu versetzen? Etwa in die IT-Abteilung, zu Auguste Romain? Der Gedanke trieb ihm Angstschweiß auf die Stirn.

»Ich habe mit dem Präfekten gesprochen, und er ist einverstanden. Wir werden Sie für einige Zeit abordnen, und zwar nach Paris.«

Erneut verpasste ihm sein Direktor einen kumpelhaften Schnickser, diesmal gegen seinen Bauch. Seit der Lösung seines letzten komplexen Mordfalls hatte er sich einige Pfunde abtrainiert, trotzdem war sein Bauchansatz immer noch eine sensible Schwachstelle, an der er nicht gerne angefasst wurde, schon gar nicht von seinem direkten *supérieur!* Das Verhalten seines Direktors war ihm entschieden zu privat und verunsicherte ihn. Er zuckte zusammen, zog den Bauch ein und nahm Haltung an. Vielleicht war es genau das, was sein Vorgesetzter erreichen wollte …

Bouget strahlte ihn an, als habe er ihm gerade mitgeteilt, dass er im Lotto gewonnen habe.

Sturni hingegen erstarrte vor Schreck, nachdem er den ersten Schock mit dem Bauchschnickser verdaut hatte. Hatte er richtig gehört? Paris? Das war Hunderte Kilometer vom Elsass entfernt. In Ordnung für einen Tagesausflug oder ein langes Wochenende, aber eine Versetzung, wenn auch auf Zeit …

Sein Vorgesetzter schien ihn missverstanden zu haben, grinste ihn weiter breit an. Oder grinste er etwa so dreist, weil er genau wusste, was das für Sturni bedeutete? Wochen, vielleicht Monate entfernt von seiner vertrauten Heimat.

»Sie haben richtig gehört, Paris! Die schönste Stadt der Welt und das Zentrum der *Grande Nation*, zu der, ob Sie es wollen oder nicht, auch das Elsass gehört.«

»Für wie lange muss ich denn nach Paris?«, fragte Sturni kleinlaut.

Er schwankte leicht, suchte Halt und fand ihn in einem von Bougets schweren Sesseln aus schwarzem Glattleder, in den er sich, ohne vorher um Erlaubnis zu fragen, einfach sinken ließ.

»Es ist alles für Sie organisiert. In drei Tagen geht es los. Sie werden für drei Monate zu einer Spezialeinheit der *direction centrale de la police judiciaire* – der Zentrale der französischen Kriminalpolizei – versetzt, die sich mit Steuerstrafsachen und Wirtschaftskriminalität beschäftigt. Die Ermittlergruppe wurde erst vor Kurzem eingerichtet und soll sich mit möglichen Ungereimtheiten bei französischen Atomkonzernen beschäftigen.«

Drei Monate? Steuerstrafsachen und Wirtschaftskriminalität? Atomkonzerne? Sturni wurde kreidebleich. Er befürchtete, die Fassung vollends zu verlieren, und klammerte sich verkrampft an seinen Sitzlehnen fest, als Bouget fortfuhr.

»Seit Monaten übt eine landesweit bekannte Journalistin öffentlich Druck auf die Regierung aus. Über einen Blog verbreitet sie unhaltbare Behauptungen, dass es bei unseren Atomkonzernen nicht mit rechten Dingen zugehe. Was erlaubt sich diese impertinente Person! Schließlich handelt es sich bei diesen Unternehmen um die Filetstücke unserer Wirtschaftsnation, um die weltweit bewunderte Ingenieurskunst der *Grande Nation*. Unsere Atomkraftwerke sind schließlich die besten und sichersten der Welt!«

Sturni war in seinem Sessel zu einem Häuflein Elend zusammengeschrumpft, bekam Bougets Monolog nur noch am Rande mit. Er, ganz allein, in Paris? Ohne Margaux, ohne Christian und weit weg von seinem geliebten Straßburg …

»Damit diese Frau die Öffentlichkeit nicht völlig verrückt macht, hat die Regierung kürzlich eine Sondereinheit aus verschiedenen Spezialisten eingesetzt, die den Vorwürfen nachgehen soll. Alle Anschuldigungen werden sich selbstverständlich als völlig haltlos erweisen. Sie dürfen für drei Monate ein Teil davon sein! Das Innenministerium hat mich nach meinem besten Mann für den Job gefragt, und ich habe gleich an Sie gedacht. Verstehen Sie es als Auszeichnung!«

Antoine Sturni, ein Fachmann für Steuerstrafsachen und Wirtschaftskriminalität? Was war das für ein Quatsch! Mit der flachen Hand wedelte er sich etwas frische Luft zu und versuchte, seinen Kreislauf wieder in Schwung zu bekommen.

»Die kleine Ermittlertruppe untersteht direkt dem Generaldirektor der *police judiciaire*. Ihr neues Büro liegt auf der Île de la Cité, mitten im Herzen von Paris. Île de la Cité, Sturni, zentraler geht es in Paris nicht!« Bouget geriet ins Schwärmen.

Den Kriminalhauptkommissar überkam dagegen der Schwindel. Zum Glück lümmelte er auf Bougets gemütlichem Bürosessel, sonst hätte es ihm schon längst die Füße weggezogen.

»Ist alles in Ordnung mit Ihnen? Geht es Ihnen nicht gut?«

Selbst seinem egomanisch veranlagten Vorgesetzten war nun aufgefallen, dass sein ranghöchster Ermittler in Sachen Mord und Totschlag kurz vor dem Kreislaufkollaps stand. Er schenkte ihm ein Glas Mineralwasser ein und reichte es ihm. Sturni trank hastig und versuchte, sich wieder in den Griff zu bekommen. Vor seinem Vorgesetzten wollte er sich nicht die Blöße eines Schwächeanfalls geben. Ruckartig stand er auf und versuchte, das Gleichgewicht zu halten.

»So gefallen Sie mir schon wieder viel besser. Ich wusste, dass ich Ihnen damit eine Freude mache.«

Bouget klopfte ihm gönnerhaft auf die Schulter. Eine ebenfalls ungewohnte Geste von seinem geschniegelten, aalglatten und sonst stets auf Distanz bedachten Vorgesetzten. Wenigstens gab es keine weiteren peinlichen Schnicksereien mehr, die hätten ihm den Rest gegeben.

»Und was ist mit meinem Morddezernat in Straßburg?«

Sturni suchte verzweifelt nach Möglichkeiten, das drohende Übel doch noch abzuwenden.

»Machen Sie sich darüber mal keine Gedanken. François Straumann wird Sie während Ihrer Abwesenheit vertreten. Er ist ein erfahrener Beamter und genießt mein vollstes Vertrauen.«

Ein plötzlicher Hustenanfall überkam ihn. Straumann, ein erfahrener Beamter, der Bougets vollstes Vertrauen genoss? Was zum Teufel war hier los? Da konnte man nur hoffen, dass es in den nächsten drei Monaten in Straßburg ruhig bleiben würde. Straumann war ein netter Kerl, aber stinkfaul und als Ermittler wahrlich keine Leuchte. Allerdings war er nun mal sein dienstältester Inspektor und damit sein Stellvertreter. Immerhin hatte Bouget seine Stelle nicht mit einem jungen Emporkömmling nachbesetzt, was dafür sprach, dass er nach den drei Monaten auf seine alte Stelle zurückkehren durfte. Straumann konnte die Aufgabe unmöglich dauerhaft übernehmen, wollte es auch gar nicht.

»Ihre neue Dienststelle hat sich um alles gekümmert. Selbst eine Wohnung hat die *police judiciaire* für Sie angemietet. In Paris ist das ja schließlich nicht so einfach, bei den Mietpreisen dort. Sie werden sehen, dass diese Erfahrung Ihr Leben verändern wird. Ich selbst kenne Paris wie meine Westentasche, für mich ist es das kulturelle Zentrum der Welt. Die Zeit dort wird Ihren Horizont erweitern und, nehmen Sie es mir nicht übel, das ist bei Ihnen auch mal bitter nötig.«

Bouget komplimentierte ihn aus seinem großen stylischen Büro, wobei er ihn immer noch etwas stützen musste, und knallte die Tür hinter ihm zu. Die Audienz war beendet. Es war ausgemachte Sache, um die Entsendung nach Paris kam er nicht mehr herum.

***

Elodie Lenz schaute ihn besorgt an. Sie stützte ihn mit einem beherzten Griff unter seine Arme und platzierte ihn auf ihrem Bürostuhl, bevor sie ihm einen *Marc de Gewürz* in ein kleines Schnapsglas eingoss, den sie für solche Fälle immer in ihrer Schreibtischschublade aufbewahrte. Bei den Allüren ihres Chefs war diese Form der Stärkung häufiger nötig und den Beamten der Polizeidirektion nach einer Audienz bei ihrem *directeur* sehr willkommen. Der elsässische Edelbrand tat schnell seine Wirkung, und Sturnis Lebensgeister kehrten zurück.

»Was hat er Ihnen angetan?«

Er schluckte, rang um Fassung und antwortete schließlich mit erstickter Stimme: »Er schickt mich fort. Nach Paris …«

»*Mon dieu,* das kann er doch nicht machen. Paris ist doch Lichtjahre vom Elsass entfernt.«

Mit der TGV-Direktverbindung waren es zwar nur noch eine Stunde und siebenundvierzig Minuten, aber was hatte das bei eingefleischten Elsässern schon zu bedeuten?

»Für drei Monate …«

Er ließ sich von Elodie ein weiteres Glas des hochprozentigen Tresterschnapses einschenken und kippte ihn in einem Zug hinunter.

»Wie kann er nur so herzlos sein. Nur weil er selbst Paris für den Nabel der Welt hält, muss das nicht automatisch auch für uns Elsässer gelten.«

Elodie konnte bestens nachvollziehen, wie er sich fühlte. Straßburg und das Elsass waren ihr Ein und Alles.

Immerhin hatte sie es – im Gegensatz zu Sturni, der das Elsass in seinem ganzen Leben kaum verlassen hatte – auch schon in die große, weite Welt hinausgezogen. Ihre Verlobungsreise führte sie nach Martinique in der Karibik und ihre Hochzeitsreise sogar nach La Réunion im Indischen Ozean. Da es sich bei beiden tropischen Inselparadiesen um französische Übersee-Départements handelte, musste sie zumindest Frankreich für ihre Ausflüge in die große, weite Welt nicht verlassen. Das wäre dann doch zu viel verlangt gewesen …

Es blieb offen, ob Bouget ihn mit der Entsendung in diese Spezialeinheit bestrafen oder belohnen wollte. Schließlich konnte sein Direktor es selbst kaum erwarten, seiner eigenen Versetzung in die elsässische Provinz ein Ende zu bereiten und möglichst bald einen attraktiven Posten in Paris zu ergattern, idealerweise in einem der Ministerien. Bouget war Karrierist durch und durch, und so hatte er sich dazu bereit erklärt, die Straßburger Polizeidirektion im fernen Elsass zu übernehmen, um auf der Karriereleiter voranzukommen. Glücklich war er hier nicht. Seine Versetzung nach Straßburg verglich er im trauten Kreis seiner Pariser Eliteabsolventen gerne mit einer Verbannung nach Sibirien.

Der Kommissar gab sich einen Ruck, leerte das letzte Tröpfchen *Marc* aus dem Schnapsglas und erhob sich schwungvoll aus Elodies gemütlichem Bürostuhl.

»Es hilft alles nichts, Elodie, da muss ich jetzt durch. Wir sehen uns in drei Monaten.«

Er drückte Bougets Sekretärin fest an sich, als sei es ein Abschied für immer, und stürmte dann aus ihrem Büro, bevor ihm vor lauter Selbstmitleid noch die Tränen kamen.

2
Auf spanischem Boden

Mit letzter Kraft erreichte Abdel den Strand. Alle Insassen des völlig überfüllten kleinen Holzbootes, die noch dazu in der Lage waren, sprangen ins Wasser und wateten die letzten Meter ans Ufer, bevor das Boot selbst dort anlandete.

Neugierige Touristen kamen herbei, einige machten Fotos mit ihren Handykameras, andere reichten den Migranten Plastikflaschen mit Wasser. Er widerstand der Versuchung, sich eine Flasche Wasser zu greifen. Jetzt zählte jede Sekunde. In der Ferne hörte er bereits die Sirenen der Polizei. Abdel war Algerier, hatte quasi keine Chance auf ein Bleiberecht in Europa. Wenn die spanischen Behörden ihn schnappten, dann wäre alles umsonst gewesen. Sie würden ihn zurück nach Algerien schicken.

Er hastete über den Sand und flüchtete sich in das hinter dem offenen Strandabschnitt gelegene Gestrüpp und Unterholz. Auch hier war er noch nicht in Sicherheit. Die Polizei hatte den Strand erreicht und ließ ihre Spürhunde aus den Fahrzeugen. Das Bellen war weithin zu hören und versetzte die Flüchtenden, die sich in alle Winde zerstreuten, in Angst und Schrecken. Sie würden nicht nur am Strand, sondern auch im Hinterland nach ihnen suchen.

Einige waren zu schwach und schafften es nicht einmal mehr, das Boot zu verlassen. Sie wurden von der Polizei aus dem Boot geholt und in Gewahrsam genommen. Ihre Odyssee endete am Strand des gelobten Kontinents Europa.

Sein alter Freund Farid war nicht einmal so weit gekommen. Gemeinsam mit Djamal waren sie schon vor Wochen illegal von Algerien nach Marokko gereist. Häufig mussten sich die drei vor der Polizei mit ihren Spürhunden verstecken, und auch die einheimische Bevölkerung war ihnen nicht wohlgesinnt. Sie litten an

Hunger und Durst, und ihre Körper waren völlig ausgezehrt, als sie in der vereinbarten Nacht das Boot der Schlepper erreichten. Obwohl sie diesen Kriminellen viel Geld bezahlt hatten, wurden sie von ihnen wie Vieh behandelt. Als sich Farid darüber beschwerte, wurde er von den Schleppern schwer misshandelt. Mit den Kolben ihrer Gewehre prügelten sie auf ihn ein und verletzten ihn am Kopf, Rücken und an den Armen. Djamal und Abdel mussten tatenlos zusehen, hingen sie doch vollkommen von ihren Schleppern ab. Außerdem waren ihre Peiniger bewaffnet und sie nicht.

Farid war so ausgezehrt, dass er die Überfahrt nicht überlebte. Er starb in Abdels Armen an Hunger, Durst und den Schlägen der Schlepper. Sie packten seinen Leichnam und warfen ihn einfach über Bord. Das kleine Schiff war völlig überfüllt, und die Schlepper waren froh um jeden Migranten, den sie tot über Bord werfen konnten. Das Geld hatten sie ohnehin bereits eingestrichen. Abdel ballte die Faust und weinte stumm, als er seinen toten Freund im dunklen Wasser verschwinden sah. Widerstand wäre zwecklos gewesen, sie hätten ihn erschossen und ebenfalls über Bord geworfen. Noch nie in seinem Leben hatte er sich so hilflos gefühlt wie in diesem Moment.

Djamal war mit ihm vom Boot gesprungen und über den Strand gehastet. Sie wussten, dass dies der kritische Punkt ihrer Reise werden würde, und hatten vorab vereinbart, sich hier zu trennen und später wieder zusammenzukommen. Am Hafen von Marbella hatten die drei Freunde einen Treffpunkt vereinbart; dort wollten sie sich beim Blick auf die Luxusjachten ausmalen, wer von ihnen es als Erster schaffen würde, ein Leben in Saus und Braus zu führen.

Abdel hastete durch das Gestrüpp, schürfte sich an vielen Stellen Arme und Beine auf, rannte, bis er nicht mehr konnte. In einer kleinen Holzhütte fand er Unterschlupf und wartete, bis es dämmerte. Von Ferne hörte er die Polizei mit ihren Hunden. Viele der

Bootsflüchtlinge, die es nicht weit genug ins Hinterland geschafft hatten, wurden von der Polizei aufgegriffen. Ihnen drohte die Abschiebung. Die Chance auf Asyl in Spanien ging gegen null. Unter den Migranten war allgemein bekannt, dass die spanische Polizei nicht zimperlich mit ihnen umging. Keinesfalls durfte man sich von ihr erwischen lassen.

Erst in den frühen Morgenstunden war die Luft rein. Abdel schälte sich aus seinem Versteck und machte sich auf zu ihrem Treffpunkt nach Marbella.

3
Abschied von der Heimat

Mit Tränen der Wut und der Trauer in den Augen packte Sturni seinen großen alten Seesack, in dem er schon auf der Polizeischule seine Siebensachen verstaut hatte, und zwei weitere große Koffer.

»*Quelle espèce de merde pourri* – so eine verflixte Scheiße! Das hat Bouget mit Absicht gemacht! Er weiß genau, wo meine Schwachstelle liegt. Paris!!! Wie kann er mir das nur antun! Ich will nicht weg aus dem Elsass! *Je le hais* – ich hasse ihn!«

Margaux strich ihm liebevoll über den Rücken, als er sich auf sein Bett setzte und verzweifelt die Hände über dem Kopf zusammenschlug.

»Du wirst sehen, es wird alles gut werden. Paris ist ja nicht aus der Welt, und du kannst jedes Wochenende mit dem TGV nach Straßburg zurückfahren.«

»Außerdem kommen wir dich ganz oft besuchen. Paris ist doch super. Gehen wir dann auch ins Disneyland Paris? Das soll noch toller sein als der Europa-Park in Rust.«

Christian hüpfte auf seinem Bett herum und war begeistert. Die Verzweiflung seines Vaters konnte er überhaupt nicht verstehen. Die optimistische südfranzösische Lebensart hatte er von seiner Mutter Caroline geerbt. Die Trennung seiner Eltern war inzwischen kein Thema mehr für ihn.

Sturni hingegen war zu Tode betrübt. Gerade lief doch alles so gut. Die Scheidung von seiner Ex-Frau hatte er, nicht zuletzt dank seiner neuen Freundin Margaux, gut verwunden, seinem Sohn Christian ging es nach der schwierigen Trennungszeit wieder bestens … und dann so etwas. Die »Verbannung« nach Paris lag ihm schwer im Magen. Allerdings blieb keine Zeit, um Trübsal zu blasen. In weniger als einer Stunde fuhr sein TGV nach Paris ab; sie mussten sich beeilen.

»Willst du eigentlich deinen gesamten Hausstand mitnehmen? Mit dem Zug ist es doch nur ein Katzensprung. Außerdem soll man in Paris auch ganz gut einkaufen können, habe ich mir sagen lassen.«

Margaux musste schmunzeln, als sie vor seinem prallvoll gepackten Seesack und den beiden riesigen Koffern standen.

»Und verhungern wirst du dort bestimmt auch nicht. Zur Not bringen dich deine *poignées d'amour* – dein Hüftgold – durch die harten drei Monate …«

Seine Freundin zwickte ihn liebevoll in die Hüfte, die zugegebenermaßen immer noch gut gepolstert war. Zumindest schnickste sie ihm nicht gegen seinen Bauch wie Bouget.

Außer seinen Klamotten hatte Sturni nämlich auch massenhaft Lebensmittel eingepackt: Sauerkraut und *foie gras* – Gänseleberpastete – aus der Dose, gute elsässische Knackwürste und große Mengen weiterer *charcuterie* – Wurstwaren –, vakuumierte *Fleischnacka* nach traditioneller Elsässer Art und vieles mehr.

»Wir müssen los, dein Zug!«

Christian wurde schon ungeduldig. Sturni hätte am liebsten seinen Zug verpasst, so elend war ihm zumute. Er quälte sich mit seinem schweren Gepäck die enge Treppe des alten Fachwerkhauses hinunter. Zum Glück gab es vor seiner Wohnung auf der Pont Royal eine Straßenbahnhaltestelle mit einer direkten Verbindung zum Straßburger Hauptbahnhof.

Es war Mitte August. Im Oberrheintal herrschten mal wieder Rekordtemperaturen, und er schwitzte unter seinem schweren Gepäck, das er selbst mit Margaux' und Christians Hilfe kaum schultern konnte. In den *Dernières Nouvelles d'Alsace*, dem elsässischen Regionalblatt, hatte er gelesen, dass sich inzwischen sogar die Asiatische Tigermücke im Oberrheintal festgesetzt hatte.

Wenn das mit der Klimaerwärmung so weiterging, dann hätten sie demnächst tropische Verhältnisse im Elsass; im Hochsommer war es bereits so weit.

Vielleicht hatte Margaux ja recht, und er hatte es mit seinem Gepäck etwas übertrieben. Jetzt gab es kein Zurück mehr. Sie mussten sich beeilen, um seinen Zug noch zu erreichen. Am Bahnhof angekommen, hasteten sie auf Gleis zwei, auf dem der TGV nach Paris in Kürze einfahren würde.

Zu seiner Überraschung warteten bereits seine beiden Inspektoren, François Straumann und Bernard Isinger, am Bahnsteig auf ihn.

»Wir können unseren allseits geschätzten *commissaire* doch nicht einfach in die Fremde ziehen lassen, ohne ihm angemessen Lebewohl zu sagen. *Salü, mach's güat!*«

Sturni war ohnehin schon zum Heulen zumute, aber als er seine Inspektoren mit einem großen Fresskorb elsässischer Spezialitäten in der Hand sah, stahlen sich endgültig ein paar Tränen der Rührung in seine Augen. Wenn Straumann ihm jetzt auch noch einige seiner elsässischen Lebensweisheiten mit auf den Weg gab, könnte er nicht mehr in den Zug steigen, der ihn in die Fremde bringen sollte. Er spürte jetzt schon Heimweh, und dabei war er noch nicht einmal losgefahren.

François Straumann, der ältere von beiden und für die nächsten Monate sein Stellvertreter bei der Mordkommission, drückte ihn fest an sich. Wie immer trug er ein grob kariertes Hemd und Hosenträger, die dafür sorgten, dass seine Cordhose nicht von seinem mächtigen Wanst rutschte und immer schön auf Bauchnabelhöhe blieb. Bei der Umarmung roch er strenger als sonst, und Antoine musste sich zusammenreißen, um der überschwänglichen Zuneigungsbekundung nicht vorzeitig ein Ende zu bereiten.

»Ich habe dir noch ein ganz besonderes Abschiedsgeschenk mitgebracht.«

Straumann zog ein kleines rundes Päckchen aus seiner Hemdtasche, dessen Duft einem die Tränen in die Augen trieb. Und er hatte seinen Inspektor schon verdächtigt, es mit der Körperhygiene nicht so genau genommen zu haben …

»Ich war am Wochenende auf meiner bevorzugten *ferme auberge* im Munstertal, ganz in der Nähe des Petit Ballon. Dort machen sie den besten Käse der Welt. Kein Munsterkäse riecht besser und schmeckt würziger als dieser.«

Da hatte sein Inspektor ausnahmsweise nicht zu viel versprochen. Sturni kämpfte schon wieder gegen eine Ohnmacht an. Erst Bouget mit seiner Hiobsbotschaft und nun auch noch die Konfrontation mit einem chemischen Kampfstoff in Form eines überreifen Munsterkäses.

»Das wäre doch nicht nötig gewesen, François, es sind doch nur drei Monate.«

Sein Inspektor stopfte ihm die Delikatesse in seine Hemdtasche. Sturni hatte sich extra schick gemacht, da er nicht genau wusste, wer und was ihn in Paris erwarten würden. Er hatte es bisher noch nicht gewagt, das offizielle Schreiben der *direction centrale de la police judiciaire* zu öffnen, in dem man ihn über seine neue Dienststelle, seinen Aufgabenbereich und seine ihm von der Polizei zur Verfügung gestellte Wohnung informierte. Er hatte also keine Ahnung, was in Paris auf ihn zukommen würde. Im Zug blieb noch genügend Zeit, um die Unterlagen durchzulesen. Sturni war zwar ein Meister der Verdrängung, aber spätestens im TGV würde er der Wahrheit ins Auge sehen müssen. Drei Monate in der Hauptstadt standen ihm bevor … Was für andere wie ein romantischer Traum klang, kam für ihn einer Horrorvorstellung nahe.

Gegenüber seinen Inspektoren gab er jedoch den starken Mann. François Straumann klopfte ihm derweil mitfühlend mit seinen kräftigen Pranken auf den Rücken und stimmte dabei das Lied »Leb wohl, Elsass, mein geliebtes Land« an, was Sturnis Stimmung nicht wirklich aufheitern konnte. Auch Bernard Isinger, sein zweiter, jüngerer und erheblich begabterer Inspektor, drückte ihn fest an sich und übergab ihm den Fresskorb mit allerlei Köstlichkeiten.

***

Auf dem gegenüberliegenden Gleis fuhr gerade der aus Colmar kommende Regionalzug *ter Alsace s'Elsass* ein, der die Perlen des Elsass – Mulhouse, Colmar und Straßburg – miteinander verbindet. Damit kam man, mit einmal Umsteigen in Sélestat, in sein Heimatdorf Ribeauvillé. Von Ferne sah er den TGV aus München in den Straßburger Bahnhof einrollen. Es war endgültig Zeit, Abschied zu nehmen.

Sobald der TGV angehalten hatte, begab sich das kleine Grüppchen zu dem Waggon, in dem ein Sitzplatz für ihn reserviert war. Er hatte Margaux und seinen Sohn Christian fest an sich gedrückt und war bereit einzusteigen, als plötzlich seine Mutter vor ihm stand.

»*Maman,* was machst du hier?«

Sturni war völlig perplex. Er besuchte seine Mutter und seinen Bruder in unregelmäßigen Abständen in Ribeauvillé, dem Dorf an der elsässischen Weinstraße, in dem die beiden bis heute lebten. Sein Vater war vor zwei Jahren an einem Herzinfarkt verstorben. Er hatte ein schlechtes Gewissen, da er sich viel zu wenig um seine nun verwitwete Mutter kümmerte, aber er hatte es ja nicht einmal geschafft, seine Ehe zu retten. Wie sollte er dann den Ansprüchen seiner Mutter gerecht werden?

Seine *maman* hatte ihn, seitdem er in Straßburg lebte – und das waren nun doch an die zwanzig Jahre –, keine Dutzend Mal besucht. Christians Geburt vor mehr als sieben Jahren dürfte der letzte Anlass gewesen sein, für den sie diesen langen und beschwerlichen Weg auf sich genommen hatte. Eine Reise mit dem *ter Alsace* nach Straßburg war für sie ein Abenteuertrip, den sie nur zu ganz besonderen Ereignissen auf sich nahm.

»Ich kann meinen Jungen doch nicht in die Fremde ziehen lassen, ohne ihm noch einmal in die Augen geschaut und ihn fest an mich gedrückt zu haben.«

Seine Mutter war in eine traditionelle elsässische Tracht gekleidet, ein schwarzes Kleid mit Stickereien vor der Brust und einer roten Schürze um die Lenden. Sie trug sogar die traditionelle elsässische Kopfbedeckung, die sie selbst in Ribeauvillé nur zu besonderen Anlässen aufsetzte. Keine Frage, seine Mutter hatte sich für das traurige Ereignis mächtig in Schale geworfen.

»Hast du an deinen *passeport*, deinen Reisepass, gedacht?«

»*Maman*, Paris liegt in Frankreich!«

»Wenigstens an deine *carte d'identité?*«

Seine Mutter fing an, ihn zu nerven, wie immer, wenn er mehr als fünf Minuten in ihrer Nähe war. Er konnte seinen Sohn Christian plötzlich gut verstehen, der sich gerade in einer Trotzphase befand. *Maman* und *papa* waren momentan extrem uncool … Wenn er seinen Sohn zur Schule brachte, dann musste er ihn an der letzten Straßenecke vor der Schule absetzen, damit seine *potes*, seine Kumpel, auf dem Schulhof nicht sahen, dass er noch von Mama oder Papa zur Schule gebracht wurde, anstatt alleine dorthin zu gehen.

Die Regel galt allerdings nicht, wenn seine neue Freundin Margaux Christian in die Schule beziehungsweise zu dem in seiner Schule stattfindenden Schülerferienprogramm brachte. Die Ferien dauerten immer noch an, und halb Frankreich verbrachte die lange Sommerpause an der Côte d'Azur, der Bucht von Arcachon oder in Biarritz. Margaux durfte mit auf den Schulhof, wurde als neue Freundin seines *papa* in seine Clique eingeführt und tauschte sich mit den Siebenjährigen über die coolsten Handyspiele aus. Was hatte diese Frau nur, was Caroline und er nicht hatten? Wahrscheinlich war es genau das. Sie war jung, hübsch, charmant und eben nicht *maman et papa*.

Ganz ähnlich erging es ihm mit seiner eigenen Mutter. Er liebte sie über alles, doch entwickelte sie sich zur *casse-pieds*, zur Nervensäge, kaum dass er einige Minuten mit ihr verbrachte. Sie hatte ihm nie verziehen, dass er sich aus dem Staub gemacht hatte und nun schon fast zwanzig Jahre in Straßburg lebte. Es lag zwar keine Autostunde von Ribeauvillé entfernt, doch für sie begann hier ein anderes Universum. Obwohl er selbst sehr heimatverbunden war und das Elsass nur in Notfällen verließ, war sein Umzug nach Straßburg ein wichtiger emanzipatorischer Schritt für ihn gewesen, den er nie bereut hatte. Er achtete auf eine gewisse Distanz zu seiner Familie, und niemand verübelte ihm dies mehr als seine Mutter.

Hinzu kam die gerade erst vollzogene Scheidung von Caroline, die seine Mutter ihm persönlich anlastete. Obwohl Caroline aus Südfrankreich stammte, hatten sich seine Mutter und sie nach anfänglichen Schwierigkeiten miteinander arrangiert. *Maman* nahm ihm persönlich übel, dass seine Ehe in die Brüche gegangen war. Scheidungen kamen in ihrer Gedankenwelt nicht vor, waren Teufelszeug aus amerikanischen Fernsehserien.

»*Maman,* ich bin französischer Polizeibeamter! Natürlich trage ich meine *carte d'identité,* meinen Personalausweis, immer und überall bei mir, wie übrigens auch meinen Dienstausweis, meine *carte d'identité de service.*«

Sturni wedelte mit den beiden Ausweisen vor ihrem Gesicht herum. Er war so schon gestresst genug. Dass seine Mutter auch noch am Bahnhof aufkreuzte, um ihm Lebewohl zu sagen, gab ihm den Rest. Christian musste sie über sein Abreisedatum informiert haben. Die beiden steckten ihm entschieden zu eng unter einer Decke, seitdem beide über ein eigenes *portable* verfügten und Christian *grand-mère* auch noch beigebracht hatte, wie man es bediente.

Clothilde Sturni, so hieß seine Mutter, warf einen fragenden Blick auf Margaux, die, wie so häufig, dem heißen Augustwetter Rechnung getragen hatte und einen extrem kurzen Minirock trug, der ihre Rundungen bestens zur Geltung brachte. Clothildes abschätziger Blick sagte ihm sofort, dass Margaux bei seiner Mutter keinen Blumentopf gewinnen würde.

***

Der TGV hatte inzwischen seine Türen geöffnet. Einige Reisende aus Deutschland verließen den Zug, und die ersten Passagiere drängten sich an den langsam aussteigenden deutschen Rentnern vorbei, um sich ihre ohnehin reservierten Plätze zu sichern.

Sturni befand sich in einer Zwickmühle. Das hatte ihm gerade noch gefehlt. Sollte er Margaux einfach verleugnen? Das erschien ihm im Moment am einfachsten. Allerdings musste er damit rechnen, dass Christian seiner Oma nicht nur Ort und Datum seiner Abreise nach Paris, sondern auch die Liaison mit seiner hochattraktiven Sekretärin verraten hatte. Es war zu riskant, er musste jetzt die Hosen runterlassen und die beiden Damen miteinander bekannt machen.

»*Maman*, darf ich dir noch mein Team vorstellen, François Straumann und Bernard Isinger, meine beiden Inspektoren.«

Verzweifelt versuchte er, noch etwas Zeit zu schinden. Die letzten Passagiere waren in den Zug eingestiegen, die Tür stand weit offen, und der Schaffner pfiff bereits. Der Zug würde in wenigen Sekunden seine Türen schließen und losfahren …

»Und wer ist die Dame, oder besser das Mädchen?«

Clothildes Mimik und Gestik sprachen Bände. Ihr Blick wich nicht vom Tattoo auf Margaux' üppigem Dekolleté. Diese *grosse salope* – dieses voluptuöse Flittchen – war doch nicht etwa die neue Freundin ihres Sohnes? Vielleicht sogar der Grund für das Scheitern seiner Ehe? Düster funkelte sie ihren Sohn an, der ohnehin immer die zweite Geige hinter seinem großen Bruder gespielt hatte. Schließlich war es der Ältere, der das Weingut der Familie fortführen durfte, während für ihn nur der Trostpreis des französischen Polizeidienstes blieb.

Sturni räusperte sich.

»*Maman*, das ist Margaux, meine Sekretärin und seit Kurzem auch meine neue Freundin. Wir wollen schon bald zusammenziehen.«

Er übte den Spagat, wollte mit der Aussage unterstreichen, wie ernst es ihm mit Margaux war. Eine eher sexorientierte Affäre, ohne konkrete Aussicht auf Ehe und Familiengründung, wäre für Clothilde Sturni völlig inakzeptabel gewesen. Genauso hatte ihre Beziehung nämlich begonnen – im Bett –, aber das ging seine Mutter nun wirklich nichts an.

Die beiden Frauen schüttelten sich förmlich die Hand. Zwei Welten prallten aufeinander, und er fühlte einen Eishauch an seinen Wangen vorbeistreichen. Margaux blickte ihn etwas hilflos an. Sie verstand nicht, was sie falsch gemacht hatte. Seine Mutter kannte sie noch gar nicht, und doch schien es ihr, als habe sie nicht die geringste Chance bei ihrer angehenden *belle-mère* – ihrer Schwiegermutter. Damit lag sie goldrichtig. Er kannte seine Mutter. Noch nie hatte sie ihr erstes Urteil über einen anderen Menschen revidiert, auch wenn sie damit falschlag.

Der Schaffner pfiff ein weiteres und letztes Mal. Wenn er nun nicht endlich in den Zug stieg, dann war es zu spät. Es blieb keine Zeit, ihren Beziehungsstatus im Kreise der Familie auszudiskutieren, und das war vielleicht auch besser so.

»Ich habe dir noch zwei Kisten Wein mit den besten Flaschen unseres Weinguts mitgebracht, Gewürztraminer, Muscat, Pinot blanc und Pinot noir, alle deine Lieblingssorten.«

Sie drückte ihm die beiden schweren Kisten in die Hände. Zu

seinem sperrigen Gepäck und dem großen Fresspaket von seinen beiden Inspektoren kamen also noch zwei Kisten mit feinsten Elsässer Weinen.

Er wuchtete den Seesack, die beiden großen Koffer, den Korb mit Fressalien und die beiden Kisten Wein in den Zug und sprang hinein, kurz bevor sich die Türen des TGV endgültig schlossen. »Wir kommen dich bald alle besuchen, *grand-mère,* Margaux und ich«, hörte er Christian noch rufen. Nach der gerade gemachten Erfahrung verstand er die Ankündigung seines Sohnes als unheilvolle Drohung, nahm sie aber nicht ernst. Ein Ausflug nach Straßburg war für Clothilde eine halbe Weltreise; niemals würde sie sich bis nach Paris wagen. Zumindest vor *maman* wäre er dort in Sicherheit …

Er atmete erst einmal tief durch, als sich der TGV in Bewegung setzte. Nachdem er seine Atmung wieder unter Kontrolle hatte, suchte er nach seinem reservierten Sitzplatz.

4
Im Jahr 2006 im Senegal

Die Fischerträge waren seit Jahren zurückgegangen. Für Amadou lohnte es sich kaum noch, jeden Tag aufs Meer hinauszufahren; der Fang reichte nicht mehr aus, um das Benzin für die kleine Piroge und die zwei weiteren Fischer, die bei ihm angestellt waren, zu bezahlen.

Die großen Fischtrawler aus Europa, Russland und China hatten das Meer vor der Südküste Senegals leer gefischt, und die Fischbestände erholten sich nicht mehr, auch wenn die Regierung nun versuchte, den Raubbau vor ihrer Küste einzudämmen, um den lokalen Fischern ihre Lebensgrundlage nicht gänzlich zu entziehen. Leider ohne Erfolg – die großen Konzerne in den Industriestaaten waren einfach stärker als das kleine und arme Senegal.

Zu schaffen machten seiner Familie auch die immer gewaltigeren Stürme und der kontinuierlich ansteigende Meeresspiegel. Schon zweimal war ihr kleines Haus, das direkt an der Küste stand, überflutet worden, und sie hatten einen großen Teil ihres Hab und Guts verloren. Amadou wusste nicht, wie lange er auf dieser Basis noch durchhalten konnte.

Zunächst entließ er einen seiner Fischer. Als auch das nicht reichte und er immer häufiger nach Hause kam, ohne zu wissen, was seine Frau am Abend zubereiten sollte, sah er die Zeit gekommen, die Großfamilie zusammenzurufen. Sie war das soziale Netz in Notfällen, vom Staat hatten sie nichts zu erwarten. Alle folgten seinem Ruf; sie saßen auf dem Boden seiner bescheidenen Behausung, um ein ausführliches Palaver abzuhalten:

»Meine Lebensgrundlage ist zerstört. Ich kann meine Familie nicht mehr ernähren. Bevor ich komplett bankrott bin, werde ich meine Piroge verkaufen.«

»Ihr könntet zu uns nach Dakar kommen. Für einige Zeit könnt ihr bei uns wohnen, bis du eine neue Arbeit gefunden hast. Ich werde dir dabei helfen.«

Einer seiner Cousins war als Händler in Dakar zu bescheidenem Wohlstand gelangt. Gäbe es ihn nicht, wären schon viele Familienmitglieder nicht mehr aus einem finanziellen Engpass herausgekommen und auf der Straße gelandet. Nun drohte Amadou und seiner Familie dieses Schicksal. Er hatte auf das Wohlwollen seines wohlhabenden Verwandten gehofft, dem Oberhaupt der Großfamilie.

»Ich danke dir und nehme dein Angebot gerne an. Um meine Frau und mich mache ich mir keine Sorgen, wir werden auch in Dakar irgendwie über die Runden kommen. Meine Sorge gilt meinem einzigen Kind, meiner Tochter Saba. Ich sehe keine Perspektive für sie in unserem Land.«

Im Gegensatz zu den meisten Familien im Senegal hatten Amadou und seine Frau nur ein Kind. Es war Gottes Entscheidung gewesen, die er demütig akzeptierte, obwohl seine Frau und er sich so sehr weitere Kinder gewünscht hatten. Amadou war dennoch ein glücklicher Mann. Er liebte seine Tochter über alles. Saba war ein selbstbewusstes und ungestümes Kind. Nun aber machte er sich ernste Sorgen um ihre Zukunft. Er würde ihr nicht bieten können, was er für sie geplant hatte: eine solide Ausbildung, ein besseres Leben, was man sich eben so wünscht für sein einziges Kind.

»Ich kann euch nicht alle unterbringen. Wir müssen für Saba eine andere Lösung finden. Warum schicken wir sie nicht nach Europa? Dort könnte sie Arbeit finden und euch finanziell unterstützen. Ihr werdet nicht jünger. Früher oder später werdet ihr auf finanzielle Hilfe angewiesen sein. Wie soll das im Senegal funktionieren, mit nur einem Kind, und dann auch noch einem Mädchen?«

Daran hatte Amadou auch schon gedacht. Er würde seine Piroge und sein Haus verkaufen und hätte somit zum ersten Mal in seinem Leben eine etwas größere Summe Bargeld zur Verfügung. Sein Cousin würde etwas dazugeben, das würde reichen, um die Schlepper zu bezahlen. Dennoch zögerte Amadou. Saba war sein einziges Kind, und er wollte sie nicht verlieren. Er wusste um die Gefahren, die eine Überfahrt nach Europa mit sich bringen würde. Seine Tochter würde ihr Leben riskieren, um ihre Familie später einmal von Europa aus unterstützen zu können.

»Die spanische Regierung verhandelt bereits mit unserer Regierung. Schon bald werden Boote der spanischen Küstenwache direkt vor unseren Küsten patrouillieren. Dann gibt es für uns nur noch den Weg über Land, durch Mauretanien und Algerien oder Marokko; das ist viel zu gefährlich für eine junge Frau. Das würde sie nicht überleben. Wenn Saba in Europa ihr Glück finden soll, dann muss es schnell geschehen. Ich werde mich an den Kosten beteiligen und verlange keine Gegenleistung dafür.«

Amadou bat sich einige Tage Bedenkzeit aus. Es war die schwerste Entscheidung, die er in seinem Leben zu treffen hatte. Er wusste, dass Saba ihren eigenen Weg gehen wollte. Auf keinen Fall würde sie früh heiraten, Kinder bekommen und vom Wohlwollen eines Ehemanns abhängig sein wollen, wie es in seiner Generation üblich gewesen war. Er sprach mit ihr und wog die Chancen und Risiken gemeinsam mit ihr ab.

Saba hatte ihre Entscheidung längst getroffen. Sie wollte weg von hier, weg aus dem Senegal, am liebsten nach Frankreich. Paris war das Ziel ihrer Träume. Sie kannte die Stadt aus dem Fernsehen, hatte Bilder von der Avenue des Champs-Élysées gesehen. Die Models der Pariser Modewoche waren ihre großen Vorbilder. Sie wusste, dass sie eine Naturschönheit war und von den Modemachern entdeckt werden würde, wenn sie erst einmal in Paris wäre.

Schweren Herzens willigte Amadou ein. Er verkaufte seine Piroge und sein dem Untergang geweihtes Haus für einen viel zu geringen Preis, und die Familie zog nach Dakar. Sein Cousin hatte bereits alles für Saba in die Wege geleitet. Sie war gerade einmal sechzehn Jahre alt …

5
Die Reise im TGV

Es dauerte zehn Minuten, bis Sturni sein schweres Gepäck in den wenigen noch freien Gepäckfächern verstaut und seinen Sitzplatz eingenommen hatte. Der Zug war voll bis auf den letzten Platz.

Aus den beiden Weinkisten hatte er sich eine Flasche Pinot blanc vom Weingut seines Bruders Philippe mit an seinen Platz genommen, um mit dem guten Tropfen seine Nerven zu beruhigen. Lauwarm schmeckte der Wein zwar nicht besonders, aber etwas Besseres war nun mal nicht zur Hand.

Das Weingut der Familie lag im Herzen von Ribeauvillé und hatte eine lange Tradition. Als Sturni klein war, hatte sein Vater noch Massenweine zu billigen Preisen hergestellt. Es blieb nicht viel dabei hängen. Sein Bruder hatte nach Übernahme des Unternehmens den Ausbau der Weine grundlegend geändert. Jetzt produzierte die Familie geringere Mengen, dafür von hoher Qualität. Das zahlte sich aus. Während Sturnis Kindheit noch von eher ärmlichen Verhältnissen geprägt war, so hatte es Philippe inzwischen zu bescheidenem Wohlstand gebracht. Da von Anfang an klar war, dass sein Bruder den Betrieb übernehmen würde, entschied er sich für den Polizeidienst. Er neidete Philippe den hart erarbeiteten Erfolg nicht, denn schließlich war er es, der mit seinen Eltern – beziehungsweise seit dem Tod seines Vaters nur noch mit seiner Mutter – im gleichen Dorf leben musste. Sturni wollte um nichts in der Welt mit ihm tauschen …

Aus dem Fresspaket seiner Inspektoren nahm er sich noch einen großen *kouglof alsacien traditionnel* mit, einen nach traditionell Elsässer Art gebackenen Gugelhupf. Wie immer, wenn er im Stress war, beruhigte er sich mit großen Mengen Süßigkeiten, ein Grund für sein leichtes Übergewicht, dem er schon seit einiger Zeit mit überschaubarem Erfolg den Kampf angesagt hatte. Gerne hätte er sich jetzt eine seiner filterlosen Gauloises angezündet, doch Rauchen war im TGV leider nicht erlaubt.

Zum Glück hatte er einen Vierersitz mit einem kleinen Tischchen in der Mitte bekommen. Er würde die Unterlagen der *direction centrale de la police judiciaire* also in aller Ruhe durcharbeiten können. Seine Sitznachbarn begrüßte er mit einem freundlichen *bonjour* und wunderte sich darüber, dass diese indigniert von ihm wegrückten, gerade so, als habe er eine ansteckende Krankheit. Sturni war es egal, er musste sich auf die bevorstehende Aufgabe konzentrieren.

Mit einem Korkenzieher, den er seit Studienzeiten immer bei sich führte, öffnete er den Pinot blanc und schwatzte einem der Getränke und Süßigkeiten anbietenden Servicemitarbeiter einen Pappbecher ab, in den er seinen Wein goss. Gekonnt schnitt er mit einem kleinen Taschenmesser den Gugelhupf auf und bediente sich reichlich.

Nachdem er sich einigermaßen gestärkt hatte, nahm er seinen ganzen Mut zusammen und öffnete den Briefumschlag mit dem Schreiben seiner neuen Dienststelle. Zwei seiner Sitznachbarn erhoben sich derweil, vermutlich, um auf die Toilette zu gehen oder um sich ebenfalls ein gutes Glas Wein im Bordbistro zu gönnen. Hätten sie ihn gefragt, dann hätte er ihnen auch gerne ein Gläschen beziehungsweise einen Pappbecher mit Pinot blanc abgegeben. Der dritte Sitznachbar kauerte sich in seiner Sitzecke zusammen. Sturni war versucht, ihn zu fragen, ob es ihm nicht gut gehe und ob er ihm eine kleine Stärkung anbieten könne.

Das Schreiben enthielt zunächst nicht viel Neues. Von Direktor Bouget wusste er bereits, dass man ihn für eine Spezialeinheit der *direction centrale de la police judiciaire* vorgesehen hatte, die direkt dem Direktor der *police judiciaire* unterstand. Er würde also ganz nah am Zentrum der Macht arbeiten. Darüber gab es nur noch die

Generaldirektion der *police nationale*. Seine Aufgabe sollte darin bestehen, gemeinsam mit Spezialisten aus ganz Frankreich, eventuelle Unregelmäßigkeiten bei Konzernen der französischen Atomindustrie zu untersuchen, die sich überwiegend in Staatsbesitz befanden. Aus dem Schreiben ging hervor, dass die von Teilen der Presse aufgestellten Behauptungen vermutlich jeder Grundlage entbehrten, dass aber dennoch ein unabhängiges Ermittlerteam der Sache auf den Grund gehen müsse. Wie von Bouget angekündigt, würde sich sein neues Büro tatsächlich auf der Île de la Cité am Quai des Orfèvres befinden – zentraler ging es in Paris wirklich nicht.

Es musste sich also um eine ernste Angelegenheit handeln, sonst wäre das Ermittlerteam nicht so hoch angesiedelt worden. Sturni wunderte sich nur darüber, dass man ausgerechnet ihn für diese Spezialeinheit ausgewählt hatte. Er hatte keine Ahnung von Steuerbetrug und Wirtschaftskriminalität, von der französischen Atomindustrie schon zweimal nicht. Er bezog seinen Strom zu Spottpreisen, und mehr wollte er darüber auch gar nicht wissen. Was also sollte er dort? Es handelte sich um milliardenschwere Konzerne, und die Sachverhalte, die es zu untersuchen galt, waren bestimmt hochkomplex. Er war Experte für Mordermittlungen, etwaige Trickserein und Bilanzfälschungen großer Konzerne interessierten ihn nicht die Bohne.

Inzwischen hatte sich auch sein letzter Sitznachbar Hals über Kopf verabschiedet, wobei er sich die Hand vor den Mund hielt. Es schien ihm wirklich nicht gut zu gehen …

Nun kam der interessante Teil des Briefes. Bisher hatte er noch keine Ahnung, wo er in Paris überhaupt wohnen sollte. Er ging einfach in bester französischer Beamtenmanier davon aus, dass Vater Staat schon alles für ihn organisiert hätte.

Die Verwaltung der *police judiciaire* informierte ihn darüber, dass das Polizeiwohnheim, in dem man ihn ursprünglich unterbringen wollte, leider kurzfristig verkauft worden war. Der französische Staat sparte derzeit an allen Ecken und Enden, und die horrenden Immobilienpreise in Paris hatten ihn wohl dazu bewogen, eine weitere millionenschwere Immobilie aus dem Staatsbesitz im Herzen von Paris zu verkaufen.

Man habe aber in aller Eile Ersatz gefunden und ein Apartment auf dem privaten Wohnungsmarkt für ihn angemietet. Angegeben wurde eine Adresse in der Rue Saint-Jacques im 5. Arrondissement. Dort möge er bitte bei Stevenson klingeln. Eine Dame werde ihm öffnen und ihm seine Wohnung zuweisen.

Sturni ging zu einem seiner Koffer und kramte den Stadtplan von Paris hervor, den er vor der Abreise noch bei seiner Lieblingsbuchhandlung – *Librairie Internationale Kléber* – in Straßburg besorgt hatte. Dabei stellte er fest, dass nicht nur sein Vierersitz, sondern auch die Sitzplätze um ihn herum inzwischen leer waren. Das ganze Abteil kam ihm nun seltsam verwaist vor. Komisch, dabei war es doch noch voll wie eine gestopfte elsässische Gans, als er den Zug betreten hatte.

Auf dem Stadtplan suchte er nach seiner neuen Wohnung. Die Generaldirektion der *police judiciaire* hatte sich wirklich nicht lumpen lassen. Die Wohnung befand sich in einem der teuersten Stadtteile von Paris, dem 5. Arrondissement, und der Jardin du Luxembourg, Sehnsuchtsort der meisten Pariserinnen und Pariser, war nur wenige Gehminuten von seiner Wohnung entfernt. Er nahm sich vor, jeden Morgen im Park joggen zu gehen, bevor er zur Arbeit ging, um endlich wieder in Form zu kommen. Als Polizeibeamter hatte er sich schließlich fit zu halten; das war seine Pflicht, die er im letzten Jahr nach seiner Trennung von Caroline sträflich vernachlässigt hatte. Auch sein Arbeitsplatz lag so nah, dass er ihn bequem von seiner Wohnung aus zu Fuß erreichen konnte. Das gefiel ihm. Im Herzen war er immer ein Dorfmensch geblieben, der es schätzte, seine Wege zu Fuß zurückzulegen. Daher hatte er sich in Straßburg für den Stadtteil Krutenau als Wohnort entschieden, ein altes Dorf im Herzen der Stadt, nur wenige Gehminuten vom berühmten Straßburger Münster entfernt.

Um seinen Kreislauf wieder in Schwung zu bringen, stand er auf und beugte sich interessiert über den Pariser Stadtplan, wobei ein kleines Päckchen aus seiner Hemdentasche auf den Plan fiel.

Straumanns Munsterkäse!!! Wegen des emotionalen Stresses der letzten Tage hatte er sich einen Schnupfen zugezogen, der seinen Geruchssinn beeinträchtigte. Außerdem war er ob des anstehenden Abenteuers so aufgeregt, dass er Straumanns olfaktorische Atombombe ganz vergessen hatte …

Nun wurde ihm schlagartig klar, weshalb das halbe Abteil leer war. Das kleine Päckchen stank einfach bestialisch. Sturni wurde rot vor Scham. Wie konnte er dieses Wunderwerk elsässischer Käseherstellung am besten loswerden? Bei dreihundert Sachen, die der TGV fuhr, konnte er es ja schlecht aus dem Fenster werfen … Es hätte auch nichts gebracht, den Käse in den Müll zu werfen, der explosive Geruch hätte sich nicht einmal mit einer Vakuumverpackung eindämmen lassen.

Es half alles nichts. Sturni wickelte den Käse aus seiner Papierverpackung und schnitt ihn tatkräftig mit seinem kleinen Taschenmesser auf. Er belegte das letzte Stück seines Gugelhupfs mit dicken Scheiben Käse und biss herzhaft hinein.

Das würde er François Straumann heimzahlen, ihn in eine so peinliche Situation zu bringen … Allerdings musste er seinem Inspektor in der Hinsicht recht geben, dass es sich um eine der besten Sorten Munsterkäse handelte, die er jemals gegessen hatte. Auch seine neue Kreation in Kombination mit dem feinen Gugelhupf gefiel ihm bestens. Er goss sich den letzten Schluck Pinot blanc in seinen Pappbecher der SNCF, der französischen Bahn. Nachdem die Flasche leer und der letzte Krümel seines neuen Leibgerichts »Munsterkäse auf Gugelhupf« vertilgt war, hatte er sich genug Mut angetrunken und fühlte sich hinreichend gestärkt für die Herausforderungen, die nun auf ihn zukamen.

Aus dem Fenster sah er bereits die ersten Vororte von Paris an sich vorbeirauschen – kein besonders schöner Anblick. Der TGV bremste langsam ab, in wenigen Minuten würde er an der Gare de l'Est ankommen. Sturni versuchte, sich noch einen Moment zu entspannen, bevor er sich in den Trubel der Großstadt stürzen würde.

6
Djamals Wunde

Abdel war rechtzeitig am vereinbarten Treffpunkt. Er setzte sich in das vorab vereinbarte schicke Café am Jachthafen, bestellte sich einen Minztee und wartete auf Djamal, von dem noch weit und breit nichts zu sehen war. Sie hatten ausgemacht, dass sie bis 22 Uhr aufeinander warten würden. Wenn bis dahin einer von ihnen nicht dort aufkreuzte, sollte sich jeder allein nach Paris durchschlagen.

Abdel war fasziniert und abgestoßen zugleich von dem Reichtum, der sich vor seinen Augen auftat. Im Hafenbecken waren Luxusjachten angedockt, von russischen Oligarchen, saudischen Ölscheichs und millionenschweren Fußballstars. Er kam sich vor wie auf einem anderen Planeten.

An der Uferpromenade flanierten bildhübsche junge Frauen in kurzen Röckchen, begleitet von muskelbepackten Typen oder älteren Herren, denen man Macht und Wohlstand schon von Weitem ansah. Offensichtlich musste man hier entweder Sexappeal oder viel Geld haben, um beim weiblichen Geschlecht gut anzukommen …

Im Nachhinein war es keine gute Idee gewesen, sich an diesem Ort zu verabreden. Abdel hoffte, in seiner schäbigen Kleidung nicht aufzufallen. Seine Klamotten hatten bei der Flucht vor der Polizei glücklicherweise kaum etwas abbekommen. Dennoch würde ihn hier wohl niemand für einen millionenschweren arabischen Scheich halten. Was hatten sie doch für naive Vorstellungen gehabt mit ihrem Traum von einem besseren Leben in Europa! Das hier war eine andere Welt, und sie gehörten nicht dazu.

Farid, Djamal und er waren gemeinsam in einem kleinen Dorf an den Ausläufern des Atlasgebirges aufgewachsen. Im Fernsehen hatten sie Bilder von Europa gesehen, von Reichtum und Wohlstand. Ihre Träume kreisten um den Hafen von Marbella, Luxusjachten, Sonne, Meer … und um schöne Frauen. Dort wollten sie einmal leben, wenn sie es finanziell geschafft hatten.

Zunächst sollte sie ihr Weg aber nach Paris führen. Da sie alle drei gut Französisch, aber kein Spanisch sprachen, wollten sie als Erstes in Paris nach Arbeit suchen und reich werden, um sich später in Marbella zur Ruhe zu setzen.

Natürlich waren sie nicht so blauäugig, ernsthaft zu glauben, dass dieser Traum einmal Wirklichkeit werden würde. Doch einmal im Leben wollten sie ihren Sehnsuchtsort sehen, bevor sie nach Paris weiterreisen würden, um sich illegal einen Job zu suchen und von dort aus ihre Familien in Algerien zu unterstützen. Deshalb der riskante Treffpunkt …

Als die wirtschaftliche Lage in ihrem Dorf immer prekärer wurde, beschlossen die Freunde, ihren Traum in die Tat umzusetzen. Sie hatten im Lauf der Jahre etwas Geld von diversen Gelegenheitsjobs auf die Seite gelegt, von dem ihre Familien nichts wussten. Bei Nacht und Nebel machten sie sich aus dem Staub, um in Paris ihr Glück zu suchen.

Nach seinem dritten Minztee wurde Abdel langsam unruhig. Wo blieb nur Djamal? Nervös blickte er auf die Uhr: 21.30 Uhr, und von seinem Freund war weit und breit nichts zu sehen. Hatte ihn die Polizei erwischt? Unruhig rutschte er auf seinem Stuhl hin und her. Die Gäste an den Nebentischen drehten sich bereits nach ihm um, und auch die Kellner musterten ihn missbilligend. Schon längst war es Zeit für das Abendessen, doch Abdel wollte kein Geld in dem teuren Café dafür ausgeben und widerstand den Anfragen der Kellner, was er denn nun essen wolle. Hoffentlich riefen sie nicht die Polizei. Er prüfte die Fluchtwege, um sich einer möglichen Verhaftung in letzter Minute entziehen zu können.

Unzählige Textnachrichten hatte er Djamal gesendet, doch der antwortete nicht. Noch zehn Minuten, dann würde er sich aus dem Staub machen und allein nach Paris aufbrechen, so wie sie es vereinbart hatten.

Es war fünf vor zehn, als er Djamal an der Uferpromenade entdeckte. Er versteckte sich hinter einer der Palmen und versuchte, ihn herbeizuwinken. Abdel bezahlte und eilte zu ihm.

»Was ist los? Warum hast du mich nicht angerufen?«

Er sah sofort, dass etwas mit seinem Freund nicht stimmte. Djamal atmete schwer und schwitzte stark. Abdel berührte ihn an der Stirn. Sie glühte wie ein heißes Eisen.

»Sie hätten mich um ein Haar erwischt. Einer ihrer Hunde hat mich ins Bein gebissen. Ich konnte mich mit Müh und Not befreien und ihnen entkommen. Dabei habe ich mein Handy verloren. Deshalb konnte ich dich nicht anrufen und dir keine Nachricht senden.«

Jetzt sah Abdel, dass Djamals Hose zerfetzt war und dass er stark blutete. Die Wunde hatte sich entzündet. Notdürftig verband er sie mit einem alten T-Shirt, seinem einzigen Ersatzkleidungsstück.

»Komm, lass uns erst einmal von hier verschwinden, bevor uns die Polizei aufgreift.«

Sie zogen sich in eine stille Seitengasse zurück und versteckten sich hinter ein paar großen Mülltonnen. Hier waren sie erst einmal in Sicherheit. Er untersuchte Djamals Bein. Es war eine tiefe Wunde, die unbedingt gesäubert und genäht werden musste. Außerdem sollte er sicherheitshalber geimpft werden, andernfalls drohte eine Blutvergiftung. Djamal benötigte einen Arzt – sofort.

»Bleib hier liegen, ich hole Hilfe.«

Er rannte los, ohne einen Plan zu haben, wie er hier einen Arzt auftreiben sollte. Natürlich gab es in Marbella ein Krankenhaus und massenhaft niedergelassene Ärzte, die sich um das Wohl der Schönen und Reichen aus der ganzen Welt kümmerten. Djamal benötigte aber keine Schönheitsoperation, sondern eine medizinische Notversorgung. Außerdem waren sie beide illegal im Land. Keiner dieser Ärzte würde sie behandeln. Man würde die Polizei rufen, und nichts fürchtete Abdel mehr. Mal ganz abgesehen davon, dass sie niemals das Geld gehabt hätten, um diese Ärzte des Geldadels zu bezahlen.

Er dachte angestrengt nach. Auch in so einem Luxusort musste es einen Ortsteil geben, wo das halbseidene Milieu zu finden war, Kleinkriminelle, Prostituierte, Drogenhändler, so war es in jeder Stadt. Dort würde man ihm bestimmt weiterhelfen können. Er brauchte einen Arzt, der seinen Freund behandelte und dabei keine Fragen zu seiner Identität und seinem Aufenthaltsstatus stellte.

Als er den gesuchten Ortsteil gefunden hatte, sprach er herumlungernde junge Männer an. Bei seinem dritten Versuch hatte er Glück. Der Mann, den er für einen Drogenhändler hielt, zückte sein Smartphone, telefonierte kurz und gab ihm dann zu verstehen, dass er ihm weiterhelfen könne. Zuvor kassierte er hundert Euro von ihm als Vermittlerprovision ein.

Dann stieg er mit ihm in einen alten Toyota und ließ sich von Abdel zu Djamal lotsen. Es war allerhöchste Eisenbahn. Djamal glühte, und die Wunde sah nicht gut aus. Sie verließen Marbella in Richtung Malaga. Nachdem sie die Großstadt erreicht hatten, kurvte ihr Fahrer durch viele kleine Gassen. Abdel hatte nicht die geringste Orientierung. Wieder einmal war er anderen Menschen ausgeliefert, denen er nicht im Geringsten vertraute. Irgendwann waren sie da. Ihr Kurier ließ sie aus dem Auto aussteigen, klingelte an einer Wohnungstür, nickte ihnen kurz zu und verschwand. Nach kurzer Wartezeit öffnete ein älterer Herr die Tür und bat sie stumm herein. Abdel vermutete, dass es sich um einen pensionierten Arzt handelte, der sich im Ruhestand noch etwas dazuverdiente. Inständig hoffte er, dass dieser Mann tatsächlich Arzt und kein selbst ernannter Wunderheiler war.

Der Alte sah sich kurz Djamal und seine Wunde am Bein an.

»Vierhundert Euro«, sagte er dann.

Abdel nahm Djamal sein Geld ab und legte es mit seinen eigenen Ersparnissen zusammen. Vierhundertfünfzig Euro, das war alles, was sie noch besaßen. Er zählte vierhundert Euro ab und gab sie dem Arzt.

Erst dann fing dieser an, Djamal zu behandeln. Er gab ihm zunächst etwas gegen das Fieber und die Schmerzen, dann impfte er ihn. Danach zog er ihm die zerrissene Hose aus, desinfizierte die Wunde und spritzte ihm ein lokal wirkendes Betäubungsmittel. Nach wenigen Minuten begann er zu nähen. Djamal bekam davon kaum noch etwas mit. Abdel war sich nicht sicher, ob sein Freund überhaupt bei Bewusstsein war. Hoffentlich starb ihm sein zweiter Begleiter nicht auch noch unter den Händen weg. In was für ein fürchterliches Fiasko war ihr Traum vom Glück nur ausgeartet, dabei befanden sie sich noch keine zwei Tage auf dem ersehnten Kontinent.

Irgendwann war der alte Herr fertig.

»Ihr könnt euch noch ein paar Stunden ausruhen, aber vor Sonnenaufgang müsst ihr von hier verschwunden sein, sonst rufe ich die Polizei.«

Schweigend verließ er den Raum und machte die Tür hinter sich zu. Es war zwei Uhr in der Nacht. Abdel stellte seinen Handywecker auf sechs Uhr und verfiel in einen komatösen Schlaf.

Als sein Handy klingelte, weckte er Djamal, der zum Glück wieder zu sich kam, und sie verließen lautlos das Gebäude.

Der Arzt hatte ihm noch einen Zettel mit einer Adresse in die Hand gedrückt, als er sah, dass er ihnen ihr letztes Geld abgeknöpft hatte, das eigentlich für die Weiterreise nach Paris vorgesehen war. In Almeria könnten sie sich illegal als Landarbeiter verdingen, um wieder zu Geld zu kommen. Mehr Mitgefühl brachte er nicht auf für die beiden Migranten. Jeder musste schließlich selbst sehen, wo er blieb, und ohne seine Hilfe wäre der arme Djamal sicherlich wie ein Hund auf der Straße gestorben.

Per Anhalter reisten sie mit einem Lkw-Fahrer von Malaga nach Almeria, so konnten sie wenigstens ihr letztes Geld sparen. Sicherheitshalber hatte Abdel ausreichend Essen und Wasser für sie besorgt. Djamals Fieber war gesunken, und es schien ihm besser zu gehen. Abdel hoffte inständig, dass er wieder auf die Beine kommen würde. Den Verlust seines zweiten Freundes hätte er nicht ertragen. Jeder Mensch hatte seine Grenzen, und er war am Limit dessen, was er ertragen konnte.

7
Pariser Wohnverhältnisse

Sturni wartete, bis alle Passagiere den Zug verlassen hatten. Einige Sitznachbarn waren in das Abteil zurückgekehrt, nachdem er François' Abschiedsgeschenk verspeist hatte. Dann atmete er tief durch, zählte bis zehn, gab sich einen Ruck und wuchtete sein ganzes Hab und Gut aus dem TGV.

Da stand er nun mit seinen Unmengen an Gepäck, die er irgendwie ins südlich der Seine gelegene 5. Arrondissement bringen musste. Der Bahnsteig war inzwischen leer; er stand dort mutterseelenallein, und so fühlte er sich auch.

Die Gare de l'Est, der Pariser Fernbahnhof mit den Zugverbindungen in den Osten Frankreichs, war in den letzten Jahren umfassend renoviert worden. Er sah bei Weitem nicht so schön aus wie manch anderer Bahnhof in Paris, doch immerhin konnte man sich auf dem Bahnhofsgelände inzwischen einigermaßen sicher fühlen. Wiederwillig hatte er früher mit Caroline, die Paris für die romantischste Stadt der Welt hielt, ab und an Tagesausflüge oder verlängerte Wochenenden hierher unternommen und kannte sich daher ein wenig aus.

Für ein Taxi war Sturni zu geizig, blieben also nur die Pariser Metro und das *Reseau Express Regional*, kurz *RER*, das Netz der Pariser Regionalzüge. Bereits der Weg zum nächsten Ticketautomaten, bei dem er sich eine Zehnerkarte – *un carnet de dix* – für die Pariser Metro kaufen konnte, verlangte ihm einiges ab. Hätte ihm seine Dienststelle ein Erste-Klasse-Ticket spendiert, dann hätte er die Metrotickets auch direkt im TGV kaufen können. Paris im August war drückend heiß, und der Schweiß rann ihm aus allen Poren.

Zumindest diese Hürde nahm er mit Bravour, und kurz darauf

hielt er die zehn Tickets für die Pariser U-Bahn in den Händen. Ein erstes Erfolgserlebnis …

Schon im Zug hatte er sich auf seinem Stadtplan – bei Munsterkäse auf Gugelhupf – mit der Pariser Metro beschäftigt. Linie vier würde ihn von der Gare de l'Est nach *Les Halles* bringen. Dort musste er umsteigen. Ab *Châtelet Les Halles* konnte er den *RER* bis zur Haltestelle *Luxembourg* nehmen. Von dort aus wäre es nur noch ein Katzensprung bis in seine komfortable Wohnung …

Um an das Gleis der Metro zu gelangen, musste er zunächst eine Schleuse passieren. Das Ticket wurde dabei in einen kleinen Schlitz gesteckt, eingezogen, entwertet und dann wieder ausgespuckt. Danach öffnete sich die Schleuse, durch die man schnell hindurchgehen musste, bevor sie sich wieder schloss. Zuvor war noch das entwertete Ticket wieder entgegenzunehmen. Für den ganzen Vorgang blieb nicht viel Zeit …

Sturni beobachtete gebannt einige Passanten, die gekonnt ihr Ticket einführten, es wieder entnahmen und schnell durch die sich öffnende Absperrung huschten. Junge Burschen ohne Tickets sprangen einfach über die etwa hüfthohe Sperre und sparten sich so das Ticket. So weit, so gut. Die Frage war nur, wie er mit seinem Seesack, zwei schweren Koffern, einem großen Fresskorb und zwei zugegebenermaßen bereits angebrochenen Kisten Wein diesen engen Durchgang passieren sollte.

Er wuchtete seinen prall gefüllten Seesack und die beiden Koffer über das Hindernis. Hinter ihm bildete sich eine Schlange ungeduldiger Touristen, die möglichst schnell zu ihrem Hotel gelangen wollten. Mit den beiden Weinkisten und dem Fresspaket sollte es ihm eigentlich gelingen, den engen Durchgang zu passieren. Schließlich hatte er seit dem Mordfall an Dr. Hasselfeld einiges abgenommen. Mit einer Weinkiste unter dem Arm schob er das Metroticket in die dafür vorgesehene Öffnung. Es wurde eingezogen, abgestempelt und kam nach kurzer Zeit zurück. Ruckartig öffnete sich die Schleuse vor ihm. Nun musste jede Bewegung sitzen, es kam auf die Sekunde an.

Zwischen Zeige- und Mittelfinger nahm er das Ticket wieder in Empfang, stürmte los und … blieb mitten im Durchgang stecken. Er hatte sich verschätzt. Fresskorb, Sturni und Weinkisten passten einfach nicht durch den engen Spalt. Außerdem bremsten ihn Seesack und Koffer aus, die nicht weit genug hinter der Schleuse standen. Er konnte sich drehen und wenden, wie er wollte, es gab kein Durchkommen für ihn. Da halfen auch die abgespeckten Kilos nichts … Die Touristengruppe hinter ihm, vermutlich Deutsche, begann lauthals zu lachen und sich über ihn lustig zu machen, anstatt ihm zu helfen.

Plötzlich eilte ihm ein freundlicher Engel zu Hilfe.

»*Puis-je vous aider?* – Kann ich Ihnen helfen?«

Eine junge Frau, die sich hinter der Schleuse befand, nahm ihm die Weinkisten ab. Das war seine Rettung. Mit dem Fresskorb passte er locker durch die enge Passage. Er kletterte über Seesack und Koffer, und eine Minute später hatte er es tatsächlich mit seinem ganzen Gepäck in den Innenbereich der Metrostation geschafft, dank seiner hübschen Helferin.

Sturni war einigermaßen sprachlos. Er hatte immer gedacht, die Pariserinnen seien allesamt zickig und arrogant. Dem Mythos, dass es sich bei ihnen um die perfekten weiblichen Geschöpfe handele, war er nie auf den Leim gegangen. Er hatte keine Ahnung, wie sich dieses völlig falsche Bild der Pariserinnen im Ausland hatte durchsetzen können. Im Elsass jedenfalls galt »die Pariserin« als Inkarnation der *connasse,* der blöden Zicke.

Diese junge Frau hingegen war bildhübsch – okay, das waren zugegebenermaßen viele Pariserinnen. Sie trug ein leichtes Kleid mit Blümchenmuster und lächelte ihn auch noch freundlich an. Das passte so überhaupt nicht in sein Pariser Frauenbild. Vielleicht doch eher eine ausländische Studentin?

»*Mais ..., merci ...*«

Sturni suchte nach einer Möglichkeit, sich erkenntlich zu zeigen. Aus seinem Fresskorb kramte er eine Dose mit feinster Gänsestopfleber und reichte sie der jungen Frau.

»*C'est rien* – keine Ursache ...«

Die hübsche Gestalt winkte dankend ab, schenkte ihm ein weiteres Lächeln und verschwand in Richtung Metro.

Plötzlich schoss es ihm siedend heiß durch den Kopf. Vielleicht war das alles nur eine üble Masche, und er hatte sich von dem schönen Gesicht blenden lassen wie ein blauäugiger deutscher Tourist? Schließlich war er in Paris ... hier gab es Taschendiebstähle und sonstige Abzocken an jeder Ecke. Das hier war nicht die heile Welt des Elsass.

Schnell fasste er an seinen Bauch. Im *Au Vieux Campeur* an der Rue du 22 Novembre in Straßburg hatte er sich vor seiner Abreise noch eingehend beraten lassen und verschiedene Gegenstände für den Großstadtdschungel eingekauft. Eine ultrahelle Taschenlampe, einen Gaskocher, Campingbesteck und – ganz wichtig – einen Bauchgurt, um seine Wertsachen sicher zu verwahren. Er atmete auf, als er den Gurt samt Inhalt fühlte. Vielleicht war er doch etwas zu voreingenommen gegenüber den Pariserinnen, nicht alle schienen schlecht und durchtrieben zu sein.

Das Umsteigen an der Station *Les Halles* klappte schon etwas besser. Zwar musste er eine gefühlt endlose Strecke zurücklegen, um von der Metrostation zum *RER* zu gelangen, doch blieb ihm die Sicherheitsschleuse diesmal erspart. Als er in *Luxembourg* ankam, hatte er bereits dazugelernt. Er bat einen älteren und seriös aussehenden Herrn um Unterstützung, und mit vereinten Kräften beförderten sie sein Gepäck sicher zum Ausgang.

Belustigt nahm der ältere Herr eine Dose Sauerkraut als Dankeschön entgegen, die Gänsestopfleber wollte Sturni nun doch lieber für zu erwartende schwere Stunden aufbewahren.

Wieder an der Erdoberfläche angelangt, blickte er direkt auf den Jardin du Luxembourg. Der Anblick erinnerte ihn an den Parc de l'Orangerie in Straßburg. Hier würde er sich wohlfühlen.

Das Schlimmste war geschafft, nur noch wenige Minuten Fußweg trennten ihn von seiner Wohnung, wo er sich erst einmal von den erlittenen Strapazen erholen wollte. Er ging den Boulevard Saint-Michel ein kleines Stück in Richtung Seine, bog in die Rue Roller-Collard ein, wandte sich auf der Rue Saint-Jacques nach links, und schon stand er vor seiner neuen Wohnung. Sturni traute seinen Augen nicht. Vor ihm erhob sich ein großbürgerliches, außen reichlich mit Stuck verziertes Gebäude. Vor jedem Fenster gab es einen kleinen Austritt, der mit einem gusseisernen Gitter gesichert war.

Er hatte eine grobe Ahnung von den Immobilienpreisen in Paris. Das 5. Arrondissement um den Jardin du Luxembourg gehörte zu den teuersten Wohngegenden in einer der teuersten Städte der Welt. Die Miete für diese Wohnung musste ein Vermögen kosten und sein Gehalt um ein Vielfaches übersteigen. Keine Frage, die *direction centrale de la police judiciaire* ließ sich seinen Aufenthalt hier einiges kosten. Aber gut, man hatte ihn schließlich einer elitären Spezialeinheit zugeteilt, deshalb durfte er wohl auch einige Privilegien genießen. Er fragte sich, ob Bouget ihm vielleicht tatsächlich etwas Gutes tun wollte. Hatte er ihm etwa unrecht getan? Gab es eine menschliche Seite seines Direktors, die ihm – und dem gesamten Kollegium der Straßburger Polizei – bisher entgangen war?

Ein wenig verdutzt war er, als er den in dem Schreiben der *direction centrale* angegebenen Namen nicht auf Anhieb unter den Klingelschildern fand. Nach einigem Suchen wurde er jedoch fündig. Etwas abgesetzt von den anderen Namen, die auf den gold glänzenden Messingschildern eingraviert waren, fanden sich vier kleinere Klingelknöpfe. Daneben standen auf kleinen Plastikschildern die Namen Stevenson, Sané und Menad. Eine Klingel hatte keinen beigefügten Namen, das musste also sein Apartment sein. Stevenson, das war der Name in dem Schreiben. Olivia Stevenson wartete auf ihn, würde ihn in Empfang nehmen und ihm seine schöne Wohnung zeigen. Beherzt klingelte er an der Tür.

Eine sympathische Stimme antwortete auf Französisch mit starkem amerikanischem Akzent.

»*Monsieur* Sturni?«

»In Person!«

Das lief ja wie am Schnürchen.

»Kommen Sie rein. Ich freue mich!«

Es summte, und die große, schwere Tür aus Gusseisen, verziert mit *Belle-Époque*-Ornamenten, öffnete sich. Sturni trat ein. Der Eingangsbereich war komplett mit weißem Marmor ausgekleidet. Es gab einen Aufzug und eine Treppe, deren Zugang allerdings verschlossen war. *Pas de problème* – kein Problem –, er bevorzugte ohnehin den Aufzug. Er drückte auf den Knopf, damit sich die Tür öffnete. Doch anstatt ihm Einlass zu gewähren, fragte das moderne Gerät nach einem Passwort. Das hätte ihm die liebe Olivia Stevenson auch gleich sagen können …

Er ging noch einmal hinaus und klingelte erneut.

»*Oui?*«

»Ich benötige noch einen Code für den Aufzug.«

Am anderen Ende der Sprechfunkanlage ertönte ein schallendes Lachen.

»Den hätte ich auch gerne. Ihr Zimmer befindet sich in der obersten Etage, in einem *chambre de bonne*, einer kleinen Dachkammer, die früher den Dienstmädchen vorbehalten war. Sie gehen noch einmal in die Eingangshalle. Im hinteren Teil befindet sich eine kleine Holztür. Keine Sorge, sie ist nicht verschlossen, und man benötigt keinen Code. Über sie gelangen Sie in den Hinterhof. Von dort führt eine Wendeltreppe in das oberste Stockwerk, das von den anderen streng abgetrennt ist. Dort warte ich auf Sie. *À tout à l'heure* – bis gleich!«

Die Tür öffnete sich erneut. Sturni tat, wie ihm geheißen.

Der Hinterhof, in den er nun gelangte, bildete einen krassen Gegensatz zur schicken Eingangshalle. Anstatt blank poliertem Gestein, wie an der Straßenseite des Gebäudes, gab es hier nur schmutzigen, rußgeschwärzten Backstein. In einer Ecke des Innenhofs führte eine schmale Wendeltreppe im Freien bis zum obersten Stockwerk. Niemals würde er sein ganzes Gepäck auf einmal diese Treppe hinaufschleppen können. Da er am Ende seiner Kräfte war, beschloss er, lediglich das Fresspaket mitzunehmen und den Rest später hochzubringen. Todesmutig wagte er sich die steilen Stufen hinauf. Er war nicht ganz schwindelfrei, und beim Blick in den Hof wurde ihm ab dem vierten Stockwerk übel. Irgendwann hatte er es endlich geschafft.

Oben angekommen, wartete eine bestens gelaunte Olivia Stevenson auf ihn.

»Das wäre doch nicht nötig gewesen, ein Korb mit elsässischen Köstlichkeiten, *merci beaucoup,* oder sollte ich besser sagen *merci vielmals*? Sie kommen doch aus dem Elsass, *n'est-ce pas* – nicht wahr?«

Was war das denn für ein komischer Vogel? So war das nicht gemeint gewesen. Sturni war jedoch zu stolz, um sein Fresspaket von Olivia Stevenson zurückzufordern. Außerdem wollte er es sich nicht gleich zu Beginn mit seiner neuen Nachbarin verscherzen.

»*Bon,* aber gerne doch. Es ist sehr nett von Ihnen, dass Sie auf mich gewartet haben.«

»Das ist doch selbstverständlich. Schließlich werden wir die nächsten drei Monate in einer WG zusammenleben. Wollen wir uns nicht duzen? Ich bin Olivia.«

Hatte er richtig gehört? WG? Er war einundvierzig Jahre alt und

Hauptkommissar der Straßburger Kriminalpolizei. Hatte die *direction centrale* allen Ernstes ein WG-Zimmer für ihn angemietet?

Wenigstens machte Olivia einen sympathischen Eindruck. Eigentlich hätte er ihr das »du« anbieten müssen. Die junge Frau vor ihm war allenfalls Anfang dreißig, aber Amerikaner konnten mit solchen kontinentaleuropäischen Unterscheidungen wie »du« und »Sie«, beziehungsweise »*tu*« und »*vous*«, ja ohnehin nichts anfangen, geschweige denn mit den ungeschriebenen Gesetzen, wer wem das vertrauliche »*tu*« zuerst anbieten durfte.

»Wenn es dir nichts ausmacht, dann würde ich mir jetzt gerne meine Wohnung anschauen.«

Wieder musste Olivia herzhaft lachen.

»Wenn du ein *chambre de bonne* in Paris als Wohnung bezeichnen willst … Ihr Elsässer scheint mir ja humorvolle Gesellen zu sein.«

Sturni war etwas irritiert. Die Frau verunsicherte ihn. Immerhin hatte sie schon gehört, dass es sich bei Elsässern um ein fröhliches Volk handelte, das war immerhin ein Anfang. Olivia führte ihn einen schmalen, dunklen Gang entlang, die Holzdielen knarzten.

»Das ist übrigens unsere gemeinsame Toilette.«

Comment? Gemeinsame Toilette? Das wurde ja immer schöner …

Dahinter kamen vier weitere, ziemlich morsche Holztüren zum Vorschein. Olivia öffnete eine der Türen und ließ ihn ein. Sein Zimmerchen war winzig. Der alte Holzboden bestand aus abgetretenen Dielen. Anstatt eines vernünftigen Betts hatte er lediglich ein Drahtgestell, auf dem eine alte Matratze lag. Richtig, im Schreiben der *direction central* hatte ja gestanden, dass es sich um eine voll möblierte Wohnung handele … Darunter hatte er sich etwas anderes vorgestellt. Es gab einen kleinen Schreibtisch und eine winzige Kochecke mit zwei Herdplatten, seine Küche. Den Gipfel der *tristesse* – des Trauerspiels – bildete jedoch die Dusche. Sie befand sich direkt neben der kleinen Küchenzeile. Die Nasszelle war eine winzige knallgrüne Plastikbox, bei der er nicht wusste, wie er seinen Körper dort hineinzwängen sollte. Das letzte Mal hatte er so ein Ding gesehen, als er in seiner Jugend bei einem Interrail-Urlaub in einer Absteige der billigsten französischen Hotelkette übernachtet hatte.

Olivia bemerkte, wie Sturni die Kinnlade herunterfiel, und versuchte, ihn etwas aufzuheitern.

»Es ist nicht das Hotel *Plaza Athénée,* aber man kann es hier schon aushalten. In Paris gibt es noch viel schlimmere Löcher. Wenigstens leben wir in einer guten Wohngegend, und billig sind selbst diese Kämmerchen nicht.«

»Ich habe noch Gepäck unten. Würde es dir etwas ausmachen, mir zu helfen?«

Wenn Olivia sich schon seinen kostbaren Fresskorb einverleibte, dann konnte sie ruhig etwas dafür tun.

»Mit dem größten Vergnügen!«

Auf Anhieb hatte er einen Draht zu seiner Mitbewohnerin, und das Missverständnis mit seinen Fressalien war schnell verziehen. Sie hatte langes braunes Haar, ein schönes Gesicht und war beileibe kein Hungerhaken. Ohne sie hätte er es wohl nicht mehr geschafft, sein Gepäck bis in den siebten Stock hochzuwuchten. Nach der Odyssee von Straßburg bis hierher fühlte er sich ziemlich erledigt.

Als endlich alles in seinem kleinen Kabuff verstaut war, lud er Olivia noch zum Abendessen ein. Da sie sich einen großen Teil seiner eisernen Reserve unter den Nagel gerissen hatte, musste er mit den übrigen elsässischen Leckereien haushalten.

Gleich um die Ecke gab es einen netten libanesischen Imbiss, der ihn an das *Tarbouche* in Straßburg erinnerte. Das half ein wenig gegen sein Heimweh. Er bestellte mehrere Platten, nach den erlittenen Strapazen hatte er mächtig Hunger.

»Was macht eine junge, intelligente Frau wie du in solch einer Absteige in Paris?«

»Ich promoviere in Kunstgeschichte und lebe von meinem Stipendium, da kann man hier keine großen Sprünge machen.«

Er hatte ihr gleich angesehen, dass sie ziemlich clever war.

»Dann bist du ja die perfekte Reiseführerin für mich. Ich war schon lange nicht mehr in Paris.«

»*Avec beaucoup de plaisir* – aber gerne doch. Ich freue mich immer, wenn ich netten Menschen die Kunstgeschichte der schönsten Stadt der Welt näherbringen kann.«

Die schönste Stadt der Welt war immer noch Straßburg, aber er war müde vom Wein und nicht in der Stimmung, um ein Streitgespräch darüber anzufangen, wer von ihnen beiden mit seiner Ansicht recht hatte.

»Wer wohnt denn noch in unserer *colocation,* unserer WG?«

»Ich kenne die anderen beiden kaum, ein Mann und eine Frau, viel mehr weiß ich auch nicht über sie. Die Frau sehe ich ab und zu. Manchmal treffe ich sie auf der Wendeltreppe. Sie arbeitet als Putzfrau und *nounou,* Kindermädchen. Sie geht immer sehr früh zur Arbeit. Wenn ich abends nach Hause komme, schläft sie bereits.«

»Und der vierte im Bunde?«

»Das ist ein Phantom. Er arbeitet immer abends und nachts. Manchmal höre ich ihn nachts nach Hause kommen, und morgens schläft er dann aus. Ich habe ihn, seit ich hier wohne, noch keine dreimal gesehen.«

Nach seinem dritten *pichet,* einem kleinen Krug, der mit einem Viertelliter Wein gefüllt war, hatte er seinen Frieden mit seiner neuen Lebenssituation geschlossen. Die Zeit war überschaubar. Er würde das Beste aus seiner Situation machen. Außerdem gab es wahrlich schlimmere Städte als Paris, auch wenn er das gegenüber seinen beiden Inspektoren niemals zugeben würde. Er rief den

Kellner und bezahlte die Rechnung. Zum Glück war ihre Wohnung gleich nebenan.

Sturni schwankte leicht, und Olivia musste ihn die letzten Stufen der endlosen Wendeltreppe hochschieben. Sie verstanden sich blendend, lachten viel, und er hatte den Eindruck, schon nach dem ersten Abend eine neue Freundschaft geschlossen zu haben. Vor ihren Zimmern verabschiedeten sie sich mit *bises,* und Olivia bot ihm nochmals an, ihm Paris zu zeigen und ihre Geheimtipps zu verraten.

Hundemüde legte er sich auf seine spartanische Pritsche, schrieb Margaux noch eine kurze Nachricht und schlief ein. Gleich morgen würde er sich bei seiner neuen Arbeitsstelle melden müssen.

8
Die Überfahrt

Das Schiff erinnerte sie an die Piroge ihres Vaters. Es war kaum größer als das kleine Fischerboot, das ihre Familie über viele Jahre ernährt hatte, bevor ihnen die Lebensgrundlage entzogen worden war – der Fisch vor den Küsten Senegals. Wie das Boot ihres Vaters war es kunterbunt angestrichen. Der Anblick trieb Saba Tränen in die Augen. Würde es ein Abschied für immer von ihrem Heimatland sein? Das Boot, das sie ans Ziel ihrer Träume – Europa – bringen sollte, weckte viele Kindheitserinnerungen in ihr. Schnell wischte sie die Tränen beiseite, sie durfte jetzt keine Schwäche zeigen. Es war ihre eigene Entscheidung gewesen, dies war die Chance ihres Lebens, und sie wollte sie nutzen!

Die Piroge legte mitten in der Nacht ab. Der Kapitän und der Schlepper wollten außer Sichtweite der Küste sein, bevor es hell wurde. Saba war die einzige Frau an Bord. Mit ihr und fünfunddreißig Männern tuckerte das nur eingeschränkt seetüchtige Boot in ausreichendem Abstand zur Küste gen Norden. Die Passagiere lebten in der ständigen Angst, aufgegriffen und zurückgeschickt zu werden. Dann wäre die hohe Investition umsonst gewesen. Ihr Vater Amadou hatte sein gesamtes Vermögen in diese Überfahrt investiert. Saba konnte es sich nicht leisten, zu scheitern.

Dass die Bootsfahrt anstrengend werden würde, war ihr klar gewesen; dass ihr jedoch eine solche Tortur bevorstand, damit hatte sie nicht gerechnet. Die Hitze und vor allem der Mangel an Wasser und Nahrung setzten ihr zu. Saba hatte gehört, dass es auf solchen Schiffen sexuelle Übergriffe auf die wenigen Frauen gegeben habe, die die gefährliche Überfahrt wagten, doch sie hatte Glück. Die Männer an Bord ließen sie in Ruhe. Die meiste Zeit kauerte sie sich an der Spitze des Bootes zusammen und versuchte, sich unsichtbar zu machen. Ein Verhalten, das sie in den nächsten Jahren noch perfektionieren würde.

Nach zwei Wochen waren sie am Ende ihrer Kräfte. Die Wasservorräte gingen zur Neige, und sie hatten kaum noch etwas zu essen. Immer öfter kam es zu Streit zwischen den Männern an Bord, die Nerven lagen bei allen blank. Saba wusste, dass die Lage für sie als einzige Frau immer gefährlicher wurde. Sie war eines der schwächsten Glieder in der Kette, und das konnte ihr nun leicht zum Verhängnis werden. Zum Glück gab es an Bord zwei junge kräftige Männer, die sich um sie kümmerten und sie unter ihren Schutz stellten.

Mitten in der Nacht, bei sternenklarem Himmel und Vollmond, tat sich vor ihnen die karge Küste von Fuerteventura auf, die erste Station auf ihrer langen Reise nach Paris. Sie hatten ihr Ziel in letzter Minute erreicht. Die Wasservorräte waren zu Ende, und einen weiteren Tag unter der glühenden nordafrikanischen Sonne hätten einige von ihnen nicht überstanden. Noch in der Nacht gingen sie bei ruhigem Seegang in einer abgelegenen Bucht vor Anker; keine Polizei erwartete sie.

Bei ihrer waghalsigen Überfahrt hatten sie im Nachhinein mehr Glück als Verstand gehabt. Viele andere vor ihnen waren bei dem gleichen Versuch gescheitert, ihre kleinen Boote waren bei heftigem Seegang gesunken, und die wenigen, die es an Land schafften, wurden häufig von den Behörden aufgegriffen und in ihre Heimatländer zurückgeschickt.

Kaum war die kleine Gruppe an Land, verstreuten sich ihre Mitglieder in alle Winde, lösten sich in Luft auf. Jeder war ab jetzt auf sich allein gestellt, kämpfte seinen eigenen Kampf.

9
Der neue Auftrag

»*Ah, Monsieur* Sturni. Sie sind ja pünktlicher als die deutschen Maurer! Ich bin Iven Droumaguet, Leiter der Spezialeinheit *corruption industrie nucléaire*. Seien Sie herzlich willkommen in unserem kleinen Team!«

»*Enchanté* – angenehm!«

Antoines Interimsvorgesetzter schüttelte ihm kräftig die Hand. Er hatte sich um halb zehn an seinem neuen Arbeitsplatz am Quai des Orfèvres eingefunden. Um diese humane Uhrzeit war Pünktlichkeit keine große Kunst. Trotzdem war er, abgesehen von seinem neuen Vorgesetzten, der Erste im Büro.

»Normalerweise komme ich montagmorgens erst etwas später zur Arbeit. Meine Vorzimmerdame hat Sie wohl um diese nachtschlafende Zeit eingeladen, ohne es vorher mit mir abzustimmen. *Tant pis pour nous* – Pech für uns!«

Droumaguet grinste und gähnte dann erst einmal ausgiebig. Er spielte seinem neuen Mitarbeiter wahrlich keinen übertriebenen Arbeitseifer vor.

***

Sturni hatte schlecht geschlafen. Die billige Kaltschaummatratze und der stählerne Lattenrost ohne Federung sorgten dafür, dass sein Rücken schmerzte. Er war total verspannt. Außerdem vertrug er Höhenluft nicht so gut. Nur zaghaft hatte er gestern aus dem schrägen kleinen Fester im siebten Stock geschaut. Dabei war der herrliche Ausblick noch das Beste an seiner Absteige. Man konnte von dort den gesamten Jardin du Luxembourg überblicken. Dummerweise war er nicht schwindelfrei, also hielt er sich fern von dem Fensterchen, was bei der Zimmergröße gar nicht so einfach war.

Ohne Frühstück und mit einem dem libanesischen Rotwein geschuldeten Brummschädel quälte er sich die steilen Stufen hinunter. Mit beiden Händen klammerte er sich dabei am Geländer fest; diese enge Wendeltreppe war die Hölle für Menschen mit Akrophobie.

Schon am frühen Morgen war es drückend heiß in der Metropole; Mitte August erstickte Paris unter einer Dunstglocke von Autoabgasen. Schweißüberströmt erreichte er die Rue Saint-Jacques und schlenderte gemütlich in Richtung Île de la Cité. In einer Millionenstadt wie Paris war es ein Luxus, zu Fuß zur Arbeit gehen zu können. Über die Lage seiner Wohnung konnte er sich wahrlich nicht beschweren. Noch lieber wäre ihm aber anstatt seines *chambre de bonne* eines der Edelapartments in einem der unteren sechs Stockwerke gewesen. Leise verfluchte er die Verwaltung der *direction centrale de la police judiciaire,* die ihm diesen Schlamassel eingebrockt hatte.

Sein Fußweg zur Arbeit war allerdings ein Traum. Die schmale Straße, die direkt zur Seine hinunterführte, beherbergte eine Vielzahl von netten Bars, Cafés und Restaurants. An der Straßenkreuzung Rue Soufflot nahm er an einem Bistrotisch in einem der Cafés Platz, um sich mit einem starken doppelten *express* und Croissants mit Butter und Marmelade mental auf seine neue Aufgabe vorzubereiten. Er zog eine seiner filterlosen Gauloises aus der himmelblauen Schachtel und zündete sie in aller Ruhe an. Antoine war früh dran, hatte alle Zeit der Welt.

Auf seinem *portable* prüfte er, ob es neue Nachrichten von Margaux oder Christian gab, was nicht der Fall war. Die beiden schienen ja bestens ohne ihn zurechtzukommen. Er nutzte die freie Zeit, um noch ein wenig im Netz zu surfen und sich über die Umgebung zu informieren. Bei seinem neuen Wohnort handelte es sich um eine der ältesten Straßen in Paris. Schon die Römer hatten sie als südliche Ausfallstraße aus der Stadt angelegt. Die Rue Saint-Jacques führte an der Université Paris-Sorbonne vorbei, und das studentische Flair war überall zu spüren. Rechter Hand lag das Panthéon, in dem berühmte französische Dichter und Denker der letzten Jahrhunderte begraben waren.

Er nahm sich vor, das Beste aus seiner Zeit in Paris zu machen. Die drei Monate würden vergehen wie im Flug. Außerdem musste selbst er als eingefleischter Straßburger zugeben, dass er es wesentlich schlimmer hätte treffen können. Obwohl er sich gerade im Herzen der Metropole befand, strahlte Paris im südlichen Teil des 5. Arrondissements eine fast schon kleinstädtische Ruhe aus. Es musste am Sommermonat August liegen; viele Läden waren geschlossen, halb Paris machte Urlaub an einer der französischen Küsten, und die Touristen aus aller Welt knubbelten sich um die bekannten Sehenswürdigkeiten. In der Rue Saint-Jacques hingegen war es ruhig wie in seinem Straßburger Stadtteil Krutenau im November …

La Rentrée, die Rückkehr der Franzosen aus ihren endlos langen Sommerferien, stand kurz bevor, und schon in wenigen Tagen würde Paris wieder in große Hektik verfallen. Man hatte ein Gefühl von Ruhe vor dem Sturm. Sturni musste sich eingestehen, dass er sich hier wohlfühlte, und wunderte sich über sich selbst, er, das elsässische Landei, in einer Weltstadt …

Nachdem er seine dritte *clope* – Kippe – ausgedrückt und seinen zweiten *express* in einem Zug ausgetrunken hatte, begab er sich in aller Ruhe auf die Île de la Cité. Beim Überqueren der Pont Cardinal Lustiger hatte er rechter Hand einen traumhaften Blick auf die Kathedrale Notre-Dame de Paris. Wer würde ihn nicht um einen solchen Arbeitsplatz beneiden? Er dachte an Bougets Worte. Sollte sein verhasster Vorgesetzter doch recht behalten? Nie war Sturni über das Elsass hinausgekommen, nie hatte er über den

Tellerrand geblickt. Vielleicht war es ja tatsächlich an der Zeit, neue Horizonte zu entdecken. Warum nicht in der Stadt der Liebe, die nach gängiger Auffassung als die schönste der Welt galt …?

Dummerweise saß seine neue Liebe in Straßburg und wartete dort auf ihn. Hoffentlich … Margaux war kein Kind von Traurigkeit, und er hoffte inständig, dass ihr junges Glück die drei Monate Trennung unbeschadet überstehen würde. Bei Margaux' Männerverschleiß wäre das ein Wunder. Wenn ihre Beziehung in dieser Zeit hielt, dann meinte sie es wirklich ernst mit ihm. Vielleicht war die räumliche Trennung ja eine Chance für sie beide.

Sturni hatte sich nach anfänglichem Zögern heiß in seine Sekretärin verliebt, die erst vor wenigen Tagen vollzogene Scheidung steckte ihm aber immer noch in den Knochen. Caroline war bereits im fünften Monat schwanger und mit Vollgas ins zweite Glück gestartet. Konnte er hingegen seiner neuen, etwas leichtlebigen Freundin vertrauen? *On verra* – man würde sehen …

Hinter der Brücke wandte er sich nach links und bummelte zum Quai des Orfèvres. Die *direction de la police judiciaire* war in einem imposanten Gebäude untergebracht, rundum gesichert mit Überwachungskameras. Wie hatte Bouget es nur geschafft, ihn in einer solchen Eliteeinheit unterzubringen? Antoine Sturni, den kleinen Kriminalhauptkommissar aus Straßburg. Bouget schien in Paris tatsächlich bestens vernetzt zu sein.

***

»Ich zeige Ihnen Ihr neues Büro. Sie haben einen Blick direkt auf die Seine und die traumhaften Häuserfassaden an der *rive gauche* – das südlich gelegene Ufer der Seine.«

Das frühe Aufstehen hatte seinem neuen Direktor nicht die Laune verdorben.

»Sie wissen, dass ich Leiter der Mordkommission in Straßburg bin? Mit Betrug, Korruption, Finanzfragen und der Atomindustrie habe ich mich bisher noch nicht vertieft befasst.«

Sturni hatte immer noch Bedenken, welchen Beitrag er in dieser Spezialeinheit leisten sollte. Er war einfach nicht vom Fach.

»Mein lieber Herr Sturni, in meinem vorherigen Leben war ich Polizeidirektor in Rennes in der Bretagne. Ich gehe in sechs Monaten in den wohlverdienten Ruhestand. Das sind meine letzten Monate im Amt, und glauben Sie mir, ich habe wirklich keine Ahnung, weshalb man mich für die Leitung dieser Spezialeinheit ausgewählt hat. Machen Sie sich also keine Sorgen und genießen Sie Ihre Zeit in der schönsten Stadt der Welt. Ich zumindest mache es so. Mit meiner kargen Pension werde ich mir ein Leben in Paris nicht leisten können, und es war schon immer mein Traum, für einige Zeit hier zu leben. Schön, dass er kurz vor meinem Ruhestand noch in Erfüllung geht.«

Droumaguet war ihm auf Anhieb sympathisch. Er erinnerte ihn stark an Bougets Vorgänger, seinen väterlichen Freund Adrien Schmidiger: kräftig, etwas untersetzt und mit einem riesigen Schnauzbart ausgestattet. Überhaupt bestanden viele Ähnlichkeiten zwischen Elsässern und Bretonen. Beide hielten eine gesunde Distanz zum von Paris dominierten Zentralstaat und versuchten, ihre Sprache und ihre Kultur nach Kräften zu bewahren. Droumaguet strahlte eine große Ruhe und Zufriedenheit aus, ganz anders als sein aalglatter und karrieregeiler Direktor in Straßburg. Es beruhigte ihn, dass auch Droumaguet ein erfahrener Polizist, aber kein Experte für Wirtschaftsdelikte war. Nicht einmal über technischen Sachverstand in Sachen Atomenergie schien er zu verfügen. Sie würden ihm hier schon nicht den Kopf herunterreißen. Er würde, wie immer, sein Bestes geben und sich ansonsten eine schöne Zeit in Paris machen, *chambre de bonne* hin oder her.

Sein Büro war zwar klein, aber er genoss in der Tat einen herrlichen Blick auf die andere Seite der Seine. Leider war bereits alles mit Akten vollgestopft. Damit würde er sich in den nächsten Monaten wohl beschäftigen müssen. Auf seinem Schreibtisch wartete ein mit Dokumenten gefüllter Umschlag auf ihn.

»Ich habe eine kurze Einführung in die Thematik für Sie erstellen lassen. Wie Sie vielleicht schon erfahren haben, gibt es eine freischaffende und ziemlich hartnäckige Journalistin, die sich die Machenschaften der französischen Atomindustrie vorgenommen hat. Sie treibt die Konzerne, Behörden und Politik mit immer neuen Enthüllungen vor sich her.«

Droumaguet drückte ihm zwei Blätter mit Bild und Lebenslauf der Journalistin in die Hand.

»Zoé Le Coq! Sie ist der Albtraum der französischen Atomkonzerne, und auch der Politiker und Behörden, die mit der Industrie zu tun haben.«

Das Gesicht kam ihm bekannt vor. Eine bildhübsche junge Frau, dunkle, fast schon schwarze, lange Haare, ein wacher, intelligenter Gesichtsausdruck, der Humor verriet.

»Über ihren Blog informiert sie im Internet ständig über Vorkommnisse bei den französischen Atomkonzernen. Sie muss gute Quellen haben und hat schon einige schwerwiegende Pannen aufgedeckt, die von den Konzernen und sogar von der Atomaufsichtsbehörde, der *autorité de sûreté nucléaire,* als eher harmlos deklariert wurden.«

Die Atomindustrie war Teil der französischen DNA, die Basis der Stromversorgung des Landes. Die Politik setzte auch weiterhin massiv auf diese umstrittene Methode der Energiegewinnung. Kaum ein Monat verging, in dem nicht ein hochrangiger Politiker versicherte, die französischen Atommeiler seien die sichersten der Welt. Der Blog von Zoé Le Coq sprach eine andere Sprache …

»Le Coq ist das personifizierte schlechte Gewissen der Nation. Es ist immer das gleiche Muster, gegen das sie ankämpft. Erst alles abstreiten, dann, wenn die Beweislast zu erdrückend wird, scheibchenweise informieren und dabei die Risiken für die Bevölkerung herunterspielen und verharmlosen.«

Sturni kannte das Spiel nur zu gut. Der älteste und pannenanfälligste Atommeiler Frankreichs stand dummerweise im Elsass, nur wenige Kilometer von seinem Heimatdorf entfernt. Die Franzosen standen ihren Atomreaktoren relativ indifferent gegenüber, viele waren sogar stolz auf sie. Billiger Strom aus der Steckdose war ihnen wichtiger als die Angst vor einem möglichen atomaren Super-GAU, der in Frankreich ohnehin völlig ausgeschlossen war. Schließlich lebte man nicht in der Ukraine oder in Japan, sondern im gelobten Land der *Grande Nation* …

Mutigen Journalisten wie Le Coq war es zu verdanken, dass sich die Stimmung in der französischen Bevölkerung nach und nach änderte. Fast im Alleingang hatte sie einen solch großen öffentlichen Druck aufgebaut, dass die Regierung sich dazu genötigt sah, hart durchzugreifen und den Anschuldigungen Le Coqs auf den Grund zu gehen, und zwar mit einer schlagkräftigen Ermittlertruppe.

»Ich stelle Ihnen noch die übrigen Mitglieder des Teams vor, und dann überlasse ich Sie dem Aktenstudium.«

Es war inzwischen halb elf, und die kleine Einheit war eingetrudelt. Aus ganz Frankreich hatte man Polizeibeamte für dieses Team zusammengestellt, allesamt sympathische gestandene Beamte. Nur Experten für Wirtschaftskriminalität und Beamte mit technischem Sachverstand im Bereich Atomenergie waren nicht darunter, sondern ein weiterer Kriminalkommissar aus Bordeaux, ein IT-Fachmann aus Marseille – immerhin –, eine junge Inspektorin von der Spurensicherung in Toulouse ….

Nachdem sie ihren kleinen Rundgang beendet und wieder Sturnis Büro erreicht hatten, überließ Droumaguet ihn seinem Schicksal. Lustlos blätterte er in dem Dossier, das Droumaguet für ihn vorbereitet hatte.

Am meisten interessierte ihn noch der Lebenslauf von Zoé Le Coq. Was für eine Frau! Sie hatte zwei Hochschulabschlüsse am *Institut d'études politiques de Paris* – der berühmten »*Sciences Po*« – und an der *École nationale supérieure des mines de Paris* erworben. Zwei Diplome an französischen Kaderschmieden, die eine für Politik und Verwaltung, die andere für Ingenieure, das musste ihr erst einmal jemand nachmachen.

Im Anschluss an ihre beiden Studienabschlüsse hatte sie sogar noch ein elitäres Aufbaustudium draufgesattelt, das sie für höchste Ämter im technischen Bereich qualifizierte, sei es in Politik, Verwaltung oder Wirtschaft. Nur die Besten der Besten erhielten Zugang zu diesem Programm.

Da sie unabhängig bleiben wollte, entschied sie sich nach dem Studium trotz attraktiver Angebote aus Industrie und Staatsdienst für ein Leben als freie Journalistin. Unabhängigkeit und Freiheit schienen ihr das höchste Gut zu sein. Sie konnte es sich leisten, denn ihre Mutter stammte aus einem alten französischen Adelsgeschlecht, und ihr Vater war ein steinreicher Verleger, der sie immer dazu animiert hatte, frei, unabhängig und unbequem zu sein. Le Coq hatte keine Scheu davor, sich mit den Großen in Politik und Wirtschaft anzulegen; für sie war es geradezu eine Herausforderung, die Missstände in der französischen Gesellschaft und in der Politik gnadenlos anzuprangern. Seit einiger Zeit hatte sie es auf die französische Atomindustrie abgesehen, ihr aktuelles Projekt sozusagen.

Nachdem er mit Le Coqs Lebenslauf fertig war, nahm er sich ein weiteres Dossier mit einer Einführung in die Strukturen der französischen Atomindustrie vor. Besonders pikant in diesem hochsensiblen Industriezweig war die enge Vernetzung zwischen Staat und Industrie. Die Konzerne gehörten mehrheitlich dem Staat. Spitzenkräfte aus Industrie und Politik wechselten munter zwischen den Führungspositionen in den Konzernen und Ministerien hin und her. Vor diesem Hintergrund erschien eine unabhängige Atomaufsicht nicht besonders glaubwürdig. Die großen Konzerne waren die *chouchous* – die Schoßhündchen – der französischen Politik, das war allgemein bekannt.

Den Rest des Dossiers kannte er im Großen und Ganzen aus den Medien. Die Konzerne waren nicht zimperlich, und das in jeder Hinsicht. Es gab Korruptionsvorwürfe im Zusammenhang mit dem Erwerb und Betreiben afrikanischer Uranminen. Zulieferbetriebe der Industriegiganten sollten minderwertige Ersatzteile verkauft haben, die höheren Gewinnmargen sollten angeblich in die privaten Kassen von Managern geflossen sein; man munkelte auch über Schmiergeldzahlungen an hochrangige Politiker et cetera …

Das Muster war dabei immer das Gleiche. Investigative Journalisten, mit Le Coq als Gallionsfigur, und die Anti-AKW-Bewegung in Frankreich deckten immer neue Skandale auf. Die Politik reagierte, versprach Ermittlungen und leitete diese ein. Es wurde ermittelt und dann, zumeist aus Mangel an Beweisen oder sonstigen dubiosen Gründen … keine Anklage erhoben.

Die Einrichtung der kleinen »Eliteeinheit«, deren Teil er sein durfte, stellte lediglich einen weiteren Befreiungsschlag der Politik dar. Man wollte der Öffentlichkeit zeigen, dass man sämtlichen Anschuldigungen konsequent nachging. Komischerweise stellten sich die Anschuldigungen der Anti-AKW-Leute dann immer als haltlos heraus …

Punkt zwölf Uhr ließ Sturni das kleine Dossier auf den Schreibtisch fallen und machte sich auf zu einer ausgedehnten Mittagspause. Es war einfach schwachsinnig, ihn in diese Sonderermittlereinheit zu schicken. Sein Metier waren Mord und Totschlag, er verstand etwas von Gewaltverbrechen, aber bezüglich des eben Gelesenen war er blutiger Laie, und dabei war das Dossier, in dem er geblättert hatte, Droumaguets Kurzzusammenfassung für Dummies!

Er flanierte über den großen Platz, an der Kathedrale Notre-Dame vorbei. Während Paris in seinem Stadtteil wie ausgestorben wirkte, war vor der Kathedrale die Hölle los. Touristen aus aller Welt tummelten sich hier, darunter viele Chinesen und Inder. Er überquerte den Pont Saint-Louis und bummelte die Rue Île Saint-Louis en Île hinab. Margaux, die Paris viel besser kannte als er, hatte ihm vor seiner Abreise erzählt, dass es bei *Berthillon* das beste Eis der Stadt gebe. Sie wollte ihm wohl Mut machen, als er ihr vollkommen geknickt erzählte, dass Bouget ihn nach Paris schicken würde.

An der langen Menschenschlange vor der kleinen Eisdiele erkannte er, dass er sein Ziel erreicht hatte. Als er an der Reihe war, staunte er nicht schlecht: 2,50 Euro für eine Kugel Eis, das waren gesalzene Preise – Paris eben. Da er während seiner Abordnungszeit eine üppige Zulage erhalten würde, kümmerte ihn der Preis nicht sonderlich, und er bestellte sich gleich vier Kugeln. Margaux' Geheimtipp war Gold wert, das Eis konnte es locker mit dem von *Chez Franchi* im Parc de l'Orangerie in Straßburg aufnehmen.

Nach dem Mordfall an Dr. Hasselfeld hatte er ordentlich abgespeckt. Außerdem stand ihm in den nächsten drei Monaten regelmäßiger Ausdauersport in Form von Treppensteigen in luftiger Höhe bevor. Er konnte sich die Riesenportion Eis also ohne schlechtes Gewissen erlauben …

Entspannt begab er sich zurück an seinen Arbeitsplatz. Er wollte nicht gleich an seinem ersten Arbeitstag einen schlechten Eindruck wegen einer überzogenen Mittagspause hinterlassen. Die Sorge war unbegründet. Seine Abteilung war noch komplett verwaist, als er ins Büro zurückkehrte.

Lustlos nahm sich Antoine den ersten dicken Aktenordner vor, nachdem er Droumaguets Begrüßungsdossier gelesen hatte. Der

Ordner enthielt massenhaft Abrechnungen und Bilanzen, doch er verstand nur Bahnhof. Es handelte sich wohl um Jahresabschlussbilanzen der verdächtigen Konzerne, die er auf Unstimmigkeiten überprüfen sollte. *Comment?* Verfügte die öffentliche Hand über keine gelernten Wirtschaftsprüfer, die etwas mit diesen Zahlenreihen hätten anfangen können?

***

»*Commissaire* Sturni, darf ich kurz reinkommen?«

Ein mit Sommersprossen übersätes Gesicht lugte durch die leicht geöffnete Tür seines Büros.

»Louann Guézennec, ich bin die Sekretärin von Direktor Droumaguet.«

Er hatte sie wohl aus Rennes mitgebracht. Bretonen und Elsässer waren in der Ermittlereinheit also überproportional vertreten. Das war bestimmt kein Fehler.

»Ich bringe Ihnen noch Ihren neuen Dienstausweis samt Begleitschreiben. Als Mitglied der Spezialeinheit sind Sie mit umfassenden Befugnissen ausgestattet. Man muss Ihnen mit diesen Dokumenten Zugang zu allen Atomkraftwerken Frankreichs gewähren, wenn es für Ihre Ermittlungen notwendig ist. Das Schreiben ist vom Minister höchstpersönlich unterzeichnet. Es wird Ihnen Tür und Tor öffnen, wann immer Sie es für notwendig erachten.«

»Ich wollte mir schon immer mal so ein Kernkraftwerk von innen anschauen.«

Die rothaarige Bretonin lächelte ihn gewinnend an.

»Da wären Sie der Erste. Bisher hat noch niemand im Team von dieser Möglichkeit Gebrauch gemacht.«

Sie legte ihm Ausweis und Begleitschreiben auf den Schreibtisch und war im nächsten Augenblick wieder verschwunden.

***

Sturni steckte seinen neuen Ausweis und das Schreiben ein und beugte sich wieder über seine Unterlagen. In einem anderen Ordner gab es massenhaft Rechnungen, die Zulieferbetriebe einem Konzern gestellt hatten. Es handelte sich um Ersatzteile für Reaktordruckbehälter, die der Zulieferer an den Konzern inklusive Montageleistungen verkauft hatte. Hier sollte er wohl überprüfen, ob es Ungereimtheiten bei dem verwendeten Material und bei der ordnungsgemäßen Montage gab. Wäre dafür nicht ein Ingenieur oder Atomphysiker besser geeignet, und sollte man sich die potenziellen Material- und Montagefehler nicht besser vor Ort anschauen? Selbst wenn er mit seinem tollen Ausweis samt Begleitschreiben eine Vor-Ort-Besichtigung machen würde, wie sollte er ohne besondere Fachkenntnisse erkennen, ob das Material ungeeignet oder mangelhaft montiert war?

Nach zwei Stunden hatte er die Faxen dicke. Er war hier völlig deplatziert, aber das schien niemanden zu kümmern. Es war nicht seine Entscheidung gewesen, in diese Abteilung zu kommen. Er würde das Beste aus der Situation machen und einen herrlichen Spätsommer und Herbst in Paris genießen. Um die französischen Atomkonzerne und deren Machenschaften sollten sich bitte schön Ermittler kümmern, die etwas davon verstanden. Da machte er nicht mit.

Er schickte Olivia, seiner einzigen Bezugsperson in Paris, eine WhatsApp-Nachricht:

»Lust auf Abendessen? Ich lade dich ein.«

Für ihre Doktorarbeit hatte Olivia die Erlaubnis erhalten, in den

Archiven des Louvre zu stöbern. Sie war nur einen Katzensprung von ihm entfernt. Die Antwort ließ nicht lange auf sich warten.

»17 Uhr, Picknick an der Spitze der Île de la Cité, Ecke Pont Neuf – Square du Vert-Galant. Ich bringe alles mit. Bis gleich.«

Das war die Antwort, auf die er gehofft hatte. Auf Google Maps suchte er nach besagtem Pont Neuf. Wie günstig, der Treffpunkt lag quasi vor der Haustür, er konnte ihn von seinem Fenster aus sehen.

Um kurz vor fünf ließ er seinen Stift fallen. Diesmal überraschte es ihn schon gar nicht mehr, dass die Büros seiner Kollegen bereits leer waren und die meisten Türen offen standen. Nicht nur sein neuer Chef, auch all seine Kolleginnen und Kollegen schienen ihre Entsendung an diese Spezialeinheit als einen längeren – sicherlich wohlverdienten – Urlaub anzusehen. Warum nicht auch er selbst?

Das Ganze kam ihm vor wie ein schlechter Witz. Irgendwie wurde er das Gefühl nicht los, dass von dieser Ermittlergruppe überhaupt keine tollen Ergebnisse erwartet wurden. Vielleicht war ja genau das der Plan?

Als er das Gebäude verließ, prallte er gegen eine Mauer schwüler Hitze. Am Abend würde es bestimmt angenehmer werden. Er freute sich auf Olivias Gesellschaft, er mochte sie. Seine Mitbewohnerin war eine hochintelligente, attraktive Frau. Dennoch hatte er keine Hintergedanken bei dem Treffen. Sie übte keine sexuelle Anziehungskraft auf ihn aus, und umgekehrt schien es genauso zu sein.

In aller Ruhe spazierte er die wenigen Meter über die Île de la Cité und sah Olivia schon von Weitem. Direkt an der Spitze der Insel hatte sie unter einem schattigen Baum eine Picknickdecke ausgebreitet. Darauf warteten schon Rotwein, Baguette, Käse, Salami und frisches Obst auf ihn. Er begrüßte sie mit einem *bise* und setzte sich zu ihr.

Sie waren nicht allein an diesem exponierten Ort. Um sie herum saßen viele verliebte Pärchen, die genau die gleiche Idee gehabt hatten. Er stellte sich vor, wie es wäre, mit Margaux hier zu sitzen. Sie fehlte ihm. Er würde sie heute Abend noch anrufen.

»Wie war dein erster Arbeitstag?«

Olivia schenkte ihm einen Rotwein aus dem Languedoc ein, ein ordentlicher Tischwein, genau das Richtige für so ein Picknick.

»Sehr viel entspannter, als ich dachte. Um ehrlich zu sein, mir scheint die angebliche Spezialeinheit eine ganz schöne Gurkentruppe zu sein, mich selbst natürlich ausgenommen. Mit dieser Mannschaft werden wir den bösen Buben kaum auf die Schliche kommen.«

Olivia lachte. Er hatte den Eindruck, sie schon ewig zu kennen.

»Ist doch super. Dann machst du einfach Dienst nach Vorschrift und genießt die Zeit mit mir in der Stadt der Liebe. Ich zeige dir meine Stadt. Orte, die Millionen Touristen nie zu Gesicht bekommen werden.«

»War das ein unmoralisches Angebot?«

»Untersteh dich!«

Olivia hatte nach ihrer gestrigen Heimkehr noch Männerbesuch erhalten. Durch die dünnen Trennwände ihrer Hasenställe hörte man jedes Geräusch, mehr als Sturni gestern Abend lieb war. Olivia war also nicht allein.

»Tut mir leid, aber die Trennwände unserer Zimmerchen scheinen aus Pappe zu sein.«

»Paris ist voll von attraktiven Männern, und ich kann mich nur schwer auf einen beschränken. Mit der Lärmbelästigung wirst du die nächsten Monate leben müssen.«

Sie hatte ein gewinnendes schallendes Lachen und erinnerte ihn mit ihrer extrovertierten Art ein wenig an Margaux.

»Grabesstille hingegen in den anderen beiden Zimmern. Bist du sicher, dass sie tatsächlich bewohnt sind?«

»Das ist schon eigenartig in unserer kleinen WG. Die beiden

anderen wirst du kaum einmal zu Gesicht bekommen, und wenn doch, dann sind sie ziemlich wortkarg.«

Olivia köpfte die zweite Flasche *von rouge*, und Sturni entspannte sich zunehmend. Was für ein wundervoller Ort. Die Sonne ging unter, und es wurde langsam etwas kühler. Um sie herum gab es kaum noch ein freies Plätzchen. Liebespaare teilten sich den engen Raum an der Spitze der Insel mit kleinen Grüppchen von Erasmus-Studenten, die laut scherzten und sich in einem Kauderwelsch aus Französisch, Englisch und ihrer jeweiligen Muttersprache unterhielten. Links und rechts fuhren die *bateaux mouches* an ihnen vorbei, die berühmten Pariser Ausflugsboote. Auch die ersten abendlichen Partyboote mit laut wummernden Bässen glitten gemächlich die Seine hinunter. Seine neue Mitbewohnerin erklärte ihm, was er vor sich sah.

»Diese Stadt ist der absolute Traum für Kunsthistoriker. Allenfalls Rom, Florenz und vielleicht noch Venedig können da mithalten. Vor dir, rechter Hand, siehst du den Louvre. In dessen Katakomben recherchiere ich gerade, eine Genehmigung dazu ist für einen Kunsthistoriker wie ein Sechser im Lotto. Etwas weiter vorne, auf der linken Seite, liegt das Musée d'Orsay mit berühmten Meisterwerken aus dem neunzehnten und zwanzigsten Jahrhundert. Jedes Gebäude, jeder Pflasterstein hier atmet Geschichte, teilweise haben sie Jahrhunderte überdauert. Die Stadt ist ein Gesamtkunstwerk.«

Olivia steckte ihn an mit ihrer Begeisterung für Paris. Er würde hier eine tolle Zeit verbringen. Bei der Arbeit würde er das Minimalprogramm abspulen. Niemand schien Ergebnisse von ihm zu erwarten, eine ganz neue Situation für Sturni. Bei der Lösung seiner Mordfälle stand er häufig unter einem enormen Druck. Bouget, der Präfekt, die Presse, alle saßen ihm dann im Nacken. Die zwei Wochen, in denen er den Mord am Kabinettschef des Präsidenten der Europäischen Kommission aufgeklärt hatte, gingen ihm immer noch nach. Wer hätte gedacht, dass er Bouget noch einmal dankbar sein würde für diese zeitweilige Versetzung, die sich zu einem ausgedehnten Urlaub entwickelte?

Erst kurz vor Mitternacht machten sie sich auf zu ihren *chambres de bonnes*. Inzwischen herrschte eine angenehme Temperatur, es war eine laue Sommernacht. Beschwingt stiegen sie die sieben Stockwerke auf der wackeligen Wendeltreppe hinauf. Nach zwei Flaschen Rotwein war Sturnis Höhenangst wie weggeblasen. Vor ihren Türen verabschiedete er sich mit einem *bise* von Olivia und sank zufrieden auf seine unbequeme Matratze. Diese Nacht bekam Olivia keinen Männerbesuch mehr, was für ein Segen!

Er versuchte noch, Margaux telefonisch zu erreichen. Sie ging aber nicht mehr ran, schlief vermutlich schon. Er sandte ihr noch ein *texto,* bevor er in einen tiefen und traumlosen Schlaf verfiel.

10
Gestrandet in Almeria

Er stand an einer riesigen Straßenkreuzung und starrte auf den Zettel des Arztes aus Malaga. Hier musste es sein. Bei der Adresse in Almeria handelte es sich nicht um ein Wohnhaus, sondern um einen großen Kreisverkehr. Abdel durchschaute sofort, wie das System funktionierte. Dutzende junge Männer aus Zentral-, West- und Nordafrika lungerten hier herum. Immer wieder hielten Lieferwagen kurz an, die Männer stürmten auf den Wagen zu und sprangen hinein. Nie fanden alle einen Platz, immer kamen einige zu kurz, mussten weiter warten.

Sie konnten sich nicht sofort in die Gruppe der Arbeitssuchenden einreihen. Djamal war viel zu schwach, sie benötigten zunächst ein Dach über dem Kopf. Er musste sich bestimmt noch einige Tage auskurieren, um wieder zu Kräften zu kommen. Abdel war verzweifelt. Wie sollte er seinen Freund wieder aufpäppeln, mit gerade einmal dreißig Euro in der Tasche?

Zum Glück fanden Sie einen Algerier, der bereit war, ihnen zu helfen. Der junge Mann hatte heute keinen Arbeitsauftrag erhalten und kehrte mit ihnen zurück in seine Wohnung. Zumindest nannte er seine Behausung so. Es handelte sich um einige lose zusammengenagelte Holzpaletten, die mit Plastikfolien überzogen waren; das Plastik stammte aus dem Gewächshausmeer rund um Almeria. Der Mann hieß Farid, wie ihr verstorbener Freund.

Als Abdel seinen Namen hörte, konnte er die Tränen nicht mehr zurückhalten. Er brach zusammen, heulte wie ein kleines Kind. In was für einem Albtraum waren sie hier bloß gelandet? Nach fünfzehn Minuten hatte er keine Kraft mehr. Er hörte auf zu weinen, hatte sich wieder unter Kontrolle. Jetzt galt es, stark zu bleiben.

Djamal war noch längst nicht über den Berg, ohne ihn hatte er keine Chance.

Gemeinsam mit ihrem neuen Freund Farid nagelte er eine weitere Bretterhütte zusammen und überzog sie mit Plastikfolie. Eine Matratze hatten sie nicht, sie würden ihre erste Nacht auf dem harten Lehmboden verbringen müssen. Farid stellte Djamal seine alte Matratze zur Verfügung, als er merkte, wie schlecht es ihm immer noch ging. Er war ihr Retter in der Not. Djamal war immer noch blass und sehr schwach; es war an der Zeit, dass er einige Tage Ruhe fand.

Abdel hatte einen Cousin, der schon lange in Paris lebte. Cousin Faruk hatte es nach vielen Jahren illegalen Aufenthalts erreicht, eine der heiß begehrten *permis de séjour permanent,* eine dauerhafte Aufenthaltsgenehmigung, zu ergattern; sie war die Eintrittskarte in ein menschenwürdiges Leben in Frankreich. Faruk war selbstständig und Betreiber eines kleinen Tante-Emma-Ladens, eines *arabe du coin,* mit Öffnungszeiten von morgens um sechs bis spät in die Nacht hinein, wie man sie noch häufig in Paris fand. Sein Cousin würde ihm bestimmt weiterhelfen, wenn er sich Hilfe suchend an ihn wandte. War der Zeitpunkt jetzt schon gekommen, ihn zu kontaktieren und um Hilfe zu bitten? Abdel zögerte. Noch war er nicht so weit. Er wollte es unbedingt aus eigener Kraft bis nach Paris schaffen, wollte nach seiner Ankunft auf dem Vorplatz der Kathedrale Notre-Dame die Sonne genießen und anschließend ein neues Leben beginnen. Erst am Ziel würde er sich von Faruk helfen lassen.

Natürlich gab es kein fließendes Wasser und auch keine sanitären Anlagen in der Nähe ihrer neuen Behausung. Abdel hatte Angst, dass Djamal unter diesen Bedingungen nicht gesund werden würde. Jeder kleine Infekt konnte ihn bei seinem aktuellen Zustand das Leben kosten.

Am nächsten Morgen machte sich Abdel mit Farid auf den Weg

zum Kreisverkehr; sie wollten versuchen, Arbeit für einen Tag zu finden. Die fünf Kilometer legten sie mit Farids klapprigem Fahrrad zurück, wobei Abdel auf dem Gepäckträger saß.

Sie hatten Glück, fanden Platz in einem der Lieferwagen, die in aller Herrgottsfrühe im Kreisverkehr auf dem Seitenrand anhielten, die menschliche Fracht aufluden und sie in die Gewächshäuser brachten. Die Polizei war in Sichtweite, schien das allseits bekannte Geschäftsmodell aber zu tolerieren.

In Algerien hatte Abdel als Koch gearbeitet, Kochen war seine große Leidenschaft. Er war nicht zimperlich, hatte die verschiedensten Jobs ausgeübt, auch als Erntehelfer hatte er sich schon versucht.

Was ihn nun erwartete, hatte er in seiner Heimat jedoch noch nie erlebt. In den riesigen Gewächshäusern arbeiteten sie ohne Atemschutz bei fast fünfzig Grad Celsius. Pestizide und sonstige Giftstoffe wurden versprüht, ohne dass die Arbeiter die geringste Chance hatten, sich davor zu schützen. Am Abend erhielten sie ihr Geld in bar ausbezahlt, immer weniger als der gesetzlich vorgeschriebene Mindestlohn, aber was sollten sie machen? Sie konnten sich nirgendwo beschweren. Taten sie es doch, so mussten sie fürchten, aufgegriffen und abgeschoben zu werden. Manchmal erhielten sie überhaupt keinen Lohn, wurden einfach vom jeweiligen Gutsherrn davongejagt …

Glücklicherweise besserte sich Djamals Gesundheitszustand schneller als erwartet, und er kam bald wieder zu Kräften. Ohne Farid hätte er es nicht geschafft, seine gammelige Matratze verschaffte ihm für einige Tage die dringend benötigte Ruhe. Dank Farids Netzwerk erhielt er Medikamente von einer gemeinnützigen Hilfsorganisation, selbst ein Arzt untersuchte ihn – diesmal kostenfrei – und bescheinigte ihm, dass er auf dem Weg der Besserung sei. Abdel fiel ein Stein vom Herzen.

Nach wenigen Tagen reihte sich auch Djamal in das Heer der

Tagelöhner ein. Da sie nur ein Fahrrad hatten, rannte Abdel die fünf Kilometer neben ihnen her und überließ Djamal den Sitz auf dem Gepäckträger. Manchmal fuhr er auf der Fahrradstange mit, wenn er morgens noch völlig übermüdet war und seine Beine ihn nicht tragen wollten. Zu dritt saßen sie dann auf dem klapprigen Rad, und Farid musste kräftig in die Pedale treten, damit sie überhaupt vorwärtskamen.

Immer noch widerstand er der Versuchung, Faruk in Paris zu kontaktieren. Er wollte sich bei ihm melden, sobald er dort angekommen war. Ganz so wie sein Cousin damals, der auch keine Hilfe in Anspruch genommen hatte.

Die harte Arbeit zehrte an ihren Kräften. Mörderische Hitze und körperliche Anstrengung hätten sie noch ausgehalten, das waren sie von zu Hause gewohnt; wirklich schlimm war jedoch der Umgang mit den Pestiziden, denen sie schutzlos ausgesetzt waren. Wurde ein neues Unkrautvernichtungsmittel in den Gewächshäusern versprüht, husteten sie manchmal die ganze Nacht hindurch, bekamen kaum noch Luft. Am nächsten Morgen ging es wieder in die gleiche Hölle, und sie waren froh, wenn der jeweilige Spritzzyklus zu Ende war.

Es war schwer, bei dem mickrigen Lohn etwas zur Seite zu legen, aber nach einigen Monaten war es so weit. Die wenigen gesparten Euros würden ihn bis nach Paris bringen. Es war an der Zeit, weiterzuziehen.

Am abendlichen Lagerfeuer sprach er Djamal an, ob er mitkomme. Er hatte sich verändert in den letzten Monaten. Körperlich war er wieder der Alte, doch seine Psyche hatte schwer gelitten. Er war in sich gekehrt, sprach kaum ein Wort, wenn sie abends gemeinsam ihre karge Mahlzeit zu sich nahmen.

»Ich komme nicht mit nach Paris.«

Djamal sprach aus, was Abdel bereits vermutet hatte. Er selbst war entkräftet, aber sein Wille war ungebrochen. Er hatte seinen

Traum von einem besseren Leben in Europa noch nicht aufgegeben. Sein Freund hingegen schien völlig zermürbt und desillusioniert.

»Was willst du dann machen? Das ist doch kein Leben hier.«

»Genauso sehe ich es auch. Das ist wirklich kein Leben, und in Paris wird es uns nicht anders ergehen. Das ist nicht unser Kontinent. Wir werden in Europa nie eine Chance bekommen. Die Welt der Schönen und Reichen gehört anderen. Sieh es doch ein!«

Djamal hatte also aufgegeben. Wie so viele, die auf ihrem Weg nach Europa irgendwo strandeten. Er musste sich von ihm lossagen, um nicht das gleiche Schicksal zu erleiden. Noch hatte er genügend Kampfgeist in sich, um weiterzureisen, doch wie lange noch?

»Ich bleibe noch etwas hier, bis ich genügend Geld zusammengespart habe, und dann kehre ich zurück nach Algerien. Ich sehe hier keine Zukunft für mich.«

Wahrscheinlich war es besser so für seinen Freund aus Kindertagen. Er umarmte ihn und verabschiedete sich von Farid, der ihnen so treu geholfen hatte. Ob er die beiden jemals wiedersehen würde? Das Leben als illegaler Migrant war voll von Abschieden, es war nicht der erste und es würde nicht der letzte sein.

Am nächsten Morgen machte er sich lange vor Sonnenaufgang auf den Weg in die Stadt seiner Träume.

11
Der Tote im Canal Saint-Martin

Wider Erwarten fand sich Sturni schnell ein in seine neue Lebenssituation, ja er genoss sie sogar zunehmend. Ein Leben frei von Leistungsdruck. Auch der Abstand zu seiner aktuellen familiären Situation in Straßburg tat ihm gut. So hatte er Zeit, seine eben vollzogene Scheidung in Ruhe zu verarbeiten und es mit seinem neuen Glück langsam angehen zu lassen.

In den ersten Wochen setzte er sich freitagnachmittags, häufig auch schon mittags, in den TGV nach Straßburg und verbrachte fast jedes Wochenende mit Margaux und Christian. Sein Sohn lag ihm damit in den Ohren, dass er auch einmal zu ihm nach Paris kommen wolle, mit Margaux … und mit *grand-mère*. Oma? Hatte er richtig gehört? Seine Mutter … in Paris? Das fehlte ihm gerade noch. Margaux und er versuchten, Christians Wunsch geflissentlich zu übergehen und ihn vom Thema abzulenken. Christian konnte ihn jederzeit in Paris besuchen, aber nicht mit seiner Mutter …

Wenn Christian das Wochenende bei seiner Mutter verbrachte, kam Margaux nach Paris, und sie besichtigten die berühmten Sehenswürdigkeiten der Stadt, den Louvre, die Kirche Sacré-Cœur auf dem Montmartre, das Museum für moderne Kunst Centre Georges Pompidou und natürlich, den Eiffelturm. Er musste sich eingestehen, dass er durch seine extreme Fixierung auf das Elsass einiges verpasst hatte. Vielleicht war es die Angst vor dem Unbekannten, die ihn davon abgehalten hatte, über den Tellerrand zu blicken und etwas Neues zu entdecken. Natürlich würde er es Bouget gegenüber nie zugeben, aber sein Direktor hatte ihm mit dieser zeitweiligen Versetzung die Augen geöffnet: Paris war tatsächlich eine der schönsten Städte der Welt.

Sein Liebesleben kam in der engen Zelle im siebten Stock allerdings nicht so richtig in Fahrt. Während gleich nebenan Olivia Spaß mit diversen Liebhabern hatte, herrschte bei ihnen Flaute. Es lag nicht an Margaux, sie kannte keine Tabus. Antoine war die Situation peinlich, er schätzte seine Privatsphäre, war ziemlich prüde. Bei der Vorstellung, dass Olivia und die beiden unbekannten Mitbewohner jeden noch so leisen Ton von ihrem Liebesspiel mithören konnten, kam er einfach nicht in Stimmung. So quetschten sie sich zu zweit auf seine neunzig Zentimeter breite Matratze und versuchten, bei den tropischen Temperaturen etwas Schlaf zu finden, während Olivia nur wenige Zentimeter weiter die Puppen tanzen ließ.

***

Unter der Woche verabredete er sich regelmäßig mit Olivia zum Joggen im Jardin du Luxembourg. Langsam kam er wieder in Form, seine Pfunde schmolzen dahin wie ein Eis von *Berthillon* unter der Pariser Augustsonne. Wenn es kein morgendliches Fitnessprogramm im *jardin* gab, stand er erst spät auf, frühstückte in einem Café auf dem Weg zur Arbeit, schob eine lange Mittagspause ein und ging früh in den Feierabend. Während der Arbeit schmökerte er lustlos in den unzähligen Akten, machte sich einige Notizen, ohne genau zu wissen, wonach er eigentlich suchen sollte. Um wirklich voranzukommen, hätte er vorher Bilanzbuchhaltung und Ingenieurswissenschaften studieren sollen, am besten gleich Atomphysik. Es war ein hoffnungsloses Unterfangen.

Bei den wöchentlichen Teambesprechungen stellte er fest, dass es seinem Vorgesetzten und seinen Kollegen nicht anders erging. Niemand hatte bei den durchgearbeiteten Akten irgendeine Unregelmäßigkeit feststellen können. Allen war klar, dass der Abschlussbericht der Ermittlergruppe darauf hinauslaufen würde, dass man kein Fehlverhalten seitens der Konzerne und kein Versäumnis der Atomaufsichtsbehörde habe feststellen können. Eine *carte blanche* – ein Blankoscheck – für ein »Weiter wie bisher« also. Wenn er sich bei den Besprechungen der kleinen *équipe* – des Teams – unter seinen Kollegen umsah, dann hatte er den Eindruck, als ob der Arbeitsauftrag an diese »Eliteeinheit« genau so lautete. Irgendwie war es ihm egal, es war ohnehin nicht sein Metier.

Umso erfreulicher gestalteten sich seine Abende. Nach Dienstschluss zeigte Olivia ihm Paris, abseits der typischen Touristenattraktionen. Ein Kontrastprogramm zu den Standardsehenswürdigkeiten, die er am Wochenende mit Margaux besuchte. Sie führte ihn durch die unterirdischen *catacombes de Paris,* die der *résistance* im Zweiten Weltkrieg als Unterschlupf vor den Nazis gedient hatten; sie fuhr mit ihm auf Rollerskates über die *promenade plantée,* eine stillgelegte und inzwischen begrünte Eisenbahnstrecke, die von der Bastille in Richtung Bois de Vincennes durch das 12. Arrondissement führte, und besuchte mit ihm ihren Lieblingswochenmarkt auf dem Boulevard de Charonne – ein wahrer Genuss, völlig frei von Touristen. Der absolute Höhepunkt war eine private Führung der Kunsthistorikerin durch die Kathedrale Notre-Dame.

»Ganz schön morsches Gebälk hier oben. Hoffentlich nehmen die es hier mit den Brandschutzbestimmungen genau und haben ein gutes Notfallkonzept.«

»Der Beamte sieht mal wieder nur die Risiken und hat kein Auge für die Schönheit dieses Juwels des Abendlandes.«

Olivia musste schmunzeln. Sie hatte extra für ihn ihre Kontakte spielen lassen, und sie bekamen Zutritt in Bereiche des Dachstuhls der Kathedrale, die eigentlich für die Öffentlichkeit gesperrt waren.

Sturni kam ernsthaft ins Grübeln, ob es dieses Meisterwerk des

Mittelalters nicht doch mit dem Straßburger Münster aufnehmen konnte.

***

»Heute zeige ich dir mein Lieblingsresto!«

Solche Ansagen von Olivia per SMS liebte er, während er lustlos seine Akten wälzte. Irgendein Sachbearbeiter der *autorité de sûreté nucléaire,* der Atomaufsichtsbehörde, hatte in verschiedenen Vermerken auf Sicherheitsmängel in französischen Atomkraftwerken hingewiesen. Er hatte vermutet, dass die vielen sicherheitsrelevanten Vorfälle auf qualitativ unzureichende Bau- und Ersatzteile zurückzuführen seien, die den hohen Sicherheitsanforderungen nicht genügten. Der Sachbearbeiter ging davon aus, dass dahinter eine Methode steht, dass Korruption in großem Stil betrieben wird. Schlechte Bauteile würden zu hohen Preisen verkauft, und die Preisdifferenz werde von einigen Managern der Konzerne eingestrichen. Beweise dafür gingen aus den Dokumenten nicht hervor. Folgerichtig wurde seine Forderung, der Vermutung gezielt nachzugehen, von seinen Vorgesetzten abgelehnt. Irgendwann wurde der querulatorische Mitarbeiter versetzt und durfte sich, obwohl Ingenieur mit Spezialisierung Atomtechnologie, nur noch mit organisatorischen Fragen beschäftigen, erhielt keinen Zugang mehr zu potenziell sensiblen Dokumenten, war kaltgestellt. Wen interessierte das alles? Er verschwendete nur seine kostbare Zeit …

Er war Olivia dankbar, dass sie sich seiner annahm. Schließlich konnte sie sich, im Gegensatz zu ihm, über soziale Kontakte in Paris wahrlich nicht beklagen. Wahrscheinlich genoss auch sie es, einen platonischen Freund gewonnen zu haben. Ihre sonstigen Männerbekanntschaften beschränkten sich auf akrobatische Liebesstellungen über den Dächern von Paris, die ihr sonst nicht viel bedeuteten.

»*Quand et où* – wann und wo?«, antwortete Sturni.

»*La Tonnellerie*, Quai de Valmy am Canal Saint-Martin, 20 Uhr. Du wirst es lieben!«

»*Ça marche* – in Ordnung!«

Er war froh, seine Abende nicht in seinem lieblosen Kabuff verbringen zu müssen. Dank Olivia sah er Gesichter der Stadt, die er sonst niemals innerhalb von drei Monaten hätte kennenlernen können. Jeder Tipp von ihr war eine Offenbarung. Jenseits der touristischen Massenaufläufe bot Paris unendlich viele verborgene Schätze. Millionen von Touristen jährlich konnten nicht ganz falschliegen, dabei kannten sie das wahre Gesicht der Stadt – abseits von Eiffelturm und Champs-Élysées – überhaupt nicht.

***

Am Canal Saint-Martin angekommen, sah er Olivia in Begleitung von zwei Freundinnen schon von Weitem. Sturni war gespannt. Wenn es sich um Olivias Lieblingsrestaurant handelte, musste es schon etwas ganz Besonderes sein.

Sie hatten sich den schönsten Platz gesichert, mit herrlichem Blick auf den von Platanen gesäumten Kanal; Bistrotische und -stühle, ein lauschiger Sommerabend, ein gediegenes Abendessen am Wasser, drei hübsche Begleiterinnen inklusive – Paris vom Feinsten …

Sturni begrüßte Olivia und ihre Freundinnen und machte es sich auf dem vierten Bistrostuhl bequem. Er zündete sich eine Zigarette an, sog den Rauch tief in seine Lungen ein. So ließ es sich aushalten. Vergessen war die vergeudete Zeit während der Arbeit.

Das Leben nahm doch sonderbare Wendungen. Im letzten Sommer war er am Boden zerstört. Er hatte seinen Kummer in Alkohol ertränkt, nicht mehr ein noch aus gewusst. Nur elsässisches Pflichtbewusstsein und die Liebe zu seinem Sohn Christian hielten ihn damals über Wasser.

Jetzt war er glücklich geschieden, verstand sich prächtig mit seiner Ex-Frau, hatte sich neu verliebt und saß mit drei Grazien bei einem guten Glas Wein an einem lauen Sommerabend am Canal Saint-Martin, einem der hippsten Orte für eingefleischte Pariser.

»Wein ist Poesie in Flaschen, *santé!* Das Zitat wird einem meiner Vorfahren zugeschrieben.«

Olivia war nie verlegen um einen kessen Spruch. Wenn es irgendwo etwas zu feiern gab, war sie ganz vorne mit dabei. Und wenn der Anlass zum Feiern ausblieb, dann erfand sie eben einen.

Mit der *Tonnellerie* hatte sie nicht zu viel versprochen. Paris war ja berühmt für seine unzähligen stilvollen Restaurants, auch wenn Sturni sie für hoffnungslos überteuert und mit der Restauration in Straßburg nicht annähernd vergleichbar hielt. *La Tonnellerie* aber war außergewöhnlich, das sah man auf den ersten Blick.

Das kleine Bistro befand sich noch in seinem Originalzustand, genau so, wie es Ende des neunzehnten Jahrhunderts eingerichtet worden war. Geschwungene Holzornamente fassten den komplett verglasten Eingangsbereich ein. Trotz *Belle-Époque*-Stil wirkte das Ganze nicht überladen, sondern modern und zeitgemäß.

Der Boden der *Tonnellerie* bestand aus Mosaikfliesen. Das Interieur war komplett mit dunkelbraunem Nussbaumholz verkleidet. Große geschwungene Spiegel zierten die Wände, und an den Decken konnte man noch, wenn auch etwas verblichen, die Originalmalereien aus der *Belle Époque* erkennen. Das Zentrum des kleinen Restaurants bildete eine lange Theke, um die sich die Tische gruppierten. Zum Glück war »*Le fabuleux destin d'Amélie Poulain* – Die Fabelhafte Welt der Amelie« nicht in diesem Restaurant gedreht worden, sonst wäre das kleine *resto* von pilgernden Cineasten überrannt worden.

Sturni schloss sich seinen adretten Begleiterinnen an und bestellte zum *von rouge* noch ein Glas Ricard – einen Anisschnaps – auf Eis als *apéro*. In aller Ruhe studierte er die Speisekarte. Die wenigen Tagesgerichte waren von Hand mit Kreide auf eine alte Tafel geschrieben worden, die am Eingang des Restaurants hing.

Sturni genoss die angenehme Gesellschaft. Olivias Freundinnen waren, wie sie selbst, Kunsthistorikerinnen. Sie unterhielten sich über ihre aktuellen Studien. Eine ihrer Freundinnen erzählte ihm, dass sie sich gerade intensiv mit der Geschichte des Straßburger Münsters befasse. Angeblich berge das Münster ein uraltes Geheimnis, das sie unbedingt lüften wolle. Eigentlich hätte Sturni diese Geschichte brennend interessiert, hielt er das Straßburger Münster doch für das Kronjuwel des westlichen Kulturkreises. Doch er war von Wein, Ricard, der Abendsonne und der Langeweile im Büro so ermattet, dass er es vorzog, sich auf seinen Stuhl zu lümmeln und einfach den Moment zu genießen.

Er war wie selbstverständlich ein Teil des kleinen Grüppchens, ohne dass von ihm erwartet worden wäre, sich an der Konversation zu beteiligen. Er rauchte eine *clope* nach der anderen, nippte an seinem Ricard, wartete auf seine *moules frites* – Miesmuscheln mit Pommes frites – und sog die Atmosphäre in sich auf.

Direkt vor ihnen pumpten Kanalarbeiter das Wasser in einem Becken des Canal Saint-Martin ab, das durch große Schleusentore vom Rest des Kanals abgetrennt war. Offensichtlich sollte etwas daran repariert werden. Er musste unbedingt mit Margaux hierherkommen. Dieser Ort war so romantisch. Das würde sie mit ihrem letzten, etwas verkorksten Besuch versöhnen.

Direkt vor den Tischen und Stühlen im Außenbereich der *Tonnellerie* führte eine geschwungene Fußgängerbrücke über den Kanal, auf der sich Liebespaare tummelten und Selfies mit ihren Handykameras schossen.

Olivia bemerkte, wie er versonnen den Kanalarbeitern bei der Arbeit zusah.

»Anfang letzten Jahres wurde der ganze Kanal abgelassen. Alle Jubeljahre ist eine Grundreinigung notwendig. Ich habe das *événement* – das Ereignis – mit einer alten Analogkamera und Schwarz-Weiß-Fotos festgehalten. Damals war alles Mögliche ans Tageslicht gekommen: Fahrräder, Motorroller, sogar Waffen und alte Goldmünzen. Die Komplettreinigung des Kanals ist immer ein großes Event, bei dem alle Anwohner des zehnten Arrondissements auf den Beinen sind.«

Ihr Kauderwelsch aus amerikanischem Englisch und Französisch belustigte ihn. Olivia war eine talentierte Fotografin. Sie hatte ihm einige ihrer Bilder gezeigt, und er war begeistert gewesen.

»Da wäre ich gerne dabei gewesen. Ich kenne ja noch nicht viel von Paris, aber dieser Ort hier gehört definitiv zu meinen Lieblingsplätzen.«

Beiläufig schaute er dem Treiben am Kanal zu, als seine *moules frites* serviert wurden. Das Wasser im Becken vor ihnen war inzwischen fast ganz abgepumpt. Heißhungrig machte er sich über seine Muscheln her, brach die Schalen mit der Hand auf und fischte die Miesmuscheln mit einer bereits geleerten Muschelschale heraus. Das Gericht schmeckte vorzüglich. In Straßburg konnte man allenfalls in der *Chaine d'Or* so gute *moules frites* bekommen, die jeden Morgen von der Bretagne per TGV ins Elsass geliefert wurden.

Olivias französische Freundinnen hatten sich mit einem kleinen Salat begnügt – bei spindeldürren Pariserinnen auch nicht anders zu erwarten –, während Olivia sich ein mächtiges *steak frites* gönnte.

***

Er tunkte gerade ein Stück Baguette in die Weißweinsoße seiner *moules*, als plötzlich vom Kanal her lautes Geschrei zu hören war und sich ein Menschenauflauf bildete. Die Kanalarbeiter hoben einen leblosen Körper vom Grund der Schleuse und legten ihn auf die Pflastersteine am Rand des Wassergrabens auf der anderen Kanalseite. Sturni war auf einmal hellwach. Wenn es sich um einen menschlichen Körper handelte, dann konnte es nur eine Leiche sein, die vom Grund des Kanals geborgen wurde. Bei ihm gingen alle Alarmsirenen an. Ein Toter im Canal Saint-Martin! Das musste er sich unbedingt aus der Nähe ansehen. Antoine war Mordermittler durch und durch, kein müder Aktenhengst, der nach Unregelmäßigkeiten in irgendwelchen Bilanzen suchte.

»*Pardon*, aber das muss ich mir genauer ansehen, ich bin Polizist.«

Eine Entschuldigung murmelnd, sprang er auf, wobei sein Bistrostuhl auf den Boden kippte, und rannte über die kleine Brücke auf die andere Seite des Kanals. Von Ferne sah er bereits eine Gruppe von Feuerwehrleuten – *pompiers* – heraneilen. Die nächste Feuerwache befand sich nur wenige Hundert Meter kanalaufwärts, sie mussten etwas von dem Tumult mitbekommen haben. Er drängte sich durch die Menschenmenge, die sich um den leblosen Körper gebildet hatte.

»Kriminalpolizei, lassen Sie mich bitte durch!«

Sturni zückte seinen Dienstausweis und bahnte sich einen Weg durch die Menge. Es war nicht ganz korrekt, sich außerhalb seines Dienstbezirks als zuständiger Kriminalkommissar auszugeben, doch hier war schließlich Gefahr im Verzug. Vielleicht lebte die Person, die gerade aus dem Wasser gezogen worden war, ja noch.

Er war der erste Funktionsträger am Fundort des leblosen Körpers, weder Polizei, die herannahenden Feuerwehrleute noch ein Krankenwagen waren bisher vor Ort.

Vor ihm lag tatsächlich ein Mann, komplett bekleidet mit Anzug,

Hemd und Krawatte, Alter um die fünfzig. Der Mann war mausetot, so viel stand fest. Eine Wasserleiche, die schon mehrere Tage im Kanal gelegen haben musste. Keiner der anwesenden Kanalarbeiter oder Schaulustigen hatte den Versuch unternommen, den leblosen Körper zu reanimieren.

Auch er brachte es nicht übers Herz, obwohl es eigentlich seine Pflicht gewesen wäre, zumindest so lange, bis ein Notarzt vor Ort war, um den Tod der Person festzustellen. Doch es wäre völlig zwecklos gewesen. Der Körper war bereits aufgedunsen; niemandem konnte zugemutet werden, an ihm noch Reanimationsversuche zu unternehmen.

Sturni untersuchte den Leichnam oberflächlich. Dieser Mann war keines natürlichen Todes gestorben, wahrscheinlich war er nicht einmal ertrunken. Beide Arme und Beine waren ihm gebrochen worden, auf so brutale Weise, dass die Körperteile in einer unnatürlichen Stellung verdreht waren. Trotz des aufgedunsenen Körpers erkannte Sturni ein großes Hämatom am Hals. Er musste sich beeilen. In wenigen Minuten würde die Polizei vor Ort eintreffen, und damit wäre er raus aus dem Geschehen.

Als er am Rumpf des Körpers angelangt war, fühlte er etwas Hartes, Schweres. Er knöpfte das Hemd des toten Mannes auf, musste dabei gegen die Übelkeit ankämpfen. Sturni klärte leidenschaftlich, ja fast schon fanatisch, Mordfälle auf, hasste jedoch Leichen. Er hatte schon Probleme damit, Blut zu sehen; eine aufgedunsene Wasserleiche gab ihm den Rest. Trotzdem kämpfte sein Berufsethos den Ekel nieder, und er machte mit schnellen Gesten weiter mit seiner Untersuchung. Um den Bauch trug der Tote einen schweren Gurt aus Blei, der ihn auf dem Grund des Kanals gehalten hatte. Nun bestand für ihn kein Zweifel mehr. Dieser Mann war bestialisch ermordet und dann auf dem Grund des Kanals versenkt worden.

In der Ferne hörte er die Sirenen des Krankenwagens und der

Polizei. Die *pompiers* drängten sich schon durch die Menschenmenge, die ihn umgab. Er hatte nur noch wenige Sekunden für seine Untersuchung. In der Innentasche der Jacke des Toten fand er ein Portemonnaie. Schnell öffnete er es und durchsuchte den Inhalt. Es war kaum zu fassen. Im Geldbeutel befand sich die *carte d'identité,* der Personalausweis des Opfers. Er konnte noch einen kurzen Blick darauf werfen, als er gewaltsam von der Leiche weggezogen wurde.

»Finger weg von der Leiche! Sind Sie verrückt geworden?«

Die *pompiers* hatten ihn erreicht und zogen ihn auf der Stelle von der Leiche weg. Der Notarzt bahnte sich seinen Weg durch die Menge. Mit seinem Dienstausweis hätte er noch wenige Minuten bis zum Eintreffen der Polizei herausschinden können, aber er beschloss, darauf zu verzichten, da es ihm einigen bürokratischen Ärger einbringen würde. Er hatte genug gesehen.

Als der Notarzt eingetroffen war, begann er routinemäßig seine Arbeit, untersuchte kurz die Wasserleiche und stellte offiziell den Tod fest. Sturni reihte sich in die große Gruppe der Schaulustigen ein, während die ersten uniformierten Polizisten erschienen. Kurze Zeit später hielt ein Zivilfahrzeug am Straßenrand, und die Beamten der Kripo sprangen heraus. Zu gerne wäre er jetzt an ihrer Stelle gewesen, hätte das Kommando geführt, den Tatort absperren lassen, die Spurensicherung gerufen. Stattdessen war er zur Untätigkeit verdammt.

»Kriminalpolizei, halten Sie sich von der Leiche fern. Wir übernehmen jetzt!«

Die Stimme kam ihm bekannt vor. Die Uniformierten drängten die Schaulustigen, Sturni eingeschlossen, zur Seite und sperrten die Fläche rund um die Leiche großflächig mit einem Plastikband ab. Zwei, drei Polizisten in Zivil befanden sich neben dem Notarzt noch innerhalb des abgesperrten Bereichs, sonst niemand mehr. Woher kannte er diesen korpulenten Polizisten nur? Es musste sich um den *commissaire* handeln, zumindest war er es, der alle Anweisungen gab.

Dann fiel es ihm ein. Gilbert Kleitz! An die zwanzig Jahre hatten sie sich nicht mehr gesehen. Ein alter Bekannter von der Polizeischule. Kleitz, Elsässer wie er selbst, hatte es nach Paris verschlagen. Wie das Leben so spielt, trennten sich nach dem Diplom ihre Wege, obwohl sie während ihrer Ausbildungszeit gerne zusammen gebechert hatten. Gilbert hatte es – wie er selbst – zum *commissaire* gebracht. Das war seine Chance, an dem Fall dranzubleiben.

»Gilbert!«

Keine Antwort. Kleitz beugte sich über die Leiche und unterhielt sich mit seinen Inspektoren.

»Gilbert, *c'est moi* – ich bin's, Antoine Sturni!«

Jetzt schaute Kleitz kurz auf, schien nachzudenken. Er gab seinen Inspektoren einige Anweisungen, dann richtete er sich auf und kam auf ihn zu. Einer seiner Inspektoren informierte inzwischen die Spurensicherung. Auch der Pariser Kripo schien sofort klar zu sein, dass hier kein Betrunkener zufälligerweise in den Kanal gefallen war.

»Antoine, wie lange ist es her, zwanzig Jahre?«

»Könnte hinkommen.«

»Der Zeitpunkt ist leider denkbar schlecht. Der Mann wurde ermordet. Ich bin im Einsatz. Ich bin der Leiter des zuständigen Morddezernats.«

Das trifft sich ja bestens, dachte er sich.

»Das verstehe ich. Kann ich dich bei Gelegenheit einmal sprechen? Es ist wichtig und hat mit der Leiche zu tun.«

Der Pariser Ermittler reichte ihm noch schnell seine Visitenkarte, dann hatte er sich schon wieder weggedreht und gab seinen Mitarbeitern weitere Anweisungen. Kleitz war ein Profi wie er selbst. Sturni platzte vor Neid. Zu gerne hätte er jetzt mit ihm getauscht.

Am Tatort gab es nichts mehr für ihn zu tun. Gilbert würde sich um alles kümmern. Nachdenklich überquerte er den Kanal, in dessen Becken sich nun kein Wasser mehr befand. Er barg ein schreckliches Geheimnis, das es nun zu lüften galt.

Olivia war mit ihren Begleiterinnen sitzen geblieben. Sehr vernünftig! Gaffer bei Mord- und sonstigen Unglücksfällen konnte er selbst nicht abhaben. Bei ihm war das natürlich anders, schließlich hatte er ein berufliches Interesse ...

»Was ist passiert? Ist jemand in den Kanal gefallen und ertrunken?«

Olivia war trotz des Aufruhrs bester Laune. Mit ihren Begleiterinnen hatte sie sich noch eine Runde Cocktails bestellt.

»Nein, der Mann wurde ermordet.«

Plötzlich Stille am Bistrotisch vor ihm.

»Woher willst du das wissen?«

»Man hat ihm die Arme und Beine gebrochen, außerdem trägt er einen Bleigurt um den Rumpf. Jeder Laie kann sehen, dass der Mann ermordet wurde.«

»Das ist ja kaum zu fassen, direkt vor unserer Nase. Konntest du sonst noch etwas herausfinden?«

Olivia und ihre Freundinnen hingen nun gebannt an seinen Lippen.

»Ja, ich kenne diese Person.«

Nun war ihm endgültig die ungeteilte Aufmerksamkeit seiner charmanten Begleiterinnen sicher.

»Nicht persönlich natürlich. Sein Name ist Edouard Wanzecki. Er arbeitete als Sachbearbeiter bei der französischen Atomaufsichtsbehörde. Noch vor wenigen Stunden habe ich ein Dossier von ihm studiert.«

12
Kanarische Inseln

Saba wusste, an wen sie sich wenden musste. Über ihr Smartphone stand sie immer mit ihrer Familie, ihrem ganzen Clan, in Kontakt. Auf der Insel gab es eine Zeitarbeitsfirma, die junge Frauen ohne Arbeitserlaubnis beschäftigte, ihnen gefälschte Papiere ausstellte und sie in den großen Hotels als Putzkräfte arbeiten ließ. Die Hotelketten ließen sich die schlecht gefälschten Dokumente vorlegen und fragten – wohl wissend – nicht so genau nach, wenn es um den Aufenthaltsstatus ihrer angeheuerten Putzkräfte ging.

Das halbseidene Unternehmen achtete darauf, dass die Putzkräfte immer in unterschiedlichen Hotels eingesetzt wurden. Kontrollen der spanischen Polizei liefen ins Leere; es gab immer jemanden, der sie vorab warnte. Mehrfach musste Saba kurz vor einer Polizeikontrolle fluchtartig ihren Arbeitsplatz verlassen.

Sie wusste nie genau, wo sie heute arbeiten würde, wenn sie sich am morgendlichen Treffpunkt einfand, an dem sie ein kleiner Bus der Firma abholte. Das Unternehmen vermietete ihr ein winziges Zimmer zu einem Wucherpreis, ohne eigenes Bad und Küche; sie war völlig von ihrem Arbeitgeber abhängig.

Zehn bis zwölf Stunden am Tag schuftete sie in den Hotels, putzte die Zimmer, wusch die Wäsche. Blickte sie aus den Fenstern der Hotelzimmer, dann sah sie die wohlhabenden Europäer, wie sie sich am Pool sonnten, Cocktails schlürften, mit ihren Kindern spielten. Sie kamen aus der Welt, in die sie wollte, führten das Leben, das sie auch einmal führen wollte. Nach zwei Wochen reisten sie wieder ab, flogen aus ihrem luxuriösen Urlaubsdomizil zurück in ihre reichen Heimatländer: Großbritannien, Schweden, Deutschland, Frankreich.

Sabas Lohn war jämmerlich, noch niedriger als bei den legalen

Putzkräften, die auch für einen Hungerlohn schufteten, sich aber zumindest gewerkschaftlich organisieren und für ihre Rechte kämpfen konnten. Ein Recht, das Saba – wie so vieles – verwehrt blieb.

***

Es gab aber auch glückliche Momente in ihrem Leben auf den Kanaren. Obwohl der größte Teil ihres Verdienstes für Miete und Lebensmittel draufging, erfüllte es sie mit größter Freude, als sie ihre erste Zahlung an ihre Eltern in der Heimat schicken konnte. Ihr Leben war hart, doch war sie es, die nun einen wesentlichen Teil zur finanziellen Sicherheit ihrer Eltern beitrug – das machte sie unendlich stolz.

Mehrere Jahre verbrachte sie auf den Kanaren, bis sie auch für sich selbst genug Geld zur Seite gelegt hatte, um ihr großes Ziel in Angriff zu nehmen – Paris. Als die Machenschaften ihres sogenannten Arbeitgebers aufflogen und die Behörden ihm seine Lizenz entzogen, verlor auch Saba ihre Existenzgrundlage auf den Kanaren. Sie hatte hier keine Zukunft mehr, und die Gefahr, von den Behörden aufgegriffen und zurückgeschickt zu werden, wuchs mit jedem Tag. Es war an der Zeit, den nächsten Schritt zu wagen; der Laufsteg der Pariser Modewoche wartete auf sie.

13
Im Ermittlungsfieber

Sturni war elektrisiert. Bereits um halb acht erschien er im Büro. Bis zum Eintreffen seiner Kollegen würden noch Stunden vergehen. Selbst die wackelige Wendeltreppe verursachte ihm heute Morgen keine Schwindelgefühle. Beschwingt eilte er die Treppenstufen hinunter, obwohl das instabile Metallgerüst bedenklich schwankte. An einem normalen Tag wäre er dabei vor Angst fast in Ohnmacht gefallen. Doch heute war kein normaler Tag! Er hatte einen neuen Mordfall zu lösen, war endlich wieder in seinem Element …

Na ja, eigentlich war das Gilbert Kleitz' Aufgabe. Doch irgendwie saß auch er mit im Boot. Schließlich hatte er den Namen des Ermordeten in seinen Aktenbergen gelesen. Es war demnach möglich, dass eine Verbindung zwischen dem Mord und seinen aktuellen Ermittlungen bestand. Was für eine glückliche Wendung des Schicksals!

Auf dem Weg zur Arbeit begnügte er sich mit einem schnellen *petit noir,* einem starken Espresso, am Tresen. Dazu gab es eine filterlose Gauloise, das war alles. Er ließ sich ein *pain au chocolat* einpacken und hastete los in Richtung seiner Arbeitsstelle, diesmal ohne einen Blick auf die berühmten Sehenswürdigkeiten links und rechts seines Fußwegs zu werfen. Die Todesursache der im Pantheon bestatteten Berühmtheiten – zumindest die offizielle Version – stand ja bereits fest, da konnte er ohnehin nichts mehr ausrichten. Per Mobiltelefon meldete er sich bei Margaux. Zum Glück war sie schon erreichbar und bei der Arbeit.

»Antoine, um diese Uhrzeit? *Tout va bien chez toi* – alles in Ordnung bei dir? Hast du schlecht geschlafen?«

Er hielt sich nicht lange mit dem Austausch von Höflichkeitsfloskeln auf.

»Edouard Wanzecki. Ich benötige alles über ihn. Kannst du das für mich machen?«

»*Naturellement*. Worum geht es?«

»Er wurde ermordet!«

»Ich dachte, du beschäftigst dich in Paris mit irgendwelchen sinnlosen Bilanzfälschungen …«

»Ich erzähle dir später alles in Ruhe. Es ist wichtig und eilig.«

Margaux kannte ihn gut genug. Wenn Sturni in einem Mordfall ermittelte, dann war er wie ausgewechselt, hatte Scheuklappen und nahm seine Umgebung nur noch rudimentär wahr. Sie wusste, dass es sinnlos war, ihm weitere Fragen zu stellen.

»*Je m'en occupe immédiatement* – ich kümmere mich sofort darum.«

»*Merci!* Ach ja, er hat bei der *autorité de sûreté nucléaire* gearbeitet.«

Kaum im Büro angekommen, schnappte er sich die Akte, in der er gestern nur lustlos und oberflächlich geschmökert hatte. Dann durchsuchte er seinen kompletten Aktenbestand, ob es noch weitere Unterlagen von Wanzecki gab, was nicht der Fall war. Die Dokumente las er ein zweites Mal, doch jetzt mit voller Konzentration. Schließlich galt es einen Mord aufzuklären, auch wenn Wanzecki dadurch nicht wieder zum Leben erweckt werden würde. Beim erneuten Lesen der Akte fotografierte er jede Seite ab, man konnte ja nie wissen. Dieses Dossier war der einzige Anhaltspunkt, den er hatte.

Wanzecki bekleidete eine niedere Position bei der französischen Atomaufsichtsbehörde. Er war zuständig für Sicherheitsüberprüfungen der Atomkraftwerke in Frankreich. Vor Ort begutachtete er die Mängel und erstellte Sicherheitsanalysen zu den achtundfünfzig Reaktorblöcken in neunzehn Kernkraftwerken im ganzen

Land. Ein hoch qualifizierter Experte, aber ohne eigene Entscheidungsgewalt.

Mehrfach hatte er laut den vorliegenden Dokumenten auf schwerwiegende Sicherheitsmängel in den Kraftwerken hingewiesen. Aufgrund seines relativ niedrigen Rangs bei der Behörde hatte er jedoch nicht die Kompetenz, die Schließung eines Meilers selbst anzuordnen. Nicht einmal eine unangekündigte Inspektion konnte er ohne das Einverständnis seiner Vorgesetzten vornehmen. So gut wie immer wurde er von seinen Oberen ausgebremst, die seine Bedenken herunterspielten und die Meiler am Netz ließen.

Als er seinen Vorgesetzten zu unangenehm wurde und sogar drohte, seine Bedenken entgegen der Dienstanweisung öffentlich zu machen, wurde er kurzerhand gegen seinen Willen versetzt. Auf seiner neuen Stelle hatte er keinen Zugang mehr zu sicherheitsrelevanten Informationen.

Wanzecki war ein kleines Rädchen im Getriebe einer großen Maschinerie. Hatte sein gewaltsamer Tod tatsächlich etwas mit dem Dossier zu tun, das Sturni vor sich liegen hatte? Er konnte es sich kaum vorstellen, dafür war er einfach zu unbedeutend. Andererseits handelte es sich um schwerwiegende Bedenken, auf die der Experte wieder und wieder hingewiesen hatte. Außerdem war es die einzige Spur, die ihm im Moment blieb. Er würde sie also weiterverfolgen.

Als die ersten Kollegen eintrudelten, entschloss er sich dazu, Gilbert Kleitz anzurufen. Er hatte sich dagegen entschieden, seinen Vorgesetzten und seine Kollegen über den Mord zu unterrichten. Zunächst wollte er selbst herausfinden, ob es einen Zusammenhang gab, bevor er irgendjemanden einweihte. Außerdem war er sich gar nicht so sicher, ob »Ergebnisse« überhaupt erwünscht waren.

»Gilbert, hast du einen Moment für mich?«

»Eigentlich nicht. Eine Minute vielleicht. Was kann ich für dich tun?«

»Ich muss dich sprechen.«

»Ich stecke mitten in einem neuen Mordfall. Tut mir leid, aber ich habe gerade einfach keine Zeit, um über alte Zeiten zu plaudern.«

»Genau deshalb melde ich mich. Ich muss mit dir über den Fall reden, persönlich und unter vier Augen. Nicht am Telefon!«

Ein kurzes Schweigen am anderen Ende der Leitung. Er konnte Gilbert gut verstehen. Wäre er der ermittelnde *commissaire,* dann würde es ihm genauso gehen. Es gab jetzt tausend andere Dinge zu erledigen, Spurensicherung, Presseanfragen, Rapport beim Direktor, er kannte das Lied – *on connait la chanson.*

»Zwanzig Uhr, *Bistrot du Peintre*, Avenue Ledru-Rollin. Ich wohne da gleich um die Ecke. Ich habe maximal eine Stunde.«

»*Merci.*«

Kleitz hatte bereits aufgelegt. Gilbert besaß das gleiche Gespür für Mordfälle wie er selbst, war ähnlich fanatisch bei seiner Arbeit. Obwohl er ihn seit Jahrzehnten nicht gesehen hatte, vertraute er ihm. Er würde ihn, anders als seine Kollegen, gleich in seinen Verdacht einweihen. Jahrelange gemeinsame Erfahrungen auf der Polizeischule verbanden sie. Über die Kolleginnen und Kollegen in seinem aktuellen Team wusste er nichts, außer dass sie genauso wenig für ihren derzeitigen Job geeignet und qualifiziert waren wie er selbst …

***

Um nicht durch übermäßigen Arbeitseifer aufzufallen, machte sich Sturni, wie üblich, gegen halb zwölf zu einer ausgedehnten Mittagspause auf. Anstatt, ebenfalls wie üblich, das lebhafte Treiben im Stadtzentrum zu verfolgen, hing er diesmal seinen düsteren

Gedanken nach. Wie konnte er in der Angelegenheit weiterkommen? Wer hatte Wanzecki auf so bestialische Weise ermordet? Wurde er gefoltert, bevor man ihn in den Kanal geworfen hatte? Was für ein furchtbares Verbrechen, und das an so einem romantischen Ort. Sofern der Mord überhaupt dort stattgefunden hatte. Er bezweifelte es.

Alles, was er bisher als Anhaltspunkt hatte, war eine Akte über einen renitenten kleinen Beamten, die nicht viel hergab. Wenn Gilbert Kleitz ihn nicht über die Ermittlungen der Kripo auf dem Laufenden hielt, würde er keine Fortschritte machen. Er hoffte auf dessen alte Verbundenheit.

Sturni war inzwischen gedankenverloren über den Pont d'Arcole gelaufen, weiter über die Place de l'Hôtel de Ville am altehrwürdigen Rathaus der Stadt vorbei. Gerade hatte er keinen Blick für das wunderschöne Hôtel de Ville, das gegen Ende des Zweiten Weltkriegs von der französischen *résistance* besetzt worden war, noch bevor die Alliierten Paris einnahmen. Hinter dem Rathaus hielt er sich rechts, bummelte die Rue de Rivoli hinunter und bog dann in die Rue Vieille du Temple in das Quartier du Marais ein, bis er vor dem Café *Les Philosophes* stand, in dem er sich in letzter Zeit häufig schon in seiner Mittagspause ein *bière pression* von *Kronenbourg* gegönnt hatte. Sein Lieblingsbier, das *Juliette* aus der kleinen Regionalbrauerei aus Uberach in der Nähe von Straßburg, hatte es leider noch nicht auf die Karte der hippen Cafés und Bars im Marais geschafft. Er würde Margaux darum bitten, ihm beim nächsten Besuch einige Flaschen davon mitzubringen.

Über seinem Bier sinnierte er darüber, welche Schritte er als Nächstes unternehmen sollte. Wenn er in dem Fall weiterkommen wollte, dann musste er einen Experten zu dem Thema befragen; er musste verstehen, welche Mängel und Risiken Edouard Wanzecki aufgedeckt und vergeblich gegenüber seinen Vorgesetzten angemahnt hatte … Zoé Le Coq! Warum war er nicht gleich auf sie gekommen? Und warum hatte bisher noch niemand in ihrer Ermittlertruppe diese Frau direkt befragt?

Das Team, dem er angehörte, war ja nur gegründet worden, weil Le Coq die Regierung über ihren Blog so sehr unter Druck gesetzt hatte, dass sie sich zum Handeln gezwungen sah. In ihren wöchentlichen Besprechungen war ihr Name ab und an gefallen, aber eher beiläufig und abfällig, so als wäre sie der Feind und nicht die Quelle, die für ihre Ermittlungen letztendlich verantwortlich war.

Sie würde ihm bestimmt Auskunft geben können, ob an seinem Verdacht etwas dran sein könnte. Die Frage war nur, wie er an diese Frau herankommen sollte. Le Coq war in Frankreich zu einer gewissen Berühmtheit gelangt; sie würde sich kaum mit einem x-beliebigen Polizeibeamten treffen, auch wenn er der Spezialeinheit angehörte, die derzeit ihren Anschuldigungen nachging. Vielleicht auch gerade deshalb nicht …

Durfte er das überhaupt, sie einfach kontaktieren, ohne es vorher mit seinem Vorgesetzten abzustimmen? Sturni schob den Gedanken beiseite. Solche Fragen hatten ihn noch nie gekümmert. Viele seiner Mordfälle wären unaufgeklärt geblieben, wenn er jeden seiner – manchmal unkonventionellen – Schritte mit Bouget oder gar dem Präfekten abgestimmt hätte.

Im *Les Philosophes* gab es freies WLAN, und so schaute er sich in aller Ruhe den Blog von Le Coq an. Auch auf diese Idee schien noch niemand seiner Kollegen gekommen zu sein. Bei dem Gedanken bekam er ein schlechtes Gewissen. Er hatte sich stümperhaft verhalten. So groß war sein Desinteresse an seinem aktuellen Job. Eigentlich passte das nicht zu seinem Berufsethos. Es bedurfte eines Mordfalls, um seine Ermittlerinstinkte wieder erwachen zu lassen. Über den Blog konnte man Le Coq tatsächlich kontaktieren, und sie schien auch immer umgehend und selbst zu antworten. Zumindest stand unter den Antworten immer ihr Kürzel: Cq.

Konnte er ihr einfach auf dem Blog eine Nachricht hinterlassen?

Besser nicht! Alle Welt könnte mitlesen. Sämtliche Kommunikation erschien direkt auf ihrer Webseite. Wenn es tatsächlich einen Zusammenhang zwischen dem Mord an Wanzecki und seinem Dossier gab, dann war das kein Mord im Affekt oder aus Eifersucht. Dann hatte er in ein Wespennest gestochen, und die Ermittlungen würden große Wellen schlagen. Schon wieder! Hatte er das nicht erst bei seinem letzten Fall mit Dr. Hasselfeld erlebt, dem ermordeten Kabinettschef des Präsidenten der Europäischen Kommission? Die französische Atomindustrie war eines der mächtigsten Kartelle in Frankreich, außerdem bestand eine extreme Vernetzung zwischen der Politik und der Branche. Er musste also vorsichtig sein.

Der Mord an Dr. Hasselfeld im EU-Milieu hatte ihm alles abverlangt, auch wenn es sich letzten Endes doch um ein Tötungsdelikt aus privaten Motiven gehandelt hatte, deren Ursache mehr als zwanzig Jahre zurücklag. Natürlich konnte er auch einfach die Finger von der Geschichte lassen, die Aufklärung des Mordes war schließlich Gilbert Kleitz' Aufgabe, und das Dossier Wanzecki gab – isoliert betrachtet – keinen Anlass, weitere Ermittlungen im Bereich der Atomkonzerne anzustellen. Schließlich wurden seine Anschuldigungen von seinen eigenen Vorgesetzten als haltlos angesehen.

Ihm war klar, dass er nun nicht mehr von dem Fall würde lassen können. Er hatte Feuer gefangen und würde nicht ruhen, bevor er nicht herausgefunden hatte, wer hinter diesem gemeinen Mord steckte.

*

Sein alter Freund Cédric Zeller fiel ihm ein, der ihm beim Mordfall an Dr. Hasselfeld so wertvolle Tipps gegeben hatte. Er war ein bekannter Journalist, wenn auch nicht so berühmt wie Le Coq und in einem ganz anderen Bereich tätig: Er kümmerte sich um europäische Fragen in Brüssel. Vielleicht konnte er ihm weiterhelfen, eventuell kannte er Le Coq sogar persönlich. Er suchte die Nummer in seinem Handy und drückte auf anrufen.

»Antoine! Hast du einen neuen Toten, bei dem du meine Hilfe brauchst?«

Zeller schaffte es immer wieder, ihn in eine peinliche Situation zu bringen. Sturni räusperte sich und lachte verlegen ins Telefon.

»Ich kann dir einfach nichts vormachen. Mea culpa, ich hätte mich nach dem Hasselfeld-Fall früher bei dir melden sollen.«

»Du wirst dich nicht mehr ändern, und ich mag dich trotzdem. Ich bin froh, dass wir wieder Kontakt haben, und wenn es nur über deine Mordfälle ist. Schieß los, was kann ich für dich tun?«

»Zoé Le Coq, kennst du sie?«

Ein kurzes Schweigen am anderen Ende der Leitung.

»Wie kommst du darauf?«

»*Ah, oui*, das hatte ich dir ja noch gar nicht erzählt. Mein Direktor hat mich für drei Monate nach Paris zwangsversetzt. Ich gehöre hier einer Ermittlergruppe an, die strafbares Verhalten bei französischen Atomkonzernen und deren Zulieferern überprüfen soll.«

Ein schallendes Lachen am Ende der Leitung.

»Du, in Paris? Ich fasse es nicht. Hast du auch an deinen Reisepass gedacht?«

Den Witz hatte er irgendwo schon mal gehört. Allerdings war es für seine Mutter Clothilde kein Witz, sondern bitterer Ernst …

»Habe schon von der neuen Einheit gehört, am Rande einer Ratssitzung in Brüssel, bei der es um Energieversorgungssicherheit in der EU ging. Der zuständige französische Minister hat mit seinem tschechischen Pendant über Le Coqs Vorwürfe gesprochen, über angebliche Korruption in der französischen Atomindustrie. Die Regierung werde eine hochrangige Sondereinheit der Polizei einsetzen, um den Anschuldigungen Le Coqs konsequent nachzugehen. Derzeit würden aus ganz Frankreich die größten Versager – er verwendete tatsächlich den Begriff *bande de nazes* – im Polizeidienst zusammengesucht, aus der sich die Ermittlereinheit dann zusammensetzen werde. Diese ›Eliteeinheit‹ werde den Anschuldigungen mit aller Härte des französischen Gesetzes nachgehen. Du bist demnach Teil dieser *bande de nazes,* gratuliere!«

Am anderen Ende der Leitung brach Cédric Zeller fast weg vor Lachen. Sturni hatte einen Kloß im Hals. Bougets vermeintliche Wohltat erschien plötzlich in einem ganz anderen Licht. Er, der Leiter der Straßburger Mordkommission und glorreiche Ermittler in einer Vielzahl von hochkomplexen Mordfällen, einer der größten *minables* der französischen Polizei? Das würde Bouget ihm büßen … Wenn es in der Atomindustrie irgendetwas aufzuklären gab, dann würde er es jetzt herausfinden, allein um es seinem Chef heimzuzahlen. Immerhin bestätigte Zellers Geschichte seinen Verdacht. Die Ermittlereinheit wurde nicht eingerichtet, um aufzuräumen, im Gegenteil …

»Antoine, bist du noch dran?«

»*Oui, naturellement.*«

Sturni bejahte gequält.

»Wo war ich stehen geblieben? Ach ja – *la petite blague* – der kleine Witz sorgte für großes Gelächter bei den anwesenden Ministern, die allesamt aus Staaten kommen, in denen die Atomindustrie noch vehement verteidigt wird.«

»Dann kennst du Le Coq also?«

Antoine hatte sich inzwischen wieder im Griff.

»Ob ich sie kenne? Klar kenne ich sie. Diese Frau ist eine Wucht, hochintelligent, durchsetzungsstark, unabhängig, reich … und dazu noch bildhübsch. Vor zwei Jahren war ich für eine kurze Zeit mit ihr liiert. Es hat nicht geklappt zwischen uns. Zwei von ihrer Arbeit besessene Alphatiere als Partner, das konnte einfach nicht gut gehen. Wir haben uns aber im Guten getrennt, sind immer noch befreundet.«

»Ich muss sie sprechen, persönlich.«

»Dann frag sie doch einfach. Du kannst sie jederzeit über ihren Blog kontaktieren.«

»Das ist nicht so einfach. Es gab einen Mordfall, bei dem sie mir vielleicht weiterhelfen kann.«

»Einen Mordfall? Bei deinen Ermittlungen in Paris, bei der größten Versagertruppe der französischen Polizei? *Tu rigoles* – du machst Witze?«

»*Pas du tout,* nicht im Geringsten. Ich erzähle dir alles einmal in Ruhe, aber nicht am Telefon. Kannst du mir nun weiterhelfen oder nicht?«

»Zoé ist in letzter Zeit sehr vorsichtig geworden. Es ist vielleicht wirklich besser, dass du mich kontaktiert und sie nicht über ihren Blog angeschrieben hast. Seitdem sie sich mit der französischen Atomindustrie anlegt, hat sie sich viele Feinde gemacht. Sie hat anonyme Morddrohungen erhalten und steht derzeit sogar unter Polizeischutz. Ich werde sie anrufen und dir ein Gespräch mit ihr vermitteln. Sie vertraut mir, immer noch.«

»*Merci,* du bist mir, wie immer, eine große Stütze.«

»*Toujours avec plaisir* – es ist mir immer ein Vergnügen, ich melde mich. *À bientôt mon pote* – auf bald, mein Freund!«

***

Sturni legte einen Zehneuroschein auf den Tresen, stand auf und ging die Rue Vieille du Temple tiefer ins 3. Arrondissement, das Quartier du Marais, hinein. Obwohl er sich erst wenige Wochen in Paris aufhielt, hatte er schon feste Gewohnheiten entwickelt, ging seine Lieblingswege, speiste in seinen Lieblingsrestaurants, fühlte sich fast schon wie ein Einheimischer. Wer hätte das gedacht? Das Landei Antoine Sturni mutierte innerhalb weniger Wochen zum Pariser Weltbürger …

Er bog nach rechts in die Rue des Rosiers ein und stellte sich bei *Chez Hanna* in die Schlange, um sich eine Falafel auf die Faust zu besorgen. Der ausgiebige Spaziergang und die zwei *Kronenbourg* hatten ihn hungrig gemacht. Noch bestand kein Grund zur Eile. Er hatte so gut wie nichts in der Hand. Zunächst benötigte er die Ermittlungsergebnisse von Kleitz, dann musste er mit Zoé Le Coq sprechen. Erst danach konnte er beurteilen, ob er in seinem Fall weiterkommen würde.

Olivia hatte ihm erzählt, dass die Rue des Rosiers vor dem Terroranschlag im Bataclan-Theater eine der belebtesten Straßen in Paris gewesen war. Hier pochte das Herz der jüdischen Gemeinde von Paris, hier fanden sich viele koschere Restaurants, Lebensmittelläden und sonstige Geschäfte. Seit den Terroranschlägen mieden viele Touristen die Straße aus Angst, dass es auch hier zu Attentaten kommen könnte. Es war eine Schande …

Antoine biss herzhaft in seine Falafel und begab sich langsam wieder in Richtung Île de la Cité. Sein Handy summte. Margaux hatte ihm eine E-Mail mit vielen Infos zu Wanzecki gesendet. Sie war einfach großartig.

Er würde die Unterlagen zu Wanzecki in aller Ruhe im Büro durchgehen. Außerdem musste er sich über Le Coq schlaumachen. Es war nicht notwendig, Margaux mit Recherchen zu beauftragen, man fand jede Menge über sie im Internet. Sie war eine öffentliche Person, ein Star.

Im Büro angekommen, druckte er sich Margaux' Unterlagen aus und machte sich an die Lektüre: Edouard Wanzecki war das Kind einer polnischen Einwandererfamilie. Seine Eltern waren während des Kalten Krieges aus Polen geflüchtet und hatten Zuflucht in Nordfrankreich gesucht. In Lille hatten sie in der Textilindustrie ein bescheidenes Auskommen gefunden, bevor diese den Bach hinunterging. Danach versuchten sie sich in der Gastronomie, ebenfalls ohne Erfolg. Die polnische Akademikerfamilie bekam in Frankreich keinen Fuß in die Tür. Wanzecki stammte aus bettelarmen Verhältnissen, war jedoch hochintelligent und hatte das Glück, in der Schule auf einen Lehrer zu treffen, der sich seiner annahm und ihn förderte.

Wie Margaux nur immer an diese Informationen kam? So etwas fand man nicht einfach im Netz. Ihre Recherchetricks behielt sie für sich und machte sich dadurch unabkömmlich für ihn. Eigentlich hatte er sich vorgenommen, Berufliches und Privates immer strikt zu trennen, aber es war nun mal passiert, er hatte sich in seine Sekretärin verliebt …

Wanzecki war mit einer ausgesprochenen mathematischen und technischen Begabung ausgestattet. Da er von seinem Elternhaus finanziell nichts zu erwarten hatte, konnte er dank der schulischen Förderung ein Stipendium an der weltberühmten *école nationale supérieure des mines* ergattern. Dort bildete Frankreich bis heute seine technische Elite aus. Die Uni lag ganz in der Nähe seines *chambre de bonne*, direkt neben dem Jardin du Luxembourg, wie er auf Google Maps feststellte.

Wanzecki befasste sich während seines Ingenieurstudiums schwerpunktmäßig mit der Energiewirtschaft und spezialisierte sich später auf den Bereich Atomenergie. Er graduierte als Bester seines Jahrgangs. Obwohl brillant, galt er während seiner Studienzeit als Außenseiter. Seine Kommilitonen stammten allesamt aus gutem Hause, kamen aus einer anderen Welt. Sie nahmen ihn nie auf in ihren Kreis, obwohl er der Primus unter ihnen war.

Aufgrund seiner hervorragenden Leistungen wurde er nach seinem Studienabschluss in ein nur für angehende Führungskräfte vorgesehenes Aufbaustudium aufgenommen. Die Teilnahme an diesem prestigeträchtigen Ausbildungsgang sollte eigentlich endgültig seine Eintrittskarte für eine Spitzenposition im technischen

Bereich eines Ministeriums oder in der Wirtschaft sein. Konsequent war danach sein Eintritt in die französische Atomaufsichtsbehörde. Zwei Jahre in dieser Fachbehörde, danach noch einige Jahre Berufserfahrung auf einer Stabsstelle eines Ministeriums, und anschließend eine hohe Führungsposition in der Verwaltung oder einem Staatskonzern, das wäre ein klassischer Werdegang für einen Absolventen gewesen.

Diese eigentlich vorgezeichnete Laufbahn wurde Wanzecki verwehrt. Bis zu seinem gewaltsamen Tod blieb er auf dem Niveau eines Referenten in der *autorité de sûreté nucléaire* stecken, während seine Kommilitonen von damals heute allesamt Spitzenpositionen in Ministerien bekleideten oder Managementfunktionen in französischen Staatskonzernen ausübten.

Wie kam es dazu? War Wanzecki zu unangepasst? Leistete er keine gute Arbeit, bewährte sich nicht auf seiner ersten Stelle? Oder war es vielleicht das soziale Netzwerk, der großbürgerliche Hintergrund, der ihm trotz seiner brillanten Leistungen immer gefehlt hatte? Er war ein Migrantenkind, genial, aber eben ohne den richtigen Stallgeruch. Offensichtlich hatte man ihn nie in den Klub aufgenommen, er profitierte nicht vom Karrierenetzwerk seiner Kaderschmiede.

*

Nachdem Antoine Margaux' Zusammenfassung zu Wanzecki verinnerlicht hatte, nahm er sich Zoé Le Coq vor. Das war viel einfacher. Er gab ihren Namen bei Google ein und fand einige Tausend Treffer zu seiner Anfrage.

Was Le Coq und Wanzecki verband, war ihre weit überdurchschnittliche Intelligenz, beide waren hochbegabt. Ebenfalls gemeinsam hatten sie eine Ausbildung an französischen Elitehochschulen. Beide hatten das gleiche Aufbaustudium durchlaufen.

Das war interessant. Kannten sich die beiden? Wohl kaum, Wanzecki und Le Coq trennten achtzehn Jahrgänge, und so eng verbunden war der Alumni-Klub dann wohl doch nicht.

Nach dem Abschluss standen Le Coq alle Türen offen. Sie erhielt Angebote für Karrieresprungbretter in Politik und Verwaltung sowie hoch dotierte Offerten aus der Wirtschaft. Le Coq lehnte alles ab und beschloss, als freiberufliche Journalistin zu arbeiten. Sie wollte unabhängig bleiben, die Öffentlichkeit aufrütteln: Umweltschutz, Korruption und seit einiger Zeit die Risiken und der Filz in der französischen Atomindustrie, das waren ihre Themen. Sie war eine investigative Journalistin *par excellence,* die von keiner Zeitung und von keinem Fernsehsender abhing.

Ihr wohlhabendes Elternhaus erlaubte ihr, völlig frei von finanziellen Zwängen zu arbeiten. Sie ließ sich von niemandem den Mund verbieten, vertrat kontroverse Ansichten und legte sich mit Gott und der Welt an. Le Coq hatte Hunderttausende Fans, die ihren Blog lasen, aber im Lauf der Jahre kamen eben auch immer mehr Feinde hinzu.

Auch das vereinte Wanzecki und Le Coq: Beide wollten für eine gerechte Sache kämpfen. Allerdings waren Wanzecki aufgrund seiner Tätigkeit als Beamter die Hände gebunden. Er hatte von seinen Vorgesetzten einen Maulkorb verpasst bekommen und war von allen sensiblen Informationen abgeschnitten worden. Le Coq hingegen schien überall ihre Quellen zu haben. Whistleblower, die selbst nicht öffentlich in Erscheinung treten wollten, wandten sich an sie. Sie hatte den Mut, heikle und unbequeme Positionen öffentlich zu machen, auch auf die Gefahr hin, angefeindet zu werden. Unbedingt musste er diese Frau sprechen. Wenn an seinem Verdacht irgendetwas dran war, dann würde sie ihm bestimmt weiterhelfen können.

14
Ankunft in Paris

Der zweite Teil seiner Reise war nicht weniger abenteuerlich als seine Überfahrt über das Mittelmeer nach Europa. Abdel trampte, fuhr auf Güterzügen, sparte seine wenigen Euros. Die Grenze zwischen Spanien und Frankreich überquerte er zu Fuß, über die Pyrenäen, sicherheitshalber.

Als ihn ein Lkw-Fahrer am Boulevard Périphérique an der Haltestelle *Porte de Clignancourt* in Paris absetzte, kaufte er sich einfach ein Ticket für die Metro, stieg ein und mitten in der Innenstadt bei *Cité* wieder aus. So einfach konnte das Leben in Paris also sein. Von dort aus waren es nur wenige Schritte, und er stand auf dem großen Vorplatz der Kathedrale Notre-Dame, mitten im Herzen von Paris.

Abdel befand sich in einem emotionalen Ausnahmezustand. Welche Mühen hatte er in Kauf genommen, um hierherzukommen! Er hatte gehungert, gefroren, wäre fast verdurstet und hatte seine Lungen mit giftigen Pestiziden geschädigt. Einer seiner engsten Freunde war auf der langen Reise ums Leben gekommen, ein anderer war in einem Meer aus Gewächshäusern in Andalusien gestrandet. Nur er, Abdel, war stark genug gewesen …

Er setzte sich auf eine der Bänke gegenüber der Kathedrale und ließ sich die Sonne ins Gesicht scheinen. Der Hafen von Marbella war nur eine Zwischenstation gewesen, ihr eigentliches Ziel war dieser Platz im Herzen von Paris. Auf der großen Freifläche tummelten sich Touristen aus aller Welt, Chinesen, Amerikaner, Japaner, Inder. Sie hatten Zeit und Geld, aßen Eis, lachten und zankten sich, fotografierten. Was für ein Prunk, was für ein Luxus. Nichts davon hatte Abdel jemals kennengelernt, außer Zeit, davon hatten er und seine Freunde jede Menge gehabt. Als er beim besten

Willen nicht mehr wusste, wie er sie totschlagen sollte – die Zeit –, machte er sich auf den Weg nach Europa.

Eis, zumindest ein Eis wollte Abdel sich jetzt gönnen nach all den Strapazen; anschließend würde er seinen Cousin kontaktieren. Er trottete von der Île de la Cité zur Île Saint-Louis auf der Suche nach einer Eisdiele. Irgendwann wurde er fündig. Eine lange Schlange zeigte ihm an, dass es hier gutes Eis geben musste. *Berthillon* stand in alten Schriftzeichen auf der hölzernen Fassade über der Eingangstür. Als er endlich an der Reihe war, zögerte er, denn die verschiedenen Eissorten sahen einfach zu verlockend aus. Außerdem konnte er nicht lesen, was auf kleinen Täfelchen vor den Bottichen stand. Er hatte nur rudimentär Französisch lesen und schreiben gelernt.

Die Verkäuferin sah ihn freundlich lächelnd und abwartend an. Hinter ihm in der Schlange begannen sie zu drängeln; er musste sich entscheiden und wählte Orange und Violett, Farben, die ihn beide an seine Heimat erinnerten.

»Fünf Euro«, sagte die hübsche junge Verkäuferin und lächelte ihn weiter an, als wäre dieser astronomische Betrag das Selbstverständlichste auf der Welt für zwei kleine Kugeln Eis.

»*Comment?*«

»*Cinq Euro, s'il vous plaît* – fünf Euro, bitte«, wiederholte sie etwas lauter, davon ausgehend, Abdel habe sie akustisch nicht richtig verstanden.

Schweiß trat ihm auf die Stirn. Er überlegte, ob er einfach davonlaufen sollte … Fünf Euro für zwei Kugeln Eis, das durfte ja wohl nicht wahr sein! Zähneknirschend holte er einige Geldscheine aus seiner Tasche, sein ganzes Vermögen, und reichte dem Mädchen fünf Euro. Er wollte sein neues Leben nicht gleich mit einer geprellten Zeche beginnen.

Das Eis war vorzüglich. Die orangefarbene Kugel schmeckte nach seiner Heimat, nach Orangen. Den anderen Geschmack –

Lavendel, wie ihm die hübsche Verkäuferin bestätigte, als er auf die Farbe zeigte – kannte er nicht. Sei's drum, dachte er sich, bald würde er einen Job haben und die fünf ausgegebenen Euro locker wieder reinholen.

Er flanierte zurück auf den Vorplatz der Kathedrale Notre-Dame, setzte sich wieder auf eine Bank und sah dem Treiben noch etwas zu. Jeden Moment wollte er auskosten. Die Zukunft gehörte ihm. Wer so weit gekommen war, der würde auch hier erfolgreich sein – wie sein Cousin Faruk vor vielen Jahren.

Irgendwann zückte er sein *portable* und wählte die Nummer seines Cousins.

»Faruk, hier ist Abdel. Ich bin in Paris und sitze vor der Kathedrale Notre-Dame.«

Schweigen am anderen Ende der Leitung. Vielleicht hätte er seinem Cousin doch früher Bescheid sagen sollen, dass er auf dem Weg nach Paris war. Abdel wurde unruhig, er hatte so große Hoffnungen in Faruk gesetzt. Ohne seine Hilfe würde er es sehr schwer haben, hier Fuß zu fassen.

»Deine Eltern haben mir gesagt, dass du von zu Hause getürmt bist. Sie machen sich große Sorgen um dich.«

»Ich rufe sie an, noch heute.«

»Was willst du von mir?«

»Ich brauche deine Hilfe!«

»Das hatte ich befürchtet.«

Faruk seufzte am anderen Ende der Leitung. Da wusste Abdel, dass er gewonnen hatte. Sein Cousin würde ihm helfen.

»Komm zu mir, Rue de Charronne, im elften Arrondissement, Metrostation *Alexandre Dumas*. Du kannst für einige Tage hier wohnen, und ich werde dir weiterhelfen.«

Abdel jubelte innerlich und vollführte einen kleinen Freudentanz mitten auf der Place Jean-Paul II. Auf seine Familie war immer noch Verlass. Sein Kalkül war aufgegangen, Faruk war die Eintrittskarte in sein neues Leben.

15
Ein Gespräch unter Experten

Seine Handyerinnerung klingelte. Er hatte völlig die Zeit vergessen. Es war halb acht, so lange hatte er es in Paris noch nie im Büro ausgehalten. Höchste Zeit für sein Treffen mit Gilbert Kleitz. Er würde ein Taxi nehmen müssen, um sich nicht zu verspäten. Natürlich befand sich schon längst kein Mensch mehr im Büro, seine Kollegen entspannten vermutlich seit dem frühen Nachmittag bei einem guten Glas Rotwein in einer der nahe gelegenen Brasserien. Der *Paris Plage*, ein künstlicher Strand, der jeden Sommer am Ufer der Seine aufgebaut wurde, war leider mit dem Ende der Sommerferien wieder abgebaut worden, sonst hätte er sie dort bei einer Runde *boule* vorfinden können.

Dank eines halsbrecherisch fahrenden Taxifahrers kam er auf die Minute pünktlich am *Bistrot du Peintre* an. Kleitz war noch nicht da, das hätte ihn auch überrascht. Er war ihm dankbar, dass er sich überhaupt Zeit für ihn nahm. Das *du Peintre* ähnelte auf den ersten Blick der *Tonnellerie*, *Belle Époque* in Reinform. Das war schon fantastisch in Paris, an jeder Ecke gab es wunderschöne Architektur, Bistros und Restaurants wie aus dem Bilderbuch. Die ganze Stadt war einfach stimmig.

Er ließ sich im Außenbereich auf einem Bistrostuhl nieder, bestellte ein Glas Rotwein aus dem Burgund und studierte die Speisekarte, die, wie in der *Tonnellerie*, mit Kreide auf eine große Tafel aufgeschrieben war. Sturni zündete sich eine seiner filterlosen *clopes* – Grundnahrungsmittel zwei nach starkem *café* – an, bestellte ein *steak frites* und wartete auf Kleitz. Er mochte das 11. Arrondissement zwischen der Place de la Bastille und dem Cimetière du Père Lachaise, dem riesigen parkähnlichen Pariser Friedhof, auf dem unter anderen Oskar Wilde, Edith Piaf und Jim Morrison begraben waren. Ein weiteres Kleinod, das Olivia ihm eröffnet hatte. Der Stadtteil war weniger geleckt als etwa die schicken 6. und 7. Arrondissements rund um den Boulevard Saint-Germain oder den Eiffelturm. Billig war es auch hier nicht mehr, das *quartier* hatte sich zu einem Stadtteil für alternativ angehauchte Hipster gemausert, mit dem dafür notwendigen Kleingeld, natürlich. Günstigen Wohnraum gab es innerhalb der Stadtautobahn *périphérique,* die Paris umschloss, ohnehin nicht mehr. Normalbürger lebten schon längst in den *banlieues,* den Vororten von Paris. Selbst für höhergestellte Beamte wie ihn war allenfalls ein *chambre de bonne* im siebten Stock mit Aufstieg über den Hinterhof drin. Wie sollte man bei diesen Preisen mit einer Familie hier überleben?

Sein *steak frites* wurde gerade serviert, als ein schwarzer Citroën vorfuhr. Gilbert Kleitz öffnete die Tür des Beifahrersitzes und sprang heraus, dann fuhr das Fahrzeug davon. Wie schick, Kleitz hatte einen Fahrer. Das sollte er Bouget auch mal vorschlagen.

Kleitz setzte sich zu ihm und bediente sich von seinem *pichet* Rotwein. In weiser Voraussicht hatte Sturni bereits Nachschub bestellt.

»Gerne hätte ich unter anderen Umständen über die alten Zeiten mit dir geplaudert. Aber wie du gestern selbst gesehen hast, habe ich einen neuen Fall am Hals. Du weißt ja, was das für mich bedeutet.«

Der Pariser *commissaire* nahm einen großen Schluck. Er hatte einen anstrengenden Arbeitstag hinter sich, der noch nicht vorbei war. Ohne zu fragen, nahm er sich eine *clope* aus Sturnis Zigarettenschachtel und zündete sie an.

»Ich möchte deine Zeit nicht über Gebühr beanspruchen, aber es ist wichtig. Bevor ihr gestern bei der Leiche wart, hatte ich kurz Zeit, sie zu untersuchen.«

Kleitz stieß den Rauch aus seinen Lungen und lachte mit einem leichten Husten.

»*Commissaire* Sturni kann es nicht lassen. Das hier ist mein Revier. Kümmere du dich um dein geliebtes Elsass!«

Sturni ließ sich nicht provozieren und fuhr fort.

»Der Tote hatte eine *carte d'identité* in seinem Portemonnaie. Handelt es sich bei ihm tatsächlich um Edouard Wanzecki?«

»Edouard Wanzecki, zweiundfünfzig Jahre alt, von Beruf Beamter bei der französischen Atomaufsicht. Ein entfernter Verwandter hat ihn heute identifiziert. Er hat keine nahen Angehörigen. Ein sehr einsamer Mensch, wie unsere ersten Recherchen ergeben haben.«

Dann war es also tatsächlich der Wanzecki aus seinen Akten. Sturni war jetzt hoch konzentriert, jede Information war wichtig.

»Habt ihr schon erste Ergebnisse von der Gerichtsmedizin?«

»Ich muss dir ja nicht sagen, dass alles, was ich dir jetzt erzähle, streng vertraulich ist. Wir beginnen gerade erst mit unseren Ermittlungen. Nichts von dem darf an die Öffentlichkeit gelangen.«

»Ich kenne die Spielregeln.«

Es tat gut, sich mit einem *commissaire* einer anderen Mordkommission auszutauschen. Er hatte Kleitz immer geschätzt, sie waren einander ähnlich. Außerdem war Kleitz Elsässer. Das verband, auch wenn Gilbert seit Jahrzehnten in Paris lebte. Der Pariser Kommissar hatte sich auch ein *steak frites* bestellt und begann zu erzählen, während er beherzt in sein etwas sehniges Steak schnitt.

»Die erste Untersuchung des Gerichtsmediziners war sehr ergiebig. Weniger erfreulich sind die Ergebnisse der Spurensicherung. Wenn du ihn abgetastet hast, dann weißt du ja, dass Wanzecki nicht versehentlich in den Kanal fiel und ertrunken ist.«

»Er trug einen Bleigurt um den Bauch, außerdem wurden ihm sämtliche Gliedmaßen gebrochen. Der Mann wurde brutal ermordet. War er schon tot, als man ihn ins Wasser geworfen hat?«

»*Exactement*. Schlimmer noch. Unser Gerichtsmediziner geht davon aus, das Wanzecki vor seinem Tod über einen längeren

Zeitraum übel zugerichtet wurde. Arme und Beine wurden ihm gebrochen, er hatte Hämatome am ganzen Körper. Er hat die Prozedur nicht überlebt und starb irgendwann an Herzversagen. Wir wissen nicht, ob ihn jemand zu Tode foltern wollte oder ob er – quasi versehentlich – im Lauf der Misshandlungen verstorben ist. Erst nach seinem Tod hat man ihm einen Bleigurt umgelegt und die Leiche im Canal Saint-Martin versenkt. Wohl in der Hoffnung, dass er erst in zehn bis fünfzehn Jahren, wenn die nächste Grundreinigung des gesamten Kanals ansteht, gefunden wird. Sofern bis dahin noch irgendetwas von ihm übrig gewesen wäre. Dummerweise wurde just dieser Kanalabschnitt eine Woche, nachdem man Wanzecki in den Kanal geworfen hatte, aufgrund von Wartungsarbeiten abgepumpt. So was nenne ich Künstlerpech!«

Wie so viele Kollegen bei der Kripo hatte sich Kleitz im Lauf der Jahre einen sarkastischen Humor zugelegt. Ein Schutzschild, dessen sich viele Ermittler im Morddezernat bedienten, um mit dem täglichen Grauen besser fertigzuwerden.

»Und was gibt es von der Spurensicherung?«

Kleitz seufzte und bestellte noch ein *pichet* von dem Burgunder.

»Das ist eine ganz eigenartige Kiste. Eigentlich sollte man bei solch einer Tortur davon ausgehen, dass die Täter Spuren hinterlassen, die man auch nach einer Woche im Wasser noch nachweisen kann. Natürlich ist das bei einer Wasserleiche immer schwieriger, doch bisher haben wir nichts gefunden, einfach gar nichts, keine einzige DNA-Spur. Das ist wirklich eigenartig.«

»Scheint so, als hätten der oder die Täter ihn mit einem Ganzkörperanzug aus Latex malträtiert.«

»Die Art und Weise, wie er zugerichtet wurde, lässt tatsächlich Rückschlüsse darauf zu, dass Profis am Werk waren. Wer auch immer ihn so entstellt hat, verstand sein Handwerk. Würde zu gerne wissen, was die aus ihm herauspressen wollten. Soweit ich informiert bin, handelt es sich um einen kleinen Beamten, der über kein substanzielles Vermögen verfügte, weder Frau, Kinder, enge Verwandte, Freunde oder eine Affäre hatte. Wo soll da das Mordmotiv liegen?«

»Da kann ich dir vielleicht weiterhelfen. Aber der Reihe nach. Ich habe sein Portemonnaie mit seinem Ausweis in seiner Anzugtasche gefunden. Wenn jemand so peinlich darauf bedacht ist, keine Spuren zu hinterlassen, weshalb lässt er dann den Geldbeutel samt Personalausweis beim Opfer? Das passt doch hinten und vorne nicht zusammen.«

Kleitz schien auf den gleichen Gedanken gekommen zu sein.

»Genauso ist es. Vielleicht waren sich die Täter ihrer Sache so sicher, dass es ihnen einfach egal war. Oder sie gingen davon aus, dass es keine Rolle mehr spielt, wenn er in fünfzehn Jahren gefunden wird.«

Das hielt Sturni für ausgeschlossen. Man hatte das Portemonnaie absichtlich beim Opfer belassen.

»Es gibt auch noch eine andere Erklärung. Vielleicht wollten die Täter, dass Wanzecki gefunden wird. Vielleicht wussten sie sogar, dass dieser Abschnitt des Kanals in Kürze abgepumpt und gewartet wird und haben ihn bewusst dort versenkt, damit er genau an diesem Tag entdeckt wird. Sie haben keine Spuren hinterlassen, mit denen man ihnen auf die Schliche kommen könnte, aber sie haben sichergestellt, dass die Identität des Opfers von Anfang an klar ist, sobald er gefunden wird. Eine Woche im Wasser reicht aus, um einen Großteil der DNA-Spuren zu vernichten.«

»Da könnte etwas dran sein. Welche Vermutungen hast du bezüglich des Mordmotives?

»Deshalb habe ich dich kontaktiert. Ich arbeite gerade bei der *direction centrale de la police judiciaire* in einer Sondereinheit, die Unregelmäßigkeiten bei französischen Atomkonzernen nachgeht.«

»*Félicitation* – Glückwunsch! Wenn du so weitermachst, dann kommst du noch mal ganz groß raus. Aber bist du nicht von Haus aus Mordermittler wie ich?«

Sturni war sich nicht sicher, ob die Glückwünsche ernst gemeint waren.

»Das tut gerade nichts zur Sache. Bei meinen Ermittlungen bin ich auf Wanzecki gestoßen. Er arbeitete ja bei der Atomaufsichtsbehörde.«

»*Et alors* – ja, und?«

»Wanzecki hat den Verdacht geäußert, dass es bei den Atomkonzernen und deren Zulieferern Korruption in großem Stil gibt, dass mangelhafte Bauteile verbaut und zu überhöhten Preisen abgerechnet wurden. Dadurch sei die Sicherheit der Kraftwerke gefährdet gewesen. Außerdem hatte er wiederholt auf Konstruktionsmängel hingewiesen, vor allem bei den alten Meilern. Um sie sicherheitstechnisch auf den neuesten Stand zu bringen, hätten laut seinen Gutachten Milliardenbeträge aufgewendet werden müssen. Diese Nachrüstung hätte einen Großteil der französischen Kernreaktoren unrentabel gemacht.«

Kleitz stieß einen leisen Pfiff aus und trank einen großen Schluck *vin rouge*.

»Ich hatte seine Vermutungen nicht ernst genommen, da sie von seinen Vorgesetzten für unglaubwürdig gehalten wurden. Er wurde sogar zwangsversetzt. Mit seiner Ermordung erscheinen mir seine Anschuldigungen in einem ganz anderen Licht. Was, wenn er recht hatte, wenn es tatsächlich Korruption in großem Stil gibt und die Sicherheit unserer Kraftwerke gefährdet ist? Dann ist das eine Gefahr für ganz Frankreich, für ganz Europa! Schlimmer noch, selbst im Elsass steht ein Atomkraftwerk, noch dazu das älteste von allen!«

Kleitz musste schmunzeln, da es Sturni in erster Linie um die Unversehrtheit seiner Heimat ging. Frankreich und Europa waren da eher zweitrangig. Als ob das bei einem atomaren Zwischenfall noch eine Rolle spielen würde. Er lehnte sich zurück und ließ das Gehörte sacken.

»Nun mach mal nicht die Pferde scheu. Das hört sich nun doch ein wenig nach Hirngespinsten an. Wir sind hier schließlich in Frankreich!«

Wie die meisten Franzosen hielt Kleitz es für ausgeschlossen, dass von ihren Kernkraftwerken auch nur die geringste Gefahr ausgehen könnte.

»Ist die Presse über den Fall informiert?«

Sturni kam ein weiterer Gedanke. Wenn die Täter mit dem Mord tatsächlich ein Zeichen setzen wollten, dann wäre es besser, wenn er nicht öffentlich würde, vorerst zumindest.

»Dummerweise kam ein Vertreter der lokalen Presse zum Tatort. So etwas spricht sich heute in Windeseile über die sozialen Netzwerke herum. Die Journaille hat ihre Augen und Ohren überall. Eine Wasserleiche im Canal Saint-Martin mit Foto ist eben eine tolle Story für die lokale Boulevardpresse.«

»Dann ist die Info also raus, samt Name und Funktion des Toten?«

»Wir haben heute Nachmittag ein kurzes Pressestatement abgegeben. Name, Funktion und die Tatsache, dass es sich um einen Mord handelt, sind veröffentlicht. Wir haben die Bürgerinnen und Bürger um Hinweise gebeten.«

Die Nachricht war also in der Welt. Die Täter hatten ihr Ziel erreicht, wenn seine Vermutung stimmte, dass der Tote gefunden werden sollte.

Kleitz nahm den letzten Schluck aus seinem Glas, drückte seine *clope* in den Aschenbecher und stand auf.

»Es war schön, dich nach so langer Zeit einmal wiederzusehen. Vielen Dank für deinen Hinweis bezüglich Wanzecki, auch wenn mir die Geschichte im Moment etwas weit hergeholt vorkommt.

Andererseits haben wir bisher noch keine Spur und müssen jedem Hinweis nachgehen.«

»Ich wäre dir sehr dankbar, wenn wir uns in dem Fall gegenseitig auf dem Laufenden halten könnten. Immerhin gibt es da eine interessante Überschneidung.«

Kleitz lachte; er war müde, wollte ins Bett.

»Du willst doch bloß wieder in einem Mordfall ermitteln, weil dich deine Aktenberge bei der *direction de la police judiciaire* zu Tode langweilen. Du siehst Gespenster, Sturni, das ist mein Fall! Aber meinetwegen, ich halte dich über weitere Ermittlungsergebnisse auf dem Laufenden, streng vertraulich, versteht sich.«

»*Merci!* Ich lasse dich wissen, wenn ich bei meinen Ermittlungen zu Wanzecki weiterkomme. Die Rechnung geht natürlich auf mich.«

Sie umarmten sich, und Kleitz ging zu Fuß nach Hause. Antoine beglich die Rechnung und entschied, ebenfalls einen Fußmarsch zu seinem *chambre de bonne* zu machen, was mindestens eine Stunde dauern würde. Die Bewegung würde ihm guttun. Er brauchte einen klaren Kopf, um die neuen Informationen zu verarbeiten.

Die Sonne war gerade untergegangen. In der Rue de Lappe und rund um die Place de la Bastille tummelten sich schon die Nachtschwärmer. Es war noch angenehm warm, und er genoss den ausgedehnten Spaziergang. Er überquerte die Seine auf der Pont de Sully, tingelte am Institut du Monde Arabe vorbei auf dem Boulevard Saint-Germain in Richtung Quartier Latin, als sein *portable* ihm eine neue WhatsApp-Nachricht anzeigte.

Wochenlang hatte sein Sohn Christian seiner Mutter und ihm damit in den Ohren gelegen, dass er ein eigenes *portable* haben möchte. Antoine hatte es lange Zeit abgelehnt, mit sieben Jahren benötigte ein Kind noch kein Smartphone. Doch allmählich hatten Caroline und Christian ihn weichgekocht. Tatsächlich hatten sie gute Argumente. Christian war nun mal ein Trennungskind, das in wöchentlichem Wechsel bei Mutter und Vater lebte. Da sie trotzdem jederzeit miteinander in Kontakt bleiben wollten, ging das am besten über ein Handy. Obwohl sie seit mehr als einem Jahr getrennt lebten, entschieden Caroline und er solche wichtigen, Christians Erziehung betreffenden Fragen immer noch gemeinsam. Außerdem, so Caroline, animierte das Smartphone Christian dazu, seine Schreibkenntnisse aus der Grundschule gleich anzuwenden. Ein Argument, das ihn nicht wirklich überzeugen konnte.

Nachricht Christian:

»Komme am Wochenende zu dir, mit Margaux und *grand-mère*. Kann es kaum erwarten. Wie wäre es mit Disneyland Paris?«

Ihm wäre um ein Haar sein Handy aus der Hand gefallen. Natürlich freute er sich über Christians Besuch, aber doch bitte ohne seine Mutter. Und dann auch noch in Begleitung von Margaux, das verhieß jede Menge Ärger. Ihre erste Begegnung war ein Fiasko gewesen. Bei einem gemeinsamen Wochenende in Paris würde es bestimmt nicht besser werden. Seine Mutter hatte noch nie die Hauptstadt besucht, für sie glich der Ausflug einer Reise auf den Mond. Entgeistert wollte er sein *portable* wieder einstecken, als die nächste Nachricht eintraf, diesmal von Margaux.

Nachricht Margaux:

»Konnte es leider nicht verhindern. Wir müssen jetzt ganz stark sein. Kommen am Freitag um 18.05 Uhr an der Gare de l'Est an. Holst du uns ab? Habe ein Hotelzimmer für Christian und die Schwiegermutter in spe in der Nähe deines *chambre de bonne* reserviert.«

Immerhin hatte Margaux angesichts des drohenden Unheils ihren Humor nicht verloren. Sturni konnte nicht mehr antworten. Er war völlig von den Socken. Vor lauter Schreck hätte er fast die Abzweigung vom Boulevard Saint-Germain auf die Rue Saint-Jacques verpasst. Als er endlich in seiner kleinen Dachkammer ankam, ließ er sich erschöpft auf seine Matratze fallen und verfiel in einen unruhigen Schlaf.

In seinen Albträumen war er sich nicht sicher, was ihm mehr Angst einjagte, der zu Tode gequälte Wanzecki oder das bevorstehende Wochenende mit seiner Mutter in Paris …

16
Erste Schritte in der großen Stadt

Da ihr der Weg mit dem Flugzeug wegen der strengen Kontrollen verwehrt war, reiste Saba per Schiff, Zug und Autostopp an ihr Fernziel – Paris. Niemand erwartete sie dort. Keine Verwandten, keine Freunde konnten ihr den Start in ihr neues Leben erleichtern.

Eine freundliche ältere Dame hatte sie per Anhalter bis ins Zentrum der Stadt mitgenommen. Wäre doch nur ihre gesamte Reise so unproblematisch verlaufen. Saba wollte möglichst schnell vergessen, was sie in den letzten Wochen alles erlitten hatte. Nun stand sie etwas verloren vor der Kathedrale Notre-Dame, ließ sich mit dem Strom der Touristen über die Île de la Cité und die Île Saint-Louis treiben. Beim Blick auf den Preis für eine Kugel Eis an einer Eisdiele auf der Île Saint-Louis, vor der eine lange Schlange stand, wurde ihr schlecht. Die Reise von den Kanaren nach Paris hatte ihre ganzen Ersparnisse aufgefressen. Ihr Geld reichte noch wenige Tage, sie musste schnell einen Job und eine Bleibe finden. Eine Kugel Eis, die man fast mit Gold hätte aufwiegen können, konnte sie sich nicht leisten.

Saba war klar, dass sie sich an einem entscheidenden Punkt auf ihrem langen Weg befand. Sie durfte jetzt nicht auf die schiefe Bahn kommen. Gerüchteweise hatte sie von jungen Westafrikanerinnen gehört, die nach ihrer Ankunft in Paris in die falschen Hände gerieten und dann im Bois de Boulogne für Geld ihren Körper verkaufen mussten. Niemals würde sie sich dafür hergeben.

Über das Internet hatte sie von der *groupe d'information et de soutien des immigrées*, kurz *Gisti*, erfahren. Die Einrichtung hatte es sich zur Aufgabe gemacht, Migranten ohne Papiere zu unterstützen. Es war die richtige Entscheidung, dort anzurufen. Zumindest bekam sie von *Gisti* Adressen vermittelt, die ihr bei ihren ersten Schritten in Paris weiterhalfen.

Etwas später nahm sich ein privates Hilfskomitee Pariser Bürgerinnen und Bürger ihrer an, verschaffte ihr eine vorläufige Bleibe. Saba konnte ihr Glück kaum fassen. Viele hatten weniger Unterstützung, gerieten in Abhängigkeitsverhältnisse, aus denen sie nicht mehr herauskamen. Schnell lernte sie das schöne und das hässliche Gesicht dieser Stadt kennen, die so viele in ihren Bann zog, ein Magnet für Migranten aus der frankofonen Welt, Luxustempel und große Spielwiese für die verwöhnten Wohlstandsmenschen aus den Industriestaaten.

Blieb nur noch das Problem mit dem Job. Sie musste so schnell wie möglich Geld verdienen, für sich selbst – und für ihre Eltern. Der Markt für illegale Beschäftigung in Paris war riesig, ohne die Migranten würde hier nichts laufen. Die Gastronomie hätte nicht genügend Köche und Kellner, die Bürotürme in *La Défence*, die Hotelzimmer aller Kategorien und die Luxuswohnungen der Pariser *bobos* würden nicht gereinigt, und die Familien im 16. Arrondissement hätten nicht genügend *nounous* für ihre verzogenen Gören. Selbst auf dem Bau wurden massenhaft Illegale beschäftigt.

Saba blieb vorerst bei ihren gewohnten Tätigkeiten und begann als Putzfrau, wieder vermittelt über eine halbseidene Zeitarbeitsfirma, die eine kreative Lösung für ihren illegalen Status fand. Steuern musste sie natürlich bezahlen, fehlende Aufenthaltsgenehmigung hin oder her. So bigott war diese Klassengesellschaft, auf deren unterster Stufe sie stand. Nachmittags verdingte sie sich zusätzlich als *nounou* bei reichen Familien. Ohne einen Zweitjob hätte sie niemals ihre Eltern im Senegal unterstützen können, die finanziell mehr denn je von ihr abhingen, seitdem ihr Vater vor einem Jahr einen Arbeitsunfall erlitten hatte. Das Geld als Putzhilfe reichte nicht, um in Paris – selbst mit ihren bescheidenen Ansprüchen – über die Runden zu kommen.

Schwieriger als einen Job war es, eine Bleibe zu finden. Mit viel Glück konnte sie ein winziges Zimmerchen unter dem Dach eines der großbürgerlichen Häuser ergattern. Der Raum war so klein, dass er nicht einmal den gesetzlichen Mindestanforderungen für eine Wohnung in Paris entsprach, demnach eigentlich gar nicht vermietet werden durfte. Diesem für sie glücklichen Umstand hatte sie es zu verdanken, dass sie überhaupt an ein eigenes Zimmer in dieser Stadt herankam, in der Wohnraum bereits für Franzosen Mangelware war. Der Eigentümer vermietete illegal an eine Illegale und ließ sich die Miete monatlich in bar ausbezahlen.

Um vier Uhr morgens stand sie auf, fuhr mit der ersten Metro vor die Tore von Paris und reinigte Büros. Mittags oder am frühen Nachmittag, während die französischen Angestellten dank ihrer 35-Stunden-Woche schon nach Hause fuhren, begann sie ihren Zweitjob und verdingte sich als Kindermädchen bei einer der wohlhabenden Familien im 16. Arrondissement, nahe der Avenue Foch. Erst spät am Abend, manchmal auch erst nachts, kehrte sie mit der U-Bahn zurück, stieg hundemüde die Treppen zu ihrem kleinen Zimmerchen hinauf und fiel ins Bett.

Trotz der harten Arbeit war Saba nicht unglücklich. Sie hatte Paris erreicht. Sie war nicht, wie so viele, irgendwo auf halber Strecke gestrandet oder gar gescheitert. Sie verfügte über ein Zimmer, hatte einen Job, konnte sogar ihre Eltern im Senegal unterstützen.

Irgendwann würde sie hier groß rauskommen, den Traum vom Laufsteg auf der Pariser Modewoche hatte sie immer noch nicht aufgegeben. Doch dafür benötigte sie eine Aufenthaltsgenehmigung und eine Arbeitserlaubnis, sonst würden ihr die Türen des glitzernden, schillernden Paris für immer verschlossen bleiben …

17
Einmal im Leben auf dem Eiffelturm

Schon in der Metro auf dem Weg zur Gare de l'Est hatte Antoine ein ganz mulmiges Gefühl. Familie war noch nie seine Stärke gewesen. Ein gemeinsames Wochenende mit seiner Mutter, seinem Sohn und der von seiner Mutter verachteten neuen Freundin überforderte ihn emotional, bevor es überhaupt begonnen hatte.

In der Bahn poppten die WhatsApp-Nachrichten im Minutentakt auf seinem *portable* auf. Seine Mutter lebte zwar in vielerlei Hinsicht hinter dem Mond, doch hatte sie sich kürzlich ein eigenes Smartphone zugelegt, um seinen Bruder samt Familie damit auf Trab zu halten. Mit ihrem Enkelkind Christian stand sie gleichfalls in regem Kontakt. Er selbst wurde von ihr weitgehend verschont. Das schien sich nun zu ändern:

Nachricht Clothilde:

> »Ich gehe davon aus, dass ihr mir ein ruhiges Hotelzimmer mit gehobenem Standard reserviert habt. Du weißt schließlich, wie schlecht ich bei Stadtlärm schlafen kann.«

Richtig, bei ihren seltenen Besuchen in Straßburg hatte sie ihm die Hölle heißgemacht, wenn man von ihrem Hotelzimmer nachts auch nur den Motor eines einzigen Autos oder Motorrads hören konnte. Zum Glück gab es das *Hôtel des Princes* im Quartier de l'Orangerie, da war es nachts mucksmäuschenstill.

Nachricht Christian:

> »Ich möchte unbedingt mit den Achterbahnen im Disneyland Paris fahren. Die sind noch viel besser als die im Europa-Park.«

Sturni erinnerte sich schmerzlich an ihr letztes Achterbahnabenteuer im Europa-Park. Allein bei dem Gedanken daran drehte sich ihm der Magen um …

Nachricht Margaux:

> »Wir müssen jetzt sehr, sehr stark sein. Wenn wir dieses Wochenende überstehen und dann immer noch ein Paar sind, dann schuldest du mir was.«

Nachricht Christian:

> »Oma nervt! Ich möchte auf jeden Fall ein eigenes Zimmer. Bin doch kein Baby mehr!«

Nachricht Clothilde:

> »Hast du Tickets für den Eiffelturm reserviert? Sonst muss man wohl lange anstehen. Es war immer mein sehnlichster Wunsch, einmal in meinem Leben auf dem Eiffelturm zu stehen. Nur deshalb wage ich diese gefährliche Reise.«

Obwohl Clothilde Sturni in erster Linie Elsässerin war – die französische Staatsbürgerschaft spielte eine eher untergeordnete Rolle in ihrem Leben –, fühlte sie sich doch so weit als Französin, dass sie einmal im Leben auf dem Eiffelturm stehen wollte.

Nachricht Margaux:

> »Das mit der Familiengründung sollten wir uns vielleicht doch noch mal überlegen …«

Nachricht Clothilde:

> »Übrigens, deine neue *maîtresse* kleidet sich, als wolle sie nachher noch auf der Place Pigalle anschaffen gehen. Warum schickst du sie nicht ins *Moulin Rouge,* und wir gehen zu dritt auf den Eiffelturm? Weshalb hast du nicht besser auf Caroline aufgepasst? Das hast du jetzt davon …«

Sturni hatte genug. Er schaltete sein *portable* auf stumm und steckte es in die Tasche. In wenigen Minuten würde er seine Lieben am Bahnsteig in Empfang nehmen, und das vorhersehbare Unheil würde seinen Lauf nehmen.

***

Auf die Minute pünktlich war er am Bahnsteig und positionierte sich an dem Gleisabschnitt, an dem seine Familie aussteigen würde. Während er bei seiner eigenen Ankunft in Paris als Allerletzter – am liebsten wäre er einfach sitzen geblieben und zurück nach Straßburg gefahren – den TGV verlassen hatte, fiel Christian ihm in die Arme, kaum dass die Tür sich geöffnet hatte.

Zumindest sein siebenjähriger Sohn war bester Laune. Weniger erfreulich war der Anblick der beiden nach ihm folgenden Gestalten. Er schaute in zwei versteinerte Mienen, als Margaux und Clothilde aus dem Zug stiegen.

Clothilde hatte allen Ernstes ihre elsässische Tracht für ihre Reise nach Paris angezogen. Selbst die traditionelle schwarze Haube schmückte ihr inzwischen ergrautes Haar, das sie zu einem Dutt hochgesteckt trug. Sie hatte es sich nicht nehmen lassen, eine kleine Trikolore an ihre Haube zu heften; schließlich machte sie einen Ausflug nach Frankreich und wusste, was sich gehörte …

Allein der Anblick der beiden wichtigsten Frauen in seinem Leben zeigte ihm, dass es zwischen ihnen niemals funktionieren konnte. Margaux trug ein figurbetontes Top und einen *mini-jupe* – Minirock –, jeweils in knalligen Farben. Beides brachte ihre Rundungen aus seiner Sicht sehr vorteilhaft zur Geltung. Nicht nur seine Mutter, auch Margaux hatte sich für ihren Ausflug in die Hauptstadt herausgeputzt. Sie war noch mal beim Friseur gewesen und hatte sich die Spitzen ihrer blondierten Haare grün färben lassen.

Zugegeben, Margaux wirkte neben den elfenhaften Pariserinnen in ihren knappen Kleidchen vielleicht etwas voluptuös; böse Zungen würden vielleicht sogar die Begriffe derb und billig verwenden. Im Gegensatz zu den hochnäsigen Pariserinnen, die einen nicht mal mit dem Allerwertesten anschauten, wenn man sie nicht im Lamborghini ins *Plaza Athénée* ausführte, war Margaux jedoch völlig unprätentiös, ehrlich und überhaupt nicht anspruchsvoll, was materielle Dinge betraf. Das liebte er so an ihr.

Seine Freundin lächelte gequält, als sie den TGV verließ, und gab ihm einen verhaltenen Kuss auf die Wange. Sturni hatte schon stürmischere Begrüßungen von ihr erlebt. Wenn das mal gut ging!

Margaux und er hatten für *grand-mère* und Christian ein Hotelzimmer ganz in ihrer Nähe gebucht. Bei den Pariser Preisen war verständlicherweise kein Fünfsternehotel drin. Die Hotelzimmer in Paris waren bekanntermaßen größere Kaninchenställe, wollte man nicht Hunderte Euros pro Nacht investieren. Ihm war von vornherein klar, dass Clothilde das Hotel nicht goutieren würde. Selbst wenn er fünfhundert Euro für ein Zimmer ausgegeben hätte, hätte sie immer noch etwas daran auszusetzen gehabt. Paris war nun mal nicht das Elsass, und so stand er von Anfang an auf verlorenem Posten. Also sparte er sich das Geld, schließlich war er Elsässer …

Sein Sohn blickte gequält drein, als er erfuhr, dass er sich das Hotelzimmer mit seiner Oma würde teilen müssen. Er liebte seine Großmutter heiß und innig, aber so weit ging die Zuneigung dann doch wieder nicht. Unmöglich konnten sie ihn jedoch mit auf sein *chambre de bonne* nehmen. Zu dritt würden sie niemals Platz darin finden.

Margaux und Sturni verabschiedeten sich schnell nach der Ankunft im Hotel und überließen Christian den Fängen seiner Großmutter. Ein gemeinsames Abendessen war nicht notwendig und von Clothilde auch gar nicht erwünscht. Sie hatte in Ribeauvillé große Mengen *Baeckeoffe* zubereitet und in Tupperschüsseln abgefüllt. Man konnte ja nie wissen …

In der kleinen Brasserie *La Bonbonnière*, gleich bei ihm um die Ecke, ließen sie sich nieder und bestellten erst einmal zwei Gläser Wein. Es galt, eine Strategie für die nächsten zwei Tage zu entwickeln, mit der ihre Beziehung keinen Schaden nahm.

»Deine Mutter hasst mich. Du kannst dir nicht vorstellen, wie sie mich auf der Fahrt nach Paris behandelt hat. Als sei ich das letzte Flittchen …«

Das konnte er sich sehr wohl vorstellen. Er kannte seine Mutter. Nun lobte sie Caroline über den grünen Klee, aber als er ihr damals mitgeteilt hatte, dass er sie heiraten werde, hatte sie kein gutes Haar an ihr gelassen. Caroline war ja nicht einmal Elsässerin, also für eine Heirat völlig ungeeignet.

Die Aussage mit dem Flittchen hätte Sturni bis vor Kurzem glatt unterschrieben. Margaux hatte ein sehr abwechslungsreiches Liebesleben, bevor sie mit ihm zusammengekommen war. Doch nun kannte er sie besser und wusste, dass ihre leichtlebige Seite nur ein Teil von ihr war.

Nachricht Clothilde:

»Sag mal, geht es dem Jungen nicht gut? Er ist doch nicht etwa krank? *Er sollt ebbs aessa* und weigert sich!!«

Nachricht Christian:

»So hatte ich mir das nicht vorgestellt. Ich wollte mit euch ein super Wochenende im Disneyland Paris verbringen ... *Grand-mère* drangsaliert mich mit ihrem kalten *Baeckeoffe* und beschwert sich, dass wir keine Küchenzeile im Hotelzimmer haben. Außerdem würde sie gerne ein Bad nehmen, und es gibt nur eine Dusche.«

Entspannung wollte bei ihm nicht so richtig aufkommen, auch wenn der leichte *Côtes du Rhône* ganz hervorragend mundete.

»Es ist ja nur ein Wochenende. Jahrelang hat sie sich nicht einmal nach Straßburg getraut, und nun kommt sie mich in Paris besuchen. Damit konnte wirklich niemand rechnen. Sie hat sich stark verändert seit Vaters Tod.«

Ihnen war der Appetit vergangen, und so begnügten sie sich mit dem Rotwein. Schon bald beglich er die Rechnung, und sie begaben sich in Richtung *chambre de bonne*.

Bereits auf dem Flur war zu hören, dass Olivia neue Gymnastikübungen mit dem amerikanischen Fitnesstrainer ausprobierte, der in letzter Zeit häufiger bei ihr zu Gast war. Und dabei hieß es immer, die Franzosen seien laut beim Sex ... Wie üblich herrschte in den anderen beiden Zimmern Grabesstille.

Margaux und Sturni waren erst seit wenigen Wochen offiziell ein Paar ... und schon hatte sie die erste sexuelle Krise ereilt. Erotik kam bei diesen schwierigen Rahmenbedingungen beim besten Willen nicht auf. Dabei war es in erster Linie die körperliche Anziehungskraft, die sie zusammengebracht hatte. Die ersten Wochen ihrer Beziehung, als noch gar nicht klar war, ob aus ihnen überhaupt ein Paar werden würde, waren ziemlich aufregend verlaufen. Nun musste sich zeigen, ob ihr Verhältnis aus mehr bestand und auch erste Spannungen aushalten konnte – wenn eine Konfrontation mit Clothilde Sturni überhaupt noch die Bezeichnung »erste Spannungen« verdiente. In der Sprache seiner aktuellen Ermittlungen wäre der Begriff »durch einen elsässischen Tsunami ausgelöster Super-GAU« wohl angemessener.

Wortlos zwängten sie sich auf seine für zwei Personen viel zu enge Matratze, wobei jeder darum kämpfte, nicht vom klapprigen Bettgestell zu fallen. Er erlebte eine unruhige Nacht, fand kaum in den Schlaf.

*

Am nächsten Morgen holten sie Clothilde und Christian schon früh ab. An ausschlafen war auf dieser Pritsche ohnehin nicht zu denken. Schnell nahmen sie ein *petit déjeuner* in einem der Cafés am Jardin du Luxembourg ein, bevor sie sich auf den Weg zum Eiffelturm machten. Espresso, Croissants und ein Glas Orangensaft waren natürlich weit entfernt vom deftigen elsässischen Frühstück, das Clothilde aus Ribeauvillé gewohnt war, was sie wortreich zum Ausdruck brachte.

Grand-mère hatte in ihrem Reiseführer gelesen, dass man früh aufstehen müsse, wenn man es bis ganz nach oben schaffen wolle, weil der Besucherandrang für den Eiffelturm enorm sei. Sturni hatte dummerweise – entgegen Clothildes ausdrücklicher Anweisung – vergessen, Tickets vorab online zu bestellen. Deshalb mussten sie sich in die lange Warteschlange einreihen, um überhaupt an ihre Tickets zu kommen, was von Clothilde missbilligend, aber ohne weitere Kommentare zur Kenntnis genommen wurde. Zu groß war ihre Vorfreude, einmal in ihrem Leben ganz oben auf dem Eiffelturm stehen zu dürfen. Zur Feier des Tages trug sie erneut Tracht samt Kopfbedeckung mit Trikolore.

Einige amerikanische Touristen älteren Semesters waren so beeindruckt von ihrer *tenue* – der traditionellen elsässischen Tracht –, dass sie ihr einige Dollarscheine zustecken wollten. Sie nahmen wohl an, dass Clothilde vom Pariser Fremdenverkehrsamt bezahlt wurde, um den Touristen aus aller Welt die endlos lange Wartezeit am Eiffelturm zu versüßen. Zu wissen, dass es sich bei ihrem *costume folklorique* um eine elsässische und keine französische Tracht handelte, konnte man von den wohlwollenden amerikanischen Senioren wahrlich nicht erwarten. Entrüstet wies Clothilde das freundliche Angebot der älteren amerikanischen Herrschaften von sich. Da hatte sie wohl etwas missverstanden …

»Diese Ausländer haben kein Benehmen. Wenn das dein Großvater wüsste. Ich auf meine alten Tage in Paris. Er wollte ja nie reisen. Die sonntäglichen Ausflüge nach Kaysersberg oder Riquewihr waren ihm ein Gräuel. Die Weinmesse in Colmar war natürlich ein Muss für ihn, aber er nahm die Reise nur einmal im Jahr und mit großem Widerwillen auf sich.«

Christian spielte gelangweilt mit seinem *portable* und schenkte *grand-mère* keine Beachtung. Clothilde war ganz aus dem Häuschen, so hatte ihr Sohn sie noch nie erlebt. Tatsächlich hatte sie sich seit dem Tod seines Vaters, der vor zwei Jahren bei der Arbeit auf einem seiner Weinberge verstorben war, deutlich verändert. War Clothilde etwa nur wegen seines Vaters ein Leben lang ein Landei geblieben und wollte auf ihre alten Tage noch die große, weite Welt entdecken? Bei dem Gedanken stellten sich ihm die Nackenhaare auf. Er sah sich schon jedes Wochenende bei Kaffee und Kuchen mit Clothilde, Margaux und Christian in seiner kleinen Wohnung am Quai des Pêcheurs in Straßburg sitzen. Nein, nein, so weit durfte es auf keinen Fall kommen.

Misstrauisch beäugte Clothilde die vielen fahrenden Händler, die ihr trotz strahlendem Sonnenschein Regenschirme, singende Stofftierchen und sonstigen nutzlosen Nippes anboten.

»Können sich diese Neger nicht eine sinnvollere Beschäftigung suchen?«

Margaux fiel die Kinnlade herunter.

»Diese Zambos lungern den ganzen Tag in der Sonne herum und betrügen hart arbeitende Franzosen und zahlende Gäste aus aller Welt.«

Hatte Clothilde Sturni gerade allen Ernstes den Begriff »Zambo« verwendet? Ihre *belle-mère* in spe war also nicht nur eine elsässische Matrone, sondern auch eine militante Rassistin. Wahrscheinlich wählte sie sogar die Nationalisten.

Margaux hob an, um ihr zu erwidern, dass diese armen Menschen vermutlich über keine Aufenthaltsgenehmigung in Frankreich verfügten und deshalb gar keine Chance auf eine sozialversicherungspflichtige Beschäftigung hatten. Demnach waren sie also gezwungen, sich irgendwie über Wasser zu halten.

Antoine sah das nächste Unwetter auf sich zukommen. In letzter Sekunde hielt Margaux inne und ließ es gut sein. Sie sahen sich an und verdrehten die Augen. Gestern Abend hatten sie sich vorgenommen, dass sie nicht die Contenance verlieren würden, was auch immer Clothilde Sturni im Schilde führen mochte. Eine echte Herausforderung für die heißblütige, linksliberal angehauchte Margaux. Seine Mutter würde sie auf eine harte Probe stellen, so viel stand fest.

Nach fast zwei Stunden konnten sie endlich die heiß ersehnten Tickets erwerben. Doch das war erst die Hälfte der Miete. Jetzt galt es, sich in die nächste Schlange einzureihen, die zum ersten Aufzug führte, der sie dann auf die zweite Ebene des Eiffelturms bringen würde. Bis zur zweiten Ebene hätte man auch laufen können. Clothildes akute Ischiasbeschwerden verhinderten diesen viel schöneren und angesichts der langen Schlange auch schnelleren Aufstieg.

Von der zweiten Ebene aus sollte es dann mit einem weiteren Aufzug bis ganz nach oben gehen. Clothildes Miene verfinsterte sich zusehends. Es war heiß, und sie hatte Durst. Schließlich ließ sie sich sogar dazu hinreißen, einem der farbigen Händler eine Flasche Wasser für drei Euro abzukaufen. Natürlich nicht ohne ihm halsabschneiderisches Geschäftsgebaren vorzuwerfen, nachdem er wieder außer Hörweite war.

»Dieser zentralafrikanische *Kroppakopf* knöpft mir tatsächlich drei Euro für ein elsässisches Wasser ab, das ich daheim umsonst aus dem Wasserhahn bekomme; *quel culot* – so eine Frechheit!«

Sturni und Margaux sahen sich nur wortlos an. Durchhalten war angesagt. Er verfluchte sich, dass er nicht wenigstens vorab die Tickets besorgt hatte.

Nach einer gefühlten Ewigkeit konnten sie endlich den ersten Aufzug besteigen, der sie in Windeseile auf die zweite Ebene des Eiffelturms brachte. Im Aufzug hob sich Clothildes Stimmung wieder so weit, dass sie wohlgemut ein elsässisches Volkslied zum Besten gab, was von den im Aufzug mitfahrenden Touristen wohlwollend beklatscht wurde. Die angebotenen amerikanischen Dollars, chinesischen Renminbis und indischen Rupien lehnte sie wieder dankend ab.

Nachricht Christian:

»*Grand-mère* geht wirklich gar nicht mehr.«

Nicht so gut kam ihr Verhalten bei ihrem Enkelkind an. Christian zwängte sich in eine Ecke des Aufzugs, möglichst weit entfernt von seiner Großmutter, und blickte konzentriert auf sein *portable*. Die Zeit, in der *grand-mère* die Allergrößte gewesen war, ging zu Ende.

Zu Clothildes großer Enttäuschung konnten sie, nachdem sie das zweite Stockwerk erreicht hatten, nicht sofort zur Spitze des Eiffelturms weiterfahren. Die nächste Warteschlange stand ihnen bevor, mindestens genauso lang wie die beiden zuvor.

Irgendwie gerieten sie in der *file d'attente* – der Warteschlange – zwischen eine indische und eine chinesische Reisegruppe. Die Touristen aus Südasien und Fernost konnten es kaum erwarten, die Topsehenswürdigkeit ihrer Pauschalreise »Europa in einer Woche« zu erleben. Genauso erging es Clothilde. Zunehmend nervös trat sie von einem Bein auf das andere. Sie musste auf die Toilette und bekam vom langen Stehen Rückenschmerzen.

Irgendwann entschloss sie sich dazu, aktiv anzustehen. Schließlich stand ihr als Elsässerin eine bevorzugte Behandlung zu, dachte sie zumindest. Dabei hatte sie ihre Rechnung ohne die aufgeregten Inder und Chinesen gemacht, die um die halbe Welt gereist waren, um diesen Moment europäischer Hochkultur zu erleben.

Clothildes Drängelversuche wurden von einem korpulenten Chinesen und einem etwas schmächtigeren, aber keinen Deut weniger selbstbewussten Inder rüde abgeblockt. Doch so leicht ließ sich *grand-mère* nicht ausbremsen. Sie wurde fuchsteufelswild.

»*Fer m'r a Plaisiar,* mach Platz!«

Der Inder wackelte heftig mit dem Kopf und versperrte Clothilde den Weg. Clothilde hatte seine Kopfbewegungen wohl missverstanden und als Zustimmung gewertet. Umso heftiger versuchte sie nun, ihn zur Seite zu drücken.

»*Mach, dass da v'rschwinsch, od'r ich känn mi nimm* – mach, dass du verschwindest, oder ich vergesse mich!«

Clothilde wollte sich zwischen dem Inder und dem Chinesen hindurchschieben. Wenn sie sich aufregte, verfiel sie sofort ins Elsässische. Bestes Diplomatenfranzösisch hätte ihr in dieser vertrackten Situation aber auch nicht weitergeholfen.

Immer heftiger wackelte der Inder mit dem Kopf und erwiderte etwas auf Englisch, mit starkem indischem Akzent, was Clothilde nur noch mehr in Rage brachte. Mangels gemeinsamer sprachlicher Basis musste der Disput mit Händen und Füßen einer Lösung zugeführt werden.

Nun schaltete sich der Chinese ein, der eine dicke Spiegelreflexkamera um den Hals hängen hatte und eine teure Rolex am Handgelenk trug. Er versperrte ihr bewusst die letzte Lücke, durch die sie sich gerade hindurchdrängeln wollte.

Sturni, der etwas abseits gestanden hatte, bemerkte jetzt erst das Gerangel. Er versuchte, zu seiner Mutter vorzudringen, um größeres Unheil zu verhindern. Wenn *maman* einmal in Rage war, dann war sie nicht mehr zu bremsen. Schon so manches Weinfest in Ribeauvillé mussten sie unfreiwillig verlassen, weil Clothilde sich ungerecht behandelt gefühlt und eine Keilerei angefangen hatte.

Gegen die asiatische Phalanx – die neuen Herren auf dem Pariser Touristenmarkt – und deren zahlenmäßige Übermacht gab es allerdings kein Durchkommen für Clothilde. Der Chinese und der Inder gestikulierten nun beide heftig und redeten wild auf sie ein – ein hoffnungsloses Unterfangen. Antoine befürchtete, dass er sie nicht mehr rechtzeitig erreichen würde, um Schlimmeres zu verhindern, und so nahm das Unheil seinen Lauf.

»Ich lang d'r eini, dü Mollakopf!«

Sie zückte ihren Regenschirm, den sie vorausschauenderweise dem »Neger« zusammen mit der Wasserflasche unter lautem Protest über den überhöhten Preis abgekauft hatte. Wahrscheinlich hatte sie schon beim Kauf den Hintergedanken gehabt, ihren Anspruch, auf die Spitze des Eiffelturms zu kommen, notfalls mit Gewalt durchzusetzen. Herzhaft briet sie dem selbstbewussten Chinesen eine über. Der etwas schmächtigere Inder versuchte, seinem Leidensgenossen zu Hilfe zu eilen.

»Halt d'Gosch, dü Aarschloch, schünsch hoi i d'r eini!«

Der völlig perplexe Inder bekam nun ebenfalls sein Fett weg, und Clothilde drosch munter mit ihrem Schirm auf die beiden ein, bis er auf dem Kopf des Inders zerbarst. Das Produkt – Made in China – war qualitativ nicht auf solch extreme Belastungen ausgelegt.

Irgendwann wurde es dem Aufsichtspersonal, das etwas Ordnung in die Menschenmassen bringen sollte, zu bunt. Sie griffen sich *grand-mère* aus der Menge – kurz bevor Sturni sie erreicht hatte – und geleiteten sie gegen ihren massiven Widerstand zum Aufzug. Leider nicht zum Fahrstuhl nach oben, sondern zurück auf Los – nach unten.

Antoine, Margaux und Christian blieb nichts anderes übrig, als die Schlange zu verlassen und Clothilde beizustehen. Unmöglich konnten sie *maman* in diesem schweren Moment alleine lassen, das hätte sie ihnen nie verziehen. Nun bekamen sie endlich die von Clothilde so lautstark eingeforderte Sonderbehandlung und wurden in einen Aufzug gedrängt. Binnen weniger Minuten befanden sie sich auf dem Champ de Mars. *Grand-mère* war außer sich.

»*S'hand nitamol nit Buschur gseit* – Sie hatten mich nicht einmal gegrüßt.«

Selbstverständlich trug Clothilde – nach eigener Wahrnehmung – keinerlei Schuld an der Auseinandersetzung. Die Herren hatten einfach keinen Respekt vor einer älteren Dame, die einmal im Leben auf dem Eiffelturm stehen wollte. Für sie, und damit für den Rest der Familie, war der Tag gelaufen.

Antoine versuchte noch zu retten, was nicht mehr zu retten war. Sie unternahmen einen ausgedehnten Spaziergang vom Eiffelturm am südlichen Seineufer entlang in Richtung Quartier Latin. Das Wetter war traumhaft, die Uferpromenade bot viele Attraktionen für Einheimische und Touristen. Selbst einen kleinen botanischen Garten hatte man auf einer künstlichen Insel am Rande der Seine angelegt. Nichts von alldem konnte Clothildes Stimmung heben.

Er unternahm einen letzten Anlauf, und sie setzten sich in ein schönes Café direkt am Ufer der Seine. Es war hoffnungslos. Weder die traumhafte Lage noch Getränke oder Essen waren seiner Mutter genehm. Christian wurde zunehmend quengelig. Das Einzige, was seinen Sohn noch über Wasser hielt, war die Aussicht auf den morgigen Besuch von Disneyland Paris. Irgendwann hatte Antoine genug. Er brachte seine Mutter und seinen Sohn zurück ins Hotel und zog sich mit Margaux zurück. Er hatte ein schlechtes Gewissen wegen Christian, aber die ganze Situation überforderte ihn einfach.

***

Seine guten Vorsätze, die Contenance nicht zu verlieren, was auch immer dieses Wochenende geschehen würde, zerronnen im Nu, als sie abends in seinem *chambre de bonne* ankamen. Bei Olivia und ihrem heutigen Sparringspartner ging es schon wieder lautstark zur Sache. An den Austausch von Zärtlichkeiten zwischen Margaux und ihm war nicht zu denken, nicht nach so einem Tag. Nachdem sie sich entkleidet und auf seine Pritsche, die den Namen Bett nicht verdiente, gezwängt hatten, platzte Margaux der Kragen.

»Keine Minute länger halte ich das aus. Entweder deine Mutter oder ich, du musst dich entscheiden!«

Das hatte er befürchtet. Margaux hatte so viel in sich hineingefressen, dass es nun einem Wasserfall gleich aus ihr heraussprudelte. Sie schrie ihren Frust so laut heraus, dass selbst Olivia und ihr aktueller Gespiele kurz innehielten und lauschten.

Ihm war die Situation peinlich, und er versuchte, seine Freundin zu beschwichtigen. Das Problem war nur, dass es nichts zu beschwichtigen gab. Seine Mutter war unmöglich, und er wusste es. Margaux beruhigte sich erst wieder, nachdem sie ihren ganzen Ärger bei ihm abgeladen hatte. Sie drehte ihm auf der engen Pritsche den üppigen Allerwertesten zu und schlief ein. Da seine Matratze nur neunzig Zentimeter breit war und Margaux ihm bewusst keinen Platz darauf gelassen hatte, schnappte er sich sein Kissen und legte sich neben das Bettgestell auf den harten Holzboden.

Nur noch einen Tag durchhalten, dachte er bei sich und verfiel in einen unruhigen Schlaf. Über all dem Familien- und Beziehungsstress hatte er den Mordfall Wanzecki fast vergessen.

18
Momente des Glücks

Sein Cousin lebte mit seiner Frau und den vier Kindern in einer kleinen Wohnung von gerade einmal sechzig Quadratmetern. Eigentlich gab es keinen Platz für ihn, doch die Familie rückte enger zusammen, und er konnte für einige Zeit auf einer Matratze im Flur schlafen. Immer wenn nachts jemand auf die Toilette musste, stieg er oder sie über den schlafenden Abdel hinweg. Ihn störte das nicht. Nach allem, was er durchgemacht hatte, war das für ihn das Paradies. Er liebte die Kinder seines Cousins, und sie vergötterten ihn, weckten ihn morgens, um mit ihm zu spielen, bevor sie in ihre *crèche,* ihre Kindergrippe, oder ihre *école maternelle,* ihren Kindergarten, gebracht wurden.

Für einige Zeit konnte er bei seinem Verwandten im kleinen *arabe du coin* am Boulevard de Charonne aushelfen, Kisten schleppen, Regale ein- und aussortieren und so weiter. Faruk hatte auch einen eigenen Marktstand, zweimal die Woche auf dem Boulevard de Charonne. Abdel liebte die Markttage, bei denen er bei Auf-, Abbau und Verkauf mithalf. Zwischen den Metrostationen *Philippe Auguste* und *Alexandre Duma*s reihten sich die arabischen und nordafrikanischen Marktstände aneinander, während jenseits der Rue de Bagnolet die alteingesessenen Pariser Betreiber ihre Delikatessen feilboten. Die Gerüche auf der nordafrikanischen Seite des Marktes erinnerten ihn an seine Heimat: frische Minze, Zitrusfrüchte, verschiedenste Gemüsesorten … Er genoss diese Tage und die damit verbundenen Erinnerungen, ohne dabei wehmütig zu werden.

Es waren wenige Wochen des Glücks für Abdel, doch schon bald nahm Faruk ihn beiseite: »Abdel, wir müssen reden. Ich habe dich bei mir aufgenommen und habe dir für eine Übergangszeit Arbeit angeboten. Jetzt ist es an der Zeit, dass du auf eigenen Beinen stehst. Meine Frau hat sich schon bei mir beschwert.«

Abdel verstand, er hatte die Gastfreundschaft seines Cousins überstrapaziert.

»Ich werde dir helfen, ein Zimmer zu suchen und einen anderen Job zu finden. Du bist doch gelernter Koch, da findest du in Paris immer etwas. Die Nachfrage in den Restaurants und Bistros ist so groß, dass viele nicht nach den Papieren fragen.«

»Danke für alles, was du für mich getan hast.«

»Du darfst auf keinen Fall in eine der gefährlichen *banlieues* ziehen. In den bezahlbaren Vororten gerätst du nur auf die schiefe Bahn. Ich helfe dir bei der Suche, auch wenn du dir nur ein winziges Kämmerchen leisten kannst. Deine Adresse in Paris wird mit darüber entscheiden, ob du einen Job findest und ob du irgendwann einmal eine Chance auf einen legalen Aufenthalt in Frankreich bekommst.«

So geschah es. Über Faruk konnte er ein winziges Zimmerchen in einem guten *quartier* anmieten. Er bürgte für ihn, und der Vermieter fragte nicht nach seinem Aufenthaltsstatus.

Ein Restaurantbetreiber, den Faruk regelmäßig mit Lebensmitteln versorgte, suchte eine Aushilfe in der Küche. Das war Abdels Chance. Es störte ihn nicht, dass er weit unter seinem Niveau beschäftigt wurde. Hatten es nicht schon andere vor ihm vom Tellerwäscher zum Millionär gebracht?

Als ein Koch in dem Restaurant kurzfristig ausfiel, witterte Abdel seine Chance. Er durfte einspringen, und sein *patron* erkannte, nicht zuletzt dank des überschwänglichen Lobes der Restaurantgäste, was für ein Juwel er in seiner Küche als Hilfskraft beschäftigte. Von da an durfte Abdel regelmäßig kochen, und sein Chef erhöhte sein Gehalt, sodass er ein einigermaßen akzeptables Auskommen hatte.

Er konnte sogar ein wenig Geld zur Seite legen und seine Familie in Algerien unterstützen, ganz so, wie er es sich vorgenommen hatte.

Wäre er nicht illegal im Land gewesen und müsste er nicht an jeder Metrostation, bei jedem Einkauf fürchten, von der Polizei kontrolliert, aufgegriffen und in Abschiebehaft genommen zu werden, dann hätte er jetzt sein Ziel erreicht.

Abdel versuchte, sich nicht allzu viele Gedanken um seinen Status zu machen; er lebte von Tag zu Tag. Im Gegensatz zu vielen anderen Migranten hatte er Glück gehabt. Sein Leben war besser, als es daheim gewesen war. Viele Illegale bereuten ihre Reise, da sie in Paris, umgeben von Reichtum und Luxus, keine Chance auf ein menschenwürdiges Leben bekamen.

An einem seiner wenigen freien Tage gönnte er sich den Besuch des Eiffelturms. Davon hatte er lange geträumt. Die Aussicht von dort oben musste einmalig sein. Zu Fuß bis auf die zweite Etage, das war günstiger als der Aufzug, und dann mit dem zweiten Aufzug bis ganz nach oben. Auf der Spitze des Turms fühlte er sich zum ersten Mal seit seiner Ankunft wirklich frei und glücklich, für einen kurzen Moment zumindest. Er reizte ihn aus, solange es nur ging, lief als einer der letzten wieder hinunter auf das Champ de Mars, wo ihn die Alltagssorgen schnell wieder einholten.

19
Das mobile Endgerät

Der letzte Tag ihres gemeinsamen Wochenendes in Paris versprach ein Heimspiel zu werden: Disneyland Paris, Popcorn, Achterbahn, ein zufriedener Christian und eine zumindest abgelenkte *grand-mère*, dachte Sturni. Nach dem perfekten Tag im Disneyland wollte er seine Familie direkt an der Gare de l'Est in den TGV nach Straßburg setzen, dann hätte er erst einmal wieder seine Ruhe und könnte sich voll und ganz auf seinen Mordfall konzentrieren. Doch es kam alles anders als gedacht.

Bereits im *RER A* nach Marne-la-Vallée begann das inzwischen vertraute Spiel. Alle glotzten angestrengt auf ihre Smartphones. Sekunden später blinkte die erste Nachricht auf seinem *portable* auf:

Nachricht Clothilde:

> »Was ist denn mit Christian los? Er will nichts essen, redet kaum ein Wort und wollte auch von meinen elsässischen Schlafliedern nichts wissen. Dabei hat er die früher so gemocht. Wie konntest du Caroline nur so vernachlässigen, dass sie dich wegen eines anderen verlassen hat. Ihr habt eine Verantwortung gegenüber eurem Sohn, den ihr durch eure Trennung sträflich im Stich gelassen habt. *On ne fait pas ça* – so etwas macht man nicht! Und dann hast du dich auch noch auf diese leichtlebige *coureuse*, dieses Flittchen, eingelassen …«

Nachricht Christian:

»Das war das letzte Mal, dass ich mit *grand-mère* in einem Zimmer übernachtet habe. Sie behandelt mich wie ein Baby … Du musst mit mir jede Achterbahn im Disneyland fahren, um das wiedergutzumachen.«

Clothilde schien noch nicht mitbekommen zu haben, dass ihr Enkel inzwischen sieben Jahre alt war und »*LaLeLu*« auf Elsässisch vielleicht nicht mehr die gewünschte Wirkung hatte.

Nachricht Margaux?

… Funkstille …

Weshalb starrte sie dann so angestrengt auf ihr Handy, und mit wem schrieb sie sich eine Nachricht nach der anderen? Gab es bereits jemand anderen in Straßburg und ihr *commissaire* war schon wieder abgemeldet? Bei Margaux' Vorleben würde ihn das nicht wundern. Wahrscheinlich hatte er die durchschnittliche Halbwertszeit als ihr Liebhaber bereits überschritten. Von »Liebhaber« konnte derzeit ja ohnehin nicht die Rede sein …

Im Freizeitpark angekommen, schöpfte er für einen kurzen Moment Hoffnung, dass das Wochenende doch noch gut ausgehen würde. Sein Sohn war ganz aufgekratzt, hielt den Plan des Parks in der Hand und markierte sich alle Achterbahnen, die er mit seinem Vater fahren wollte.

Clothilde und Margaux hatten zumindest ihre mobilen Endgeräte in ihre Handtaschen gesteckt – eine schwarze Tasche aus Leder mit aufgesticktem Folkloremuster und ein giftgrünes Plastiktäschchen –, sodass von seiner Mutter keine neuen Vorwürfe per WhatsApp zu erwarten waren, und Margaux hatte den regen Austausch mit dem mutmaßlichen neuen Liebhaber vorerst eingestellt.

Sturni bezahlte schweren Herzens den horrenden Eintrittspreis, und Christian zog sie in Richtung Achterbahn. Casey Junior und Big Thunder Mountain wurden gleich von der Liste gestrichen, da Christian sie viel zu langweilig fand. Ihm dagegen hätten die Bahnen für kleinere Kinder völlig genügt. Zwar war er inzwischen wieder ganz gut in Form, doch bei dem Gedanken, dass er nun eine Achterbahn nach der anderen würde fahren müssen, drehte sich ihm der Magen um.

»*Ce n'est plus la France ici* – das hier ist nicht mehr Frankreich! Wie konnten sie nur so einen Schund auf französischem Boden zulassen?«

Clothilde machte aus ihrem Herzen mal wieder keine Mördergrube. An jeder Ecke wummerte irgendeine Disneyland-Musik, das hier war tatsächlich eine amerikanische Enklave auf heiligem französischem Boden.

Margaux war aufgrund der Provokationen ihrer angehenden Schwiegermutter auf Krawall gebürstet. Sie ging von einem der vielen Shops zum nächsten und kaufte sich massenhaft Nippes und Klamotten, je knalliger, desto besser.

»Clothilde, was hältst du von dem T-Shirt in Pink mit Disneyland Paris als Aufschrift? Das muss ich unbedingt haben.«

Sie ließ es sich nicht nehmen, die Neuerwerbung gleich anzuprobieren. Clothilde fiel fast in Ohnmacht, als Margaux ihr enges Top mitten in der Menschenmenge auszog und durch ihr neues pinkfarbenes Shirt ersetzte. Die beiden Damen schenkten sich wirklich nichts …

Sturni schaute auf die Uhr. Noch etwas mehr als vier Stunden musste er durchhalten, dann würde er seine Familie in den TGV setzen und erst mal tief durchatmen.

Von seinem Sohn ließ er sich in Richtung Rock 'n' Roller Coaster ziehen: hohe Beschleunigung, Loopings, alles, was sein Sohn toll fand und seinen Vater in Angst und Schrecken versetzte.

Clothilde lehnte aus Altersgründen und wegen ihrer Ischiasbeschwerden dankend ab, und so hoffte er auf einen schönen Moment mit seiner Freundin und seinem Sohn. Dafür nahm er die drohenden Schwindelgefühle gern in Kauf.

Er schärfte Christian noch ein, dass er gut auf sein nagelneues *portable* aufpassen und es sicher in seiner Tasche verstauen solle. Die Achterbahn setzte sich in Bewegung, und Christian kreischte vor Begeisterung. Auch Margaux liebte den Nervenkitzel. Nur Sturni wurde immer stiller, da er wusste, was nun kommen würde. Dennoch empfand er einen kurzen Glücksmoment, bevor ihm schließlich doch übel wurde. Er war mit seinen Lieben zusammen, und sie waren glücklich, das zählte.

Die Fahrt nahm er nur durch einen nebligen Schleier wahr. Während Margaux und Christian neben ihm einen Adrenalinkick nach dem anderen hatten, kämpfte er mit seinem Mageninhalt. Er war heilfroh, als die höllische Fahrt endlich vorbei war und sie die Achterbahn verlassen konnten.

»Wo ist mein *portable?*«

Sturni hatte wohl nicht richtig gehört. Hatte er seinem Sohn nicht deutlich eingeschärft, dass er gut auf sein nagelneues Gerät aufpassen sollte, für das Caroline und er ein kleines Vermögen investiert hatten?

»Ich muss es in der Achterbahn verloren haben. Wir müssen es suchen!«

Christian schien das Smartphone tatsächlich bei einem der Loopings aus der Tasche gefallen zu sein. Sturni sah seine Felle davonschwimmen. Der kurze Glücksmoment war *passé* – vorbei.

Sein Sohn brach in Tränen aus. Monatelang hatte er sich dieses Gerät gewünscht, und nun war es weg. Nachdem sie Clothilde wieder eingesammelt hatten, die gerade eine menschliche Mickey Mouse wegen ihres unfranzösischen Auftritts maßregelte, begaben sie sich auf die Suche nach dem Fundbüro.

»Wurde bei Ihnen vielleicht ein goldfarbenes *portable* abgegeben?«

Er hatte wenig Hoffnung. Sollte das Wochenende aber nicht total im Eimer sein, dann musste das Smartphone unbedingt wieder auftauchen … und auch noch funktionieren.

»Aber natürlich, bitte warten Sie einen Moment. Soeben wurde ein auf Ihre Beschreibung passendes Handy bei einer der Achterbahnen gefunden.« Für einen kurzen Moment schöpfte Sturni Hoffnung. Sollte ein Wunder geschehen sein? Hatte man tatsächlich Christians *portable* gefunden und abgegeben?

Nach einer kurzen Wartezeit kam die freundliche Servicemitarbeiterin des Fundbüros zurück und hielt tatsächlich Christians Handy in der Hand – platt gedrückt wie eine Flunder. Als er das völlig zerquetschte Gerät sah, wusste er, dass das Wochenende endgültig gelaufen war.

Sein Sohn war außer sich. Da half es auch nichts, dass er ihm versprach, das Mobiltelefon umgehend zu ersetzen.

»Was schenkt ihr dem Jungen in dem Alter auch schon ein *portable*. Er sollte besser mehr Zeit in Ribeauvillé in den Weinbergen verbringen.«

War ja klar, dass Clothilde ihm jetzt auch noch in den Rücken fallen musste. Dabei hatte sie das Geburtstagsgeschenk ausdrücklich begrüßt, um mit ihrem Enkel fortlaufend in Kontakt bleiben zu können.

Margaux sagte einfach gar nichts mehr. Völlig erschöpft saßen sie alle im *RER*, der sie zurück in die Stadt brachte. Nicht einmal Nachrichten erhielt er nun mehr. Alle drei starrten mit versteinerter Miene schweigend aus dem Fenster.

Er war heilfroh, als er seine Familie endlich wieder in den TGV setzen konnte. Liebevoll und – wie so häufig – mit einem schlechten Gewissen strich er seinem Sohn durchs verstrubelte Haar.

»Sobald ich wieder in Straßburg bin, kaufe ich dir ein neues Handy, das beste Modell, welches du ursprünglich haben wolltest.«

Christian zog ihn zu sich herab und flüsterte ihm ins Ohr. Er wollte nicht, dass seine Großmutter mithörte.

»Nach dem Wochenende ist das auch das Mindeste. Wenn ich dich das nächste Mal besuchen komme, dann nur noch mit Margaux.«

Sein Sohn hatte sich wieder gefangen, und die Aussicht auf das neueste Modell, das nur die Kinder aus *bobo*-Familien in seiner Schule besaßen, versöhnte ihn. Antoine würde mal wieder tief in die Tasche greifen müssen.

Clothilde überließ ihm noch die übrig gebliebenen Reste *Baeckeoffe* in Tupperschüsseln, bevor sie eilig den TGV in Richtung Elsass bestieg. Einen weiteren Besuch in Paris hatte er von *maman* nicht mehr zu befürchten. Ihr Ausflug in die große, weite Welt würde eine einmalige Aktion bleiben, was bestimmt besser für alle Beteiligten war.

Die Verabschiedung von Margaux war noch um einiges unterkühlter, als es die Begrüßung gewesen war. Sturni fürchtete ernsthaft um ihr junges Glück. Er konnte sich gut vorstellen, dass sie aus Frust über ihr verkorkstes Wochenende bald das Weite, beziehungsweise die Arme des nächsten *bon gars*, des nächsten tollen Kerls, suchen würde.

***

Als er auf dem Rückweg zu seinem Dachzimmerchen in der Metro saß, musste er sich erst einmal sammeln und wieder auf seinen Fall konzentrieren. Die Arbeit würde ihm helfen, sich von seinen privaten Problemen abzulenken. Zumindest darin war er ein Meister. Schon immer hatte er sich in seine Arbeit gestürzt, wenn sein Privatleben ihn überforderte. Er war ein großer Verdrängungskünstler.

Nachricht Cédric Zeller:

> »Du hast morgen ein *rendez-vous* mit Zoé Le Coq: Montag, 12.30 Uhr, im Restaurant *Relais Plaza*. Sie hat reserviert, du hättest dort keinen Platz bekommen! Du schuldest mir was. Es war nicht leicht, sie zu überzeugen.«

Das war die erste und einzige gute Nachricht des Tages. Er versuchte, sich daran hochzuziehen, dass er nächste Woche mit etwas Glück in seinem Fall weiterkommen würde. Warum wurde Edouard Wanzecki ermordet? Wer hatte ihn ermordet? Vielleicht konnte ihm Zoé Le Coq die Antworten auf seine Fragen liefern.

20
Fast ganz unten

Ihren Zweitjob als *nounou* hatte Saba gerade mal wieder verloren, da der Familienvater und Hausherr ihr an die Wäsche wollte, als sie gerade die Wäsche seiner Kinder wusch. Saba war so schnell sie konnte getürmt, auf Nimmerwiedersehen, mit zwei noch ausstehenden Gehaltszahlungen, die sie ebenfalls niemals sehen würde. Weder konnte sie ihren Gehaltsanspruch einklagen, es gab keinen Arbeitsvertrag, noch konnte sie die Belästigung bei der Polizei anzeigen, sie war illegal im Land.

Ohne Zweitjob konnte sie ihre Familie im Senegal nicht unterstützen, würde selbst kaum über die Runden kommen. Sie war auf das Geld als Kindermädchen angewiesen; als Putzfrau konnte man in Paris – selbst mit Papieren – nicht überleben. Mit jeder negativen Erfahrung – und davon gab es inzwischen ziemlich viele – wuchs ihre Wut auf die sogenannte Pariser *classe supérieure,* die Oberschicht, die zwar reich, aber moralisch häufig völlig verkommen war. Die Kinder dieser Familien taten ihr leid, zumindest so lange, bis sie selbst anfingen, ihren erfolgsverwöhnten Eltern nachzueifern, einer *génération pourri gâté* bis ins Mark, verwöhnt und verzogen. Diese Menschen lebten in einem anderen Universum. Das Einzige, was Saba mit ihnen gemein hatte, war, dass sie alle in Paris lebten, sie ganz oben und Saba ganz unten – fast ganz unten.

***

Da sie nun ihre Nachmittage freihatte, beschloss sie, eine Bekannte zu besuchen, die nicht fast ganz unten, sondern ganz unten lebte. Eine neue Anstellung als *nounou* würde sich schon wieder finden.

Mit dem *RER A* fuhr sie von *La Défense* nach *Châtelet – Les*

Halles, stieg dann aber nicht, wie sonst, um in die *RER B* nach Süden, in ihr schönes, sicheres *quartier* an der *rive gauche*, sondern nahm die Metro nach Nordosten bis zur Haltestelle *Stalingrad*.

Fatou war erst vor wenigen Tagen in Paris angekommen. Saba kannte sie noch aus ihrem Dorf im Senegal, hatte aber schon viele Jahre keinen Kontakt mehr zu ihr. Irgendwie musste sie an ihre Nummer gekommen sein, hatte sich vor zwei Tagen bei ihr gemeldet und sie um Hilfe gebeten. Sie fühlte sich ihr gegenüber verpflichtet. Noch gut erinnerte sie sich daran, wie schwer ihr damals der Beginn ihres neuen Lebens in Paris gefallen war. Als Landsleute mussten sie in dieser Welt zusammenhalten, wo man zwar ihre Arbeitskraft ausnutzte, sie selbst aber nicht wollte. Schließlich kam Fatou sogar aus dem gleichen Dorf, und ihre Familien waren gut bekannt, so etwas verband.

Sie hatte ihr mitgeteilt, dass sie in einem kleinen Zelt unter der Hochbahn zwischen den Metrostationen *Stalingrad* und *Jaurès* wohne.

»Fatou, *où es-tu* – wo bist du?«

Als Saba die Metrostation verlassen hatte, war sie schockiert. Unter der Hochbahn stand nicht ein Zelt, sondern eine ganze Ansammlung. Wie sollte sie Fatou hier bloß finden? Am Telefon ließ sie sich die Stelle und das kleine Zelt genau beschreiben.

Eigentlich mochte Saba diese Gegend. An ihren wenigen freien Tagen war sie ab und zu hier gewesen, hatte sich mit einer Decke am Quai de la Seine an das Bassin de la Villette gesetzt, die Sonne genossen. Das kostete nichts und war trotzdem wunderschön. Südlich des Bassins führte der Canal Saint-Martin in Richtung Seine, Bilderbuchparis für Touristen …

Es dauerte lange, bis sie Fatou endlich gefunden hatte. Ihr Anblick beschämte sie. Es war Jahre her, dass Saba in Paris angekommen war. Sie hatte die Zeit als sehr hart in Erinnerung, doch Fatou hatte es noch deutlich schlechter erwischt. Sie umarmten sich, obwohl Fatou inzwischen eine Fremde für sie war.

Ihr komplettes Hab und Gut hatte sie in einem kleinen grünen Iglu-Zelt verstaut. Viel war es nicht. Sie wirkte müde, ausgezehrt. Man sah ihr an, dass sie die Reise bis hierher an ihre Grenzen gebracht hatte, dass sie Schlimmes erlebt haben musste.

»*Viens* – komm, ich lade dich auf einen *café* ein. Wir spazieren ein wenig den Canal Saint-Martin hinunter, da kenne ich ein nettes Bistro, *La Tonnellerie,* du bist mein Gast.«

Fatou freute sich über die willkommene Abwechslung und sagte gerne zu.

»*Qu'est-ce que tu fais là* – was machst du da?«

Sie hatte begonnen, ihre Zeltstangen herauszunehmen und ihr Zelt im wahrsten Sinne des Wortes abzubrechen.

»Ich kann es mir nicht leisten, meine Sachen hierzulassen. Das ist alles, was ich besitze.«

Saba wurde bewusst, dass sie unter den Illegalen inzwischen eine privilegierte Stellung einnahm. Schon lange war sie nicht mehr »ganz unten«, hatte ein eigenes Zimmerchen in einem guten Stadtteil, einen, häufig sogar zwei Jobs und verfügte über ein eigenes Einkommen.

Man musste nur einige Hundert Meter gehen, und die kleine Zeltstadt, die sie soeben gesehen hatte, kam ihr vor wie aus einer anderen Welt, der romantische Canal Saint-Martin, kleine Fußgängerbrücken mit verliebten Paaren darauf, nette Cafés links und rechts des Kanalufers, das schöne Gesicht von Paris.

Erst zweimal hatte sie es sich gegönnt, in der *Tonnellerie* Platz zu nehmen und einen *café* zu bestellen. Normalerweise drehte sie jeden Cent zweimal um, schickte ihr ganzes Geld an ihre Eltern in den Senegal. Der Anblick von Fatou erregte jedoch so großes Mitleid in ihr, dass sie sich entschloss, ihr wenigstens für einige Stunden die wundervolle Seite von Paris zu zeigen, die ihr Hoffnung machen sollte.

»Wie ist es dir ergangen, *raconte* – erzähl?«

Fatous Reise war noch viel beschwerlicher gewesen als ihre eigene damals. Sie hatte viel durchgemacht, wäre fast gestorben. Sie erhoffte sich Hilfe von Saba.

Gerne hätte sie Fatou mit zu sich nach Hause genommen, sie von der Straße geholt, doch es ging nicht. Ihr kleines Kämmerchen war einfach zu winzig für zwei Personen. Außerdem lebte sie nicht ganz allein, hatte drei Mitbewohner, die sie allerdings nicht wirklich kannte. Ihr Vermieter hatte ihr ausdrücklich untersagt, Begleitung mit aufs Zimmer zu nehmen. Die Adresse in bester Pariser Lage war das Wichtigste für sie, wichtiger als ihre Jobs, die kamen und gingen. Keinesfalls konnte sie es sich leisten, von ihrem Vermieter rausgeschmissen zu werden.

Saba gab ihr einige Kontaktadressen, die ihr damals weitergeholfen hatten, in der Hoffnung, dass die Organisationen noch aktiv waren und nicht kapituliert hatten vor dem nicht abreißenden Strom illegaler Migranten, die sich Paris zum Ziel auserkoren hatten.

Sie beglich die Rechnung von ihren geringen Ersparnissen und drückte Fatou noch einige Euros in die Hand, mehr konnte sie nicht für sie tun.

Danach begleitete sie sie zurück. Als sie ihren angestammten Zeltplatz am Place de la Bataille de Stalingrad erreichten, waren alle Zelte verschwunden, die unter der oberirdischen Linie der Metrostrecke gestanden hatten. Die Polizei hatte den Platz zwischenzeitlich geräumt, wieder einmal. Einige Polizisten standen noch herum und gaben acht, dass nicht gleich wieder neue Zelte aufgestellt wurden. Fatou würde sich heute Nacht einen anderen Ort suchen müssen, um ihr Zelt aufzuschlagen, weiter draußen, unterhalb des Radars der öffentlichen Wahrnehmung.

Saba umarmte Fatou und nahm die Metro zurück in ihren Stadtteil der *gauche caviar,* der »Kaviar-Linken«, der nur wenige Kilometer von diesem traurigen Ort entfernt war. In der Metro weinte sie stille Tränen, fühlte sich hilflos und allein, hatte Heimweh, nach ihrer Familie, nach ihrer Heimat, nach ihrem Dorf im Senegal.

21
Das Attentat

Er war aufgeregt wie ein kleines Kind. Fünfzehn Minuten zu früh fand er sich ein im legendären Bistro *Relais Plaza* an der Avenue Montaigne, einer der luxuriösesten Prachtstraßen in Paris, die direkt von den Champs-Élysées abzweigte. Ein freundlicher älterer Herr mit einem gewinnenden Lächeln nahm ihn in Empfang und schüttelte ihm lange die Hand, als seien sie alte Bekannte, die sich seit Ewigkeiten nicht mehr gesehen hatten. Als Sturni ihm mitteilte, dass er eine Verabredung mit Zoé Le Coq habe, wurde sein Lächeln noch breiter.

Der *maître* des Etablissements, der das Renteneintrittsalter schon längst überschritten haben musste, braun gebrannt und mit sportlicher Figur, aber noch wie Mitte fünfzig wirkte, geleitete ihn an einen Ecktisch des Art-déco-Restaurants. Auf dem Weg teilte er ihm geflissentlich und weltmännisch mit, dass es sich bei dem Tisch um den ehemaligen Stammplatz eines weltberühmten österreichischen Dirigenten handele, der leider schon vor vielen Jahren verstorben sei. Früher sei er eng mit ihm befreundet gewesen.

Er selbst habe nach dessen Ableben entschieden, dass der Platz der Familie Le Coq zugewiesen werden solle, und Zoé sei ein häufiger und gern gesehener Gast im *Relais Plaza*. Er sagte allen Ernstes »seinem Restaurant«. Der Mann schien hier eine wichtige Instanz zu sein, und im Vorbeigehen tuschelten die Gäste ehrfurchtsvoll, als er vom Restaurantchef zu besagtem Stammplatz geleitet wurde.

Ohne etwas bestellt zu haben, erhielt Sturni zunächst ein Glas Champagner, das, wie ihm versichert wurde, selbstverständlich aufs Haus gehe. Er nahm dankend an, das prickelnde Getränk kühlte, und der Alkohol beruhigte seine Nerven. Er hatte seinen einzigen Anzug zu diesem wichtigen *rendez-vous* angezogen. Dennoch kam er sich inmitten all der schwerreichen Gäste mit seinem etwas abgewetzten *costume* vor wie ein Bauerntölpel.

Er hatte hohe Erwartungen an dieses Gespräch. Wenn ihm jemand weiterhelfen konnte, dann Zoé Le Coq. Sie war eine Expertin auf dem Gebiet Atomenergie, gehörte zu einer technisch versierten Elite im Land.

Sturni erwartete eine fanatische Weltverbesserin, Typ Greenpeace oder Attac. Schließlich hatte diese Frau hoch dotierte Angebote im Staatsdienst und in der Wirtschaft abgelehnt, um als freischaffende Journalistin zu arbeiten, was ihr Ruhm, viele Feinde, aber bestimmt kein Vermögen einbrachte.

Der Restaurantchef schenkte ihm ein weiteres Glas ein. Der Champagner war perfekt temperiert und konnte es mit jedem *Crémant d'Alsace* aufnehmen. Antoine genoss den Moment der Ruhe und nutzte die Zeit, sich im Restaurant ein wenig umzusehen. Das *Relais Plaza* galt als Institution in Paris, und das musste man in einer Weltstadt wie dieser erst einmal erreichen.

Die Inneneinrichtung war weitgehend so erhalten, wie sie im Jahr 1936 eingebaut worden war, erzählte ihm der freundliche *maître* stolz. Das Herzstück des Bistros – wobei der Begriff »Bistro« ziemlich tiefgestapelt war, bei diesem Luxustempel – bildete eine lang gezogene Bar, über der es ein großes Art-déco-Gemälde mit einer Jagdszene gab. Die Decke war mit dunkelbraunem Holz verkleidet, in das die Lampen eingefasst waren. Bei den Tischen handelte es sich tatsächlich um dunkle Bistrotische; sie stellten eigentlich das einzige Accessoire dar, das an ein Bistro erinnerte, waren aber selbstverständlich mit feinen weißen Tischtüchern und teurem Geschirr eingedeckt. Die Stühle waren mit cremefarbenem Leder bezogen.

Sturni überlegte sich gerade, ob ihm diese gediegene Atmosphäre gefiel – um ehrlich zu sein, bevorzugte er eine schlichte elsässische Winstub –, als er vom Lärm quietschender Reifen aufgeschreckt wurde. Direkt vor dem Bistro hielt ein roter Ferrari F12 Berlinetta, mitten im Halteverbot. Aus dem Rennwagen stieg eine hochgewachsene, schlanke Frau mit dunklen, nein, eher schwarzen langen Haaren. Gekleidet war sie in ein ebenfalls schwarzes, eng anliegendes Kleid. Von Weitem sah man, dass dies eine Frau von Welt war, die aus jeder Pore Luxus ausstrahlte. Ihr Gesicht war weitgehend von einer großen Sonnenbrille verdeckt.

Sie öffnete die Tür des Restaurants, und der Oberkellner eilte ihr mit offenen Armen entgegen. Die beiden begrüßten sich wie zwei alte Bekannte. Der *maître* schien ein väterlicher Freund von ihr zu sein. Nach dem Austausch einiger Höflichkeiten geleitete er sie zu Sturnis Platz, es war tatsächlich Zoé Le Coq. Ein steinreiches Mannequin mit mehreren Hochschulabschlüssen und einer technisch-mathematischen Begabung, das sich vorgenommen hatte, die Welt zu retten. So hatte er sich Le Coq wahrlich nicht vorgestellt.

Sie setzte sich wie selbstverständlich zu ihm, als handele es sich um den Frühstückstisch in ihrer Küche. Das *Relais Plaza* war ihr zweites Wohnzimmer. Eine förmliche Begrüßung schenkte sie sich. Endlich nahm sie die Sonnenbrille ab, und er konnte ihr in die Augen sehen. Es machte ihn immer nervös, wenn er keinen Blickkontakt zu seinem Gegenüber aufnehmen konnte. Diese Frau war von atemberaubender Schönheit, strahlte durch und durch französische Grandezza aus. Dennoch wirkte sie nervös, fahrig.

»Sie sind also Cédrics alter Schulfreund, der sich nun als Sonderermittler mit Korruption und Misswirtschaft in der Atomindustrie befassen darf.«

Ihre Bemerkung hatte etwas Verächtliches, war nicht als Frage, sondern als herablassende Feststellung formuliert. Sie hatte keine hohe Meinung von ihm und seiner aktuellen Tätigkeit, das war die Basis für ihr Gespräch. Kein leichtes Unterfangen.

»Na ja, eigentlich bin ich Leiter der Mordkommission in Straßburg. In diese Einheit bin ich eher zufällig geraten, eine Zwangsversetzung, könnte man sagen.«

»Cédric Zeller hat mich informiert. Ansonsten säße ich jetzt nicht hier. Diese Ermittlereinheit ist doch ein glatter Witz. Niemand von denen hat mich bisher auch nur kontaktiert. Das Ganze ist eine reine Alibiveranstaltung.«

Da musste Sturni ihr recht geben, er hatte schon kurz nach Antritt seines neuen Postens den gleichen Eindruck gehabt.

Le Coq wirkte unruhig. Immer wieder blickte sie sich um, als würde sie verfolgt. Vor dem Restaurant hatten sich zwei kräftige Kerle in Zivilkleidung postiert. Er nickte in Richtung Fenster.

»Ihre Bodyguards?«

»Die Polizei hat mir Leibwächter zugewiesen, nachdem ich wegen meines Engagements gegen Atomkraft anonyme Morddrohungen erhalten habe. Ich bin mir allerdings nicht sicher, ob sie auf mich aufpassen oder mich bespitzeln sollen. Ich traue ihnen auf jeden Fall nicht über den Weg.«

Antoine hatte ein Grundvertrauen in den französischen Staat, das Le Coq völlig abzugehen schien. War sie am Ende paranoid, eine abgedrehte Spinnerin aus gutem Hause, an deren Vorwürfen nichts dran war?

»Ich danke Ihnen auf jeden Fall, dass Sie sich die Zeit für mich nehmen.«

»Danken Sie Cédric, ich mache das in erster Linie für ihn. Er sagte mir, Sie gehören zu den Guten, und ich vertraue ihm.«

Weder Sturni noch Le Coq hatten bisher einen Blick in die Speisekarte geworfen, als der Restaurantchef sich zu ihnen gesellte und die Karten vom Tisch nahm. Er schien zu wissen, was Zoé essen wollte, und mit einem kurzen Blickkontakt zwischen den beiden wurde geklärt, dass es für ihr *rendez-vous* das gleiche Menü geben würde.

»*Alors*, wo soll ich anfangen? Vor wenigen Tagen wurde ich

Zeuge, wie eine Leiche vom Grund des Canal Saint-Martin geborgen wurde.«

»Edouard Wanzecki.«

»Sie sind im Bilde, umso besser. Als Leiter einer Mordkommission lässt mich so etwas natürlich nicht kalt. Der Mann wurde ermordet, schlimmer noch, man hat ihn vor seinem Tod übel zugerichtet.«

Nervös blickte Le Coq auf ihr Handy. Er sah ihr an, dass sie sich gerne eine *clope* angezündet hätte. Ihm ging es genauso.

»Ich möchte nicht um den heißen Brei herumreden. Im Rahmen meiner Recherchen für die Sonderermittlereinheit habe ich ein Dossier von Wanzecki gefunden. Er vermutete Misswirtschaft und Korruption in großem Ausmaß bei Atomkonzernen und deren Zulieferern. Er hielt die Sicherheit der französischen Kraftwerke für akut gefährdet, wurde aber von seinen Vorgesetzten nicht beachtet und irgendwann kaltgestellt.«

Nun legte Le Coq ihr *portable* zur Seite, sah ihn unumwunden an. Er hatte ihre ungeteilte Aufmerksamkeit. Den Moment musste er nutzen.

»Ich habe die Vermutung, dass Wanzecki mit seinem Verdacht recht hatte und deshalb ermordet wurde. Er muss auf eine heiße Spur gestoßen sein, irgendetwas Entscheidendes entdeckt haben. Dafür musste er mit dem Leben bezahlen. Deshalb habe ich um ein Gespräch mit Ihnen gebeten. Kannten Sie Wanzecki? Haben Sie eine Ahnung, was er herausgefunden hat, wer hinter seinem Tod stecken könnte? Das ist es, was mich wirklich interessiert.«

Le Coq war nun ganz bei ihm. Ihre Nervosität war verflogen. Sie sah ihn lange und durchdringend an. Er erwiderte ihren Blick und wartete. Le Coqs väterlicher Freund hatte inzwischen einen *loup de mer* – einen Wolfsbarsch – mit mediterranem Gemüse und Risotto serviert; *madame* achtete auf ihre Figur, natürlich. Zum Essen gab es einen elsässischen Pinot gris, eine sehr gute Wahl. Der *maître* war ein Genie und schien Gedanken lesen zu können, genau danach war ihm jetzt.

Da Le Coq immer noch keinen Ton von sich gab, nahm Sturni einen großen Schluck Wein und begann zu essen. Was hätte er auch noch sagen sollen? Die Karten lagen auf dem Tisch, und beide hatten kein Bedürfnis nach *papotage,* nach oberflächlicher Konversation. Le Coq rührte weder Essen noch Wein an. Sie schien eine wichtige und grundlegende Entscheidung treffen zu müssen. Konnte sie ihm trauen oder nicht? Er war fast fertig mit dem Essen; die Stille wurde so langsam unangenehm, als Zoé zu sprechen begann.

»Wanzeckis Ermordung war eine Warnung an mich, nicht mehr und nicht weniger. Er war einer meiner Informanten.«

Fast hätte er sich an seinem letzten Bissen *loup de mer* verschluckt. Die Gabel fiel ihm aus der Hand. Also hatte er wieder einmal den richtigen Riecher gehabt! Le Coq hatte sich dazu entschieden, ihm zu vertrauen.

»Wenn Wanzeckis Akte für Sie zugänglich war, dann enthält sie allenfalls die Spitze des Eisbergs, sonst hätten Sie sie nicht zur Verfügung gestellt bekommen. Von höherer Stelle wird überhaupt nicht gewünscht, dass Sie irgendetwas herausfinden.«

Da war etwas dran. Wäre der tote Wanzecki nicht vor seinen Augen aus dem Kanal gefischt worden, so hätte er anhand der Akte nie den Verdacht geschöpft, dass er einer großen Sache auf der Spur war. Nach Aktenlage hatte er ihn für einen unwichtigen Querulanten gehalten.

»Erzählen Sie!«

»Edouard hat mich vor einigen Wochen kontaktiert und um ein Gespräch mit mir gebeten. Das passiert mir häufiger, seitdem ich mich öffentlich gegen Atomkraft positioniere und zu einer Art Sprachrohr einer Bewegung geworden bin. Menschen, die mit sensiblen Daten Kontakt haben, geben mir ihre Informationen weiter in der Hoffnung, dass ich sie öffentlich mache, ohne dass sie selbst damit in Verbindung gebracht werden. So war es auch bei Wanzecki. Er hatte Beweise dafür gesammelt, dass einige französische Atommeiler mit erheblichen Sicherheitsmängeln behaftet sind und eigentlich sofort abgeschaltet werden müssten. Kleine Risse in den Schutzhüllen der Meiler könnten im Extremfall dazu führen, dass das Kühlwasser aus dem Kreislauf austritt, mit der Folge eines atomaren GAUs. Mehr noch, er hatte herausgefunden, dass die Mängel durch Korruption in großem Ausmaß entstanden sind. Mangelhafte Teile aus ungeeigneten Materialien waren in den Meilern verbaut worden, die man jedoch teuer abgerechnet hat. Der dadurch entstandene Gewinn versickerte in dunklen Kanälen. Wanzecki vermutete, dass ein System dahintersteckte und sogar Entscheidungsträger in hohen Positionen in Staat und Verwaltung involviert seien.«

»Hat man ihn deshalb kaltgestellt?«

»Gut möglich. Auf jeden Fall wurde er zwangsversetzt, nachdem er seinen Vorgesetzten zu unbequem wurde.«

Zwangsversetzt? Das kam ihm irgendwie bekannt vor. Hatte Direktor Bouget nicht das Gleiche mit ihm gemacht, um ihn zumindest für einige Monate vom Hals zu haben?

»Wanzecki wollte sich das nicht bieten lassen und hat sich deshalb an mich gewandt. Er wollte, dass alles an die Öffentlichkeit kommt, was er herausgefunden hat, ohne dass er selbst dafür belangt werden konnte. So weit reichte sein Mut dann doch nicht. Wer will schon seine gesicherte Existenz – eine schöne Beamtenposition – aufgeben?«

»Und dafür musste er mit dem Leben bezahlen?«

»Ich kann nichts beweisen, es ist nur eine Vermutung.«

»Und Sie, haben Sie keine Angst, dass Ihnen auch etwas zustoßen könnte?«

»Ich habe die rote Linie schon längst überschritten. Würde ich mir jeden Tag überlegen, was mir alles zustoßen könnte, müsste ich meine Arbeit aufgeben. Ich vermute, dass die Mörder – beziehungsweise deren Auftraggeber – darüber informiert waren, dass Wanzecki sich an mich gewandt hat. Wahrscheinlich hat man unser Gespräch abgehört, oder wir wurden bei der Übergabe der Dokumente beobachtet. Sein Tod ist eine Warnung an mich. Wenn ich noch einen Schritt weitergehe, dann bin ich die Nächste.«

»Weshalb hat man Sie dann nicht gleich umgebracht? Schließlich sind Sie es, die die ganze Industrie mit Ihren Enthüllungen in Angst und Schrecken versetzt, nicht Wanzecki. Er war nur eine kleine Nummer. Sie sind der Star, die wahre Bedrohung für die ganze Branche.«

»Das stimmt schon, aber ich habe in Frankreich eine gewisse Berühmtheit erlangt, das schützt mich, bisher zumindest. Mein Tod würde zu einem öffentlichen Aufschrei führen. Da würde die Einrichtung eines – nehmen Sie es nicht persönlich – inkompetenten Ermittlerteams nicht mehr ausreichen, um die Öffentlichkeit zu besänftigen. Außerdem entstamme ich einer sehr wohlhabenden und einflussreichen Familie. Vielleicht hilft auch das. Jemanden aus meiner sozialen Schicht räumt man nicht so einfach aus dem Weg, da schneidet man sich auch immer ins eigene Fleisch.«

Antoine war begeistert von dieser Frau. Der erste Eindruck einer verwöhnten Luxusgöre täuschte. Zoé war knallhart und bereit, ihr Leben für ihre Überzeugungen zu riskieren. Es gab viel zu wenige Menschen von ihrer Sorte. Hätte er selbst ihren Mut? Wahrscheinlich nicht. Auch er schätzte sein beschütztes und sicheres Beamtendasein. Natürlich geriet er bei seinen Mordermittlungen ab und zu selbst in Gefahr, doch wenn es richtig brenzlig wurde, ließ er lieber ein Sondereinsatzkommando die Drecksarbeit erledigen.

»Haben Sie veröffentlicht, was Wanzecki Ihnen geliefert hat? Schließlich treiben Sie den ganzen Industriezweig schon seit Jahren vor sich her und setzen Politiker unter Druck, damit sie endlich den Ausstieg aus der Atomkraft einläuten.«

»Wanzecki war nur eine meiner Quellen. Ich habe noch viele andere. Ich habe einen Artikel geschrieben, in dem die ganzen Skandale dieser Industrie aufgedeckt werden, ebenso die politischen Verflechtungen, einfach alles, was der Öffentlichkeit bisher vorenthalten wurde. Wanzeckis Geschichte ist nur ein Baustein davon, wenn auch ein ganz entscheidender. In dem Artikel werden Namen genannt und Belege aufgeführt. Ich lege die Verbindungen zwischen der Industrie, den politisch Verantwortlichen und den zuständigen Behörden offen, die immer wieder beide Augen zudrücken, anstatt konsequent aufzuräumen.«

»Hört sich in der Tat nach einem großen Skandal an.«

»So ist es. Wenn ich den Artikel auf meinen Blog stelle, dann wird in dem Bereich kein Stein mehr auf dem anderen bleiben.«

»Und Sie glauben tatsächlich, dass man Wanzecki nur umgebracht hat, um Sie davon abzubringen? Wenn Sie Ihren Artikel ins Netz stellen, dann sind auch Sie fällig?«

»Ich habe dafür keine Beweise, gehe aber davon aus. Wenn du brav bist, bleibst du am Leben, wenn nicht, dann bist du tot.«

»Und was werden Sie tun?«

»Was glauben Sie denn?«

»Sie werden den Artikel veröffentlichen.«

»Natürlich werde ich das. Ich habe mich noch nie erpressen lassen, von nichts und niemandem.«

»Worauf warten Sie dann?«

»Auch ich hänge am Leben. Wenn ich alles veröffentliche, bin ich endgültig der Paria der Nation. Eine Heldin für einige und eine Hassfigur für viele andere. Unliebsame Wahrheiten sind nie populär. Außerdem habe ich nach Edouards Tod noch fieberhaft an dem Artikel gearbeitet. Ich habe alle seine Risikoanalysen nochmals genau geprüft und eine Übersicht erstellt, welche Mängel er in den jeweiligen Reaktoren festgestellt hat. Eigentlich hätte auf Grundlage von Wanzeckis Berichten – und er hat alle achtundfünfzig französischen Kernreaktoren überprüft – mehr als die Hälfte davon sofort abgeschaltet werden müssen. In ganz Frankreich würden dann erst einmal die Lichter ausgehen. Kein Wunder, dass seine Forderungen von seinen Vorgesetzen abgeblockt wurden. Unsere Sicherheit wurde gegen Wirtschaftsinteressen abgewogen, und nun raten Sie mal, wer den Kürzeren gezogen hat? Gestern Nacht habe ich den letzten Abschnitt meines Artikels fertig geschrieben, er kann also ins Netz gestellt werden. Davor habe ich noch an einer Polit-Talkshow im Fernsehen zu der Thematik teilgenommen, die live übertragen wurde. Ich habe mich in der Debatte dazu hinreißen lassen, meine Enthüllungen anzukündigen. Meine Gegner sind also alarmiert und wissen, dass ihr Einschüchterungsversuch erfolglos war. Wahrscheinlich war das ein Fehler, ich hätte meinen Mund halten und den Artikel einfach ins Netz stellen sollen. «

Er bewunderte den Mut dieser Frau. Wenn nur ein Teil von dem stimmte, was sie da erzählte, dann war sie in akuter Lebensgefahr; die Bodyguards vor der Tür waren keine Staffage für ein Society-Mädchen, sondern bittere Notwendigkeit.

»Ich möchte Sie um einen Gefallen bitten.«

Antoine war überrascht. Er hatte um das Gespräch gebeten, weil er Informationen von Le Coq benötigte, und nun bat sie ihn um einen Gefallen.

»Ich werde Ihnen jetzt unter dem Tisch ein iPad reichen.«

Auf einmal war sie wieder nervös. Sie blickte aus dem Fenster auf die beiden Polizisten in Zivil. Die beiden rauchten und schienen ihnen keine große Beachtung zu schenken. Der Eindruck konnte jedoch täuschen.

»Auf dem iPad befinden sich der fertige Artikel und alle notwendigen Beweise.«

Er wusste nicht, wie ihm geschah, als er unter dem Tisch ihre warme Hand fühlte, die ihm das kleine, flache Gerät in die Hand drückte.

»Was soll ich damit tun?«

»Verwahren Sie es an einem sicheren Ort. Ich weiß nicht, wem ich im Moment noch vertrauen kann. Sollte mir etwas zustoßen und sollte ich nicht mehr dazu kommen, meinen Artikel zu veröffentlichen, dann lassen Sie die Dateien auf dem Computer Cédric Zeller zukommen. Er wird wissen, was damit zu tun ist.«

»Am Eingang des Restaurants stehen zwei Polizisten, die dazu da sind, Sie zu beschützen.«

»Beschützen oder aufpassen, dass ich keine Dummheiten anstelle, zum Beispiel meinen brisanten Artikel an naive Polizeibeamte aus dem Elsass zu übergeben?«

Zoé lachte, ein lautes, zynisches Lachen, in dem neben einer großen Desillusionierung nun doch eine Portion Angst mitschwang.

»In welcher Welt leben Sie? Sie sind ja noch naiver, als ich dachte.«

»Warum ich? Warum vertrauen Sie mir? Sie kennen mich doch gar nicht.«

»Ich kenne Cédric, und Sie sind mit ihm befreundet. Er hat mir gesagt, dass Sie einer von den Besten sind, und das genügt mir. Es ist nur eine Vorsichtsmaßnahme, machen Sie sich keine Sorgen. Sobald der Artikel im Netz steht, ist ohnehin alles öffentlich; dann sind Sie raus und können die gesamten Dateien einfach vernichten.«

So langsam fing er an, sich ernsthafte Sorgen um seine Gesprächspartnerin zu machen. Er wusste, dass in dieser Branche mit harten Bandagen gekämpft wurde, dass es Skandale gab, Sicherheitsmängel, politische Verwicklungen … aber ein Mord?

»Ich muss gehen. Ich habe etwas Wichtiges zu erledigen.«

Le Coq war bereits aufgestanden. Sie gab dem Restaurantchef ein vertrautes Zeichen. Er nickte stumm und ließ sie durch eine kleine Handbewegung wissen, dass er die Rechnung über das *compte,* das Konto, der Familie abrechnen würde.

Antoine erhob sich, um sich von ihr zu verabschieden. Er wollte noch ein paar Minuten sitzen bleiben und den guten Weißwein austrinken. Zuerst einmal musste er verarbeiten, was er gerade gehört hatte. Zoé gab ihm einen flüchtigen Kuss auf die Wange.

»Sie sind ein sympathischer Mann, Antoine Sturni. Es sollte mehr Polizisten von Ihrer Sorte geben.«

Sie wehte an ihm vorbei. Der Duft ihres Parfüms hatte etwas Betörendes. Cédric Zeller konnte sich glücklich schätzen, diese Frau einmal geliebt zu haben. Sie hatte eine unbändige Energie, war frei und unabhängig. Eine feste Bindung hätte sie viel zu sehr eingeengt, und so hatte sie seinem alten Freund Cédric den Laufpass gegeben, als er sie dazu überreden wollte, zu ihm nach Brüssel zu ziehen. Der Kampf für eine gute Sache war für sie wichtiger als ihr privates Glück.

Antoine verscheuchte seine Gedanken, goss sich das letzte Glas Wein ein und blickte Le Coq nach, als sie das Restaurant verließ. Ihre beiden Wachhunde vor der Tür hatten sofort reagiert und bestiegen ihre Motorräder, die sie in der Nähe des Ferraris geparkt hatten.

Antoine sah noch, wie Zoé die Tür ihres Autos öffnete und sich hineinsetzte. Als sie die Zündung bediente, passierte es. Es gab einen enormen Knall, und vor seinen Augen erschien ein riesiger Feuerball. Die Glasfenster des Restaurants zerbarsten, die Druckwelle schleuderte ihn gegen die Wand.

Sie hatten sie umgebracht! Vor seinen Augen hatte man Zoé Le Coq ermordet. Sturni stand unter Schock. In seiner Hand fühlte er das iPad, das sie ihm vor wenigen Momenten in die Hand gedrückt hatte. Sie musste eine dunkle Vorahnung gehabt haben.

Mit einem Schlag wurde ihm bewusst, dass er nun selbst in akuter Gefahr schwebte. Wanzecki, Le Coq, beide tot, ermordet. Was auch immer sich auf dem Computer befand, es war der Grund für die beiden Morde.

Er musste weg von hier, so schnell wie möglich. Und er musste das Versprechen einlösen, das er Zoé gegeben hatte. Keinesfalls durfte er jetzt von der Polizei aufgegriffen werden und dabei riskieren, dass man das wertvolle iPad konfiszierte.

Antoine kroch unter einem Bistrotisch hervor, der mit der Druckwelle auf ihn gefallen war, und stand auf. Vorsichtig streckte er seine Gliedmaßen – er war unverletzt, ein Wunder bei all der Zerstörung um ihn herum. Er hörte Schmerzensschreie, im Restaurant hatte es Verletzte gegeben. Eigentlich wäre er zur Ersten Hilfe verpflichtet gewesen …

Fluchtartig rannte er aus dem Restaurant. Draußen hörte er bereits die Sirenen von Polizei, Krankenwagen und Feuerwehr. In wenigen Momenten würden die Rettungskräfte vor Ort sein, er musste von hier verschwinden, sofort.

Von den beiden Polizisten, die Zoé begleitet hatten, schien einer schwer verletzt zu sein; zumindest lag er neben seinem Motorrad auf dem Boden. Der andere, der etwas weiter entfernt gestanden hatte, telefonierte wild gestikulierend. Auch er hatte eine blutende Wunde am Kopf. Der Leibwächter schien nicht zu bemerken, dass er das Restaurant verließ. Sturni warf einen letzten Blick auf den Ferrari, der vollständig zerstört war. Zoé hatte nicht die geringste Chance gehabt, die Explosion musste sie in tausend Stücke gerissen haben. Er konnte nichts mehr für sie tun – außer ihr ihren letzten Wunsch zu erfüllen.

Sturni riss sich von dem Anblick los und rannte die Avenue Montaigne in Richtung Seine hinunter. Auf dem Weg kamen ihm massenhaft Polizeiautos mit Sirenengeheul und Blaulicht entgegen, Militärfahrzeuge mit schwer bewaffneten Soldaten rückten an, der Katastrophenalarm in der Hauptstadt funktionierte. Seit den großen Terroranschlägen befand sich Paris in einem permanenten Ausnahmezustand. Auch dies war ein Terroranschlag, begangen vor den Augen der Polizei, an einer mutigen, nach der Wahrheit suchenden Journalistin. Wer war der Attentäter?

Er war in letzter Sekunde geflüchtet. An der Seine angekommen, überquerte er den Pont d'Alma, hielt sich dann links, den Quai d'Orsay hinab. Kurz hinter dem Musée d'Orsay konnte er nicht mehr. Er bog nach rechts ab, in eine kleine Gasse im Stadtteil Saint-Germain-des-Prés. Dort lehnte er sich gegen eine Hauswand und versuchte, seine Atmung wieder unter Kontrolle zu bekommen.

Er durfte jetzt nicht in Panik geraten, musste seine nächsten Schritte mit klarem Kopf planen. Im umtriebigen Saint-Germain-des-Prés konnte er erst einmal abtauchen; für den Moment sollte er dort sicher sein. Ins Büro traute er sich nicht. Wer war Freund, wer Feind? Er wusste es nicht mehr, sein Weltbild geriet ins Wanken.

Erst einmal wollte er an einem ruhigen Ort die Dateien auf dem iPad sichten und sie danach seinem Freund Cédric Zeller zukommen lassen, ganz so, wie Zoé es gewünscht hatte. Dann würde er weitersehen …

22
Der Abzugsschacht

Abdel war müde, unendlich müde. Er hatte seit zehn Stunden ohne Pause in der Küche geschuftet, Steaks angebraten und sich wie so häufig die Finger verbrannt. Seine Erschöpfung hatte ein Ausmaß erreicht, dass er vor dem Herd einzuschlafen drohte. Inzwischen war es kurz vor Mitternacht. Bald würde seine Schicht zu Ende sein. Er konnte es kaum erwarten.

Plötzlich hörte er durch die Küchentür laute Schreie im Restaurant.

»*Police, autorité d'immigration, restez à votre place!* – Polizei, Einwanderungsbehörde, bleiben Sie auf Ihren Plätzen!«

Abdel fuhr der Schreck in alle Glieder. Das war der Moment, den er schon lange befürchtet hatte. Die beiden anderen Illegalen in ihrer Küche, Simba von der Elfenbeinküste und Bijan aus Benin, warfen ihm verzweifelte Blicke zu.

Abdel lugte durch die Tür, die den Restaurantbereich mit der Küche verband. Durch ein kleines Glasfenster, das in die Tür eingefasst war, konnte er die Geschehnisse im Gästebereich beobachten. Die Offiziellen hatten begonnen, die Ausweise der Gäste im Restaurant zu kontrollieren. In wenigen Augenblicken würden sie die Küche betreten und ihre Kontrollen dort fortführen.

Er sah die Panik in Simbas und Bijans Augen. Jeder war sich nun selbst der Nächste, es würde kein koordiniertes Vorgehen zwischen ihnen geben. Die Küche war eine Sackgasse. Sie waren gefangen, es gab keinen Weg nach draußen – außer über das Restaurant.

»Wir müssen hier raus, sofort!«

Simba geriet in Panik. Er stürmte durch die Tür und versuchte, mit aller Gewalt ins Freie zu gelangen. Er war groß und kräftig, hatte wohl damit gerechnet, die Beamten überrumpeln und mit

Gewalt zur Seite stoßen zu können, um hinaus auf die Straße zu fliehen. Doch der Überraschungseffekt verpuffte, und sein verzweifelter Versuch schlug fehl.

Die Mitarbeiter der Einwanderungsbehörde und die begleitenden Polizisten waren darauf vorbereitet, hatten vergleichbare Fälle schon hundertmal erlebt. Ein Polizist grätschte Simba in den Lauf und brachte ihn so zu Fall. Er stürzte auf einen der Restauranttische, und die Gäste kreischten laut auf, als er ihnen auf ihr *jarret de porc* – ihre Schweinshaxe – und ihr *civet de biche* – ihr Wildragout – fiel. Durch die offene Tür sah Abdel, wie ihm zwei Beamte die Arme nach hinten verdrehten und Handschellen anlegten. Hilflos lag er auf dem Bistrotisch. Für Simba war das Spiel zu Ende.

In seinem Windschatten hatte sich Bijan nach draußen gestürzt. Er verfolgte eine andere Taktik, bog sofort nach links ab und stürmte durch die Tür, die in Richtung der Toiletten führte. Zwei weitere Beamte setzten ihm sofort nach. In der Toilette gab es ein kleines Fenster, das nach draußen führte. Wohl hundertmal hatten die drei diese Situation durchgespielt. Simba war zu groß und kräftig für das kleine Fenster in der Toilette, ihm blieb nur die Flucht nach vorn, durch das Restaurant – die Fluchtvariante mit den geringsten Erfolgschancen.

Bijan war schneller und auch schlanker als Simba. Für ihn war immer klar gewesen, dass er bei einer Razzia das Überraschungsmoment nutzen und die Flucht durch das Toilettenfenster versuchen würde. Abdel wusste nicht, ob es ihm geglückt war oder ob ihn die Beamten in letzter Sekunde abgefangen hatten. Sekunden, die über den Verbleib in Frankreich oder über die Abschiebung in ihre Heimatländer entschieden.

Obwohl Abdel diese Situation hatte kommen sehen und gedanklich bereits sehr oft durchgespielt hatte, blieb er in diesem Moment wie angewurzelt stehen, konnte sich nicht mehr bewegen.

Das panische Verhalten von Simba und Bijan brachte ihm wertvolle Minuten, die er für sich hätte nutzen sollen, doch er war wie versteinert. Noch waren die Beamten mit seinen beiden Kollegen beschäftigt, doch es war nur eine Frage von Minuten, bis sie ihre Ausweiskontrolle fortführen und in die Küche kommen würden.

»Abdel, Abdel, aufwachen! *Dépêche-toi* – beeil dich, du hast wahrscheinlich nur noch Sekunden.«

Benoit, der zweite Koch im Restaurant, mit dem Luxus einer französischen Staatsbürgerschaft und einem festen Arbeitsvertrag ausgestattet, riss ihn aus seiner Lethargie. Sie hatten sich angefreundet in den letzten Monaten, die Kochkunst und die harte Arbeit verbanden.

Mit sanfter Gewalt schob Benoit ihn hinüber zum Abzugsschacht. Im Gegensatz zu Simba und Bijan hatte er noch eine dritte Fluchtmöglichkeit für den Fall der lange befürchteten Razzia der Einwanderungsbehörde, den engen Abzugsschacht, der aus der Küche nach draußen führte. Nur er war schlank, leicht und gleichzeitig athletisch genug, um sich durch den engen Kamin nach oben zwängen zu können.

»Los, *réveille-toi* – wach auf! Jede Sekunde zählt! Sie können jeden Moment reinkommen, und dann ist es zu spät.«

Benoit stieß ihn schon fast in den Schacht. Endlich erwachte Abdel aus seiner Trance. Er zwängte sich in den engen Kamin und drückte sich mit Armen und Beinen nach oben, genauso, wie er es schon mehrfach in einer ruhigen Minute geübt hatte.

Abdel sah noch, wie die Tür aufgestoßen wurde, bevor er endgültig in der engen Röhre verschwand. Wenige Sekunden – und es wäre zu spät gewesen. Die Beamten konnten ihm nicht hinterhersetzen, dieser Ausgang war etwas für drahtige Fassadenkletterer. Nun ging es darum, schneller zu sein als die Polizisten, die bestimmt versuchen würden, ihn draußen abzufangen.

Der Schacht führte senkrecht nach oben bis auf das Dach des Gebäudes. Kein Polizist war weit und breit in Sicht, als er völlig verdreckt im Freien anlangte. Wahrscheinlich hatten sie ihn aufgegeben und kümmerten sich um Simba und Bijan. Vielleicht waren sie aber auch noch auf der Suche nach ihm.

Abdel robbte auf dem Dach entlang in der Hoffnung, dass ihn die Polizisten von unten nicht sehen konnten. Irgendwann fand er eine rostige Leiter, über die er in einen schäbigen Innenhof hinabstieg. Zum Glück war er schwindelfrei. Von dort gelangte er auf die Straße und rannte, ohne sich umzusehen, bis er nicht mehr konnte. Das Adrenalin mobilisierte seine letzten Reserven. Er versteckte sich in einer Abfalltonne und wartete so lange, bis er sich in Sicherheit wähnte. Dann trat er – nach Müll stinkend und völlig verrußt – zu Fuß den Heimweg in seine bescheidene Bleibe an.

Das war gerade noch mal gut gegangen …

23
Zoés Vermächtnis

Sturni ließ sich in der Menge treiben, passierte die Église de Saint-Germain-des-Prés in Richtung Église Saint-Sulpice. Munteres Volk allenthalben, Touristen, Verliebte … Niemand hier hatte eine Ahnung davon, dass nur wenige Steinwürfe entfernt ein furchtbares Attentat stattgefunden hatte, bei dem eine mutige junge Frau in tausend Teile zerrissen wurde.

Den Schlüssel zur Lösung dieser skrupellosen Tat trug er bei sich, einen kleinen Tablet-Computer, dessen Dateien mehr Sprengstoff enthielten als das TNT, das Zoé Le Coq in die Luft gejagt hatte. Vielleicht hatte er als Einziger auf der Welt noch Zugang zu diesem brisanten Artikel, keinesfalls durfte er in die falschen Hände geraten.

Von der Église Saint-Sulpice ging er die wenigen Schritte zum Jardin du Luxembourg hinauf. Nervös sah er sich um. Wurde er verfolgt? War er gerade dabei, paranoid zu werden? Er stand unter einem schweren Schock, keine Frage. Um einen Arzt aufzusuchen, blieb jedoch keine Zeit. Er musste Zoés letzten Willen erfüllen, kostete es, was es wolle. Danach würde er sich um das erlittene Trauma kümmern.

Im Jardin du Luxembourg fühlte er sich vorerst sicher, konnte in Ruhe durchatmen. Es herrschte wunderbares Wetter, und der *jardin* war proppenvoll. Der Herbst hatte inzwischen Einzug gehalten in Paris, der gesamte Garten erstrahlte in einem besonderen Licht. Die Blätter der Kastanien schimmerten bereits in herbstlichen Farben, aufgrund der hohen Abgasbelastung in Paris geschah dies immer einige Wochen früher als auf dem Land.

Wenn man ihm nicht gefolgt war, dann würde man ihn hier nicht finden, zumindest für den Moment. Er suchte sich ein schattiges Plätzchen auf einer Bank unter einer Platane in der Nähe des Kinderspielplatzes.

Beim Blick auf die spielenden Kinder musste er an Christian denken, der gerade, hoffentlich in Sicherheit, bei seiner Mutter oder bei Margaux weilte. Er spürte die Last der Verantwortung. Christian brauchte ihn, Margaux auch. Er durfte nicht das nächste Opfer werden, musste jeden Schritt vorsichtig abwägen. Er schaltete das iPad an. Zoé war so schlau gewesen, den Passwortschutz zu entfernen, bevor sie es ihm übergab. Sie hatte den Artikel und die Begleitdokumente sogar auf dem Desktop abgelegt. Es war alles idiotensicher, als habe sie um seine Schwäche in Sachen IT gewusst ... Er öffnete den Artikel und begann zu lesen.

Zoés Bericht war eine Generalabrechnung mit der französischen Energiepolitik. Haarklein führte sie auf, dass es einfach absurd war, noch weiter an der Atomtechnologie festzuhalten. Während sich Deutschland schon längst für den Ausstieg aus dieser riskanten Branche entschieden hatte, bildete sie in Frankreich nach wie vor das Rückgrat der Energieversorgung. Weshalb war das so?

Le Coq machte dafür zu einem großen Teil eine Lobbyvereinigung verantwortlich, der sie selbst hätte angehören können, wenn sie es nur gewollt hätte. Die Absolventen ihres eigenen prestigeträchtigen Ausbildungsgangs fungierten als eine Art Alumni-Klub. Die Mitglieder dieses Klubs besetzten allesamt hohe Managementpositionen in Staat und Wirtschaft. Man hatte Le Coq die Mitgliedschaft nach erfolgreicher Teilnahme an dem Programm angeboten, doch sie hatte dankend abgelehnt. Sie wollte unabhängig bleiben und sich zu nichts verpflichten. Interessanterweise hatte man Wanzecki trotz hervorragender Examensnoten die Mitgliedschaft verweigert, obwohl er gerne Mitglied geworden wäre. Sein Antrag war ohne Begründung abgelehnt worden. Er war immer ein Außenseiter gewesen, verfügte nicht über das soziale Netz und den familiären Hintergrund, um in dieses elitäre Karrierenetzwerk aufgenommen zu werden.

In ihrem Artikel ging Le Coq auch auf den gewaltsamen Tod Wanzeckis ein. Daran hatte sie bis zuletzt gearbeitet. Sie konnte nichts beweisen, führte aber einige Mutmaßungen auf, die zu seinem Tod geführt haben könnten. Da Wanzecki tot war und keine engen Angehörigen hatte, nannte sie ihn namentlich als ihren Informanten und führte die Beweise, die er gesammelt hatte, ganz genau auf. Sie musste ihn nicht mehr schützen, er war das Opfer seiner Recherchen geworden. Als Einzelgänger hatte er auch kein soziales Umfeld, das durch ihre Enthüllungen bedroht sein könnte. Über ihre weiteren Quellen schwieg sie sich aus, sicherlich zu deren Schutz. Das komplette Risiko, das mit der Veröffentlichung dieses Artikels verbunden war, wollte sie auf sich nehmen.

Ihre Thesen untermauerte Le Coq mit vielen Belegen. Sie führte Studien auf, die zu dem Schluss kamen, dass ein Festhalten an der Atomtechnik wirtschaftlich gar nicht rentabel war. Die Kosten für Instandsetzung, Unterhalt und Entsorgung des Brennmaterials waren viel höher als ein Rückbau, verbunden mit einem intensiv geförderten Einstieg in regenerative Energien.

In den Anlagen zu ihrem Artikel fanden sich Studien, die von Ministerien in Auftrag gegeben worden waren. Sie deckten die Unwirtschaftlichkeit des ganzen Systems auf. Außerdem belegten sie schonungslos, wie hochriskant diese Technologie war. Die Kernreaktoren glichen Schnellkochtöpfen, ohne Netz und doppelten Boden. Jederzeit konnte es zu einem schweren Unfall kommen, mit unabsehbaren Folgen für die französische Bevölkerung und die der angrenzenden Länder.

Die Gutachten hatte man unter Verschluss gehalten, weil die Ergebnisse den Verantwortlichen nicht genehm waren. Ein wackerer kleiner Umweltminister hatte sich um mehr Transparenz bemüht, war aber von Mitarbeitern des *Matignon* – Sitz des Premierministers – und sogar aus dem *Palais de l'Élysée* – Sitz des französischen Präsidenten – ausgebremst worden und letztendlich resigniert zurückgetreten. Das Netz der Atomlobby war nach Le Coqs Auffassung allumfassend und undurchdringlich, selbst ein beim Volk beliebter Minister kam nicht dagegen an.

Ein weiteres Kapitel ihres Artikels widmete sie der Korruption in der Branche. Einiges davon war bekannt, weitere Skandale deckte sie schonungslos auf. Wanzeckis Enthüllungen waren nur ein Teil davon.

Sehr spannend fand Sturni den Abschnitt, der sich mit den Arbeitsbedingungen der einfachen Arbeiter in den Kraftwerken beschäftigte. Häufig handelte es sich um Wanderarbeiter, die unter erbärmlichen Bedingungen tätig waren und bei Wartung und Reinigung der mit Strahlung belasteten Bereiche innerhalb der Kraftwerke ihre Gesundheit aufs Spiel setzten.

Noch ein Punkt war Zoé wichtig gewesen: Die Konzerne verfügten über das Know-how einer Hochrisikotechnologie, die Grundlage zum Bau von Atomwaffen sein konnte. Le Coq ging davon aus, dass es findigen Hackern leicht gelingen konnte, an diese Technologie heranzukommen. Ihrer Auffassung nach war das Wissen bei den Konzernen nur unzureichend gesichert. Nicht auszudenken, was damit angestellt werden konnte, wenn die Blaupausen in die falschen Hände gerieten.

Wie ein Schwamm hatte Le Coq dank ihrer Berühmtheit Informationen von Whistleblowern aus der Branche aufgesogen.

Nur sie hatte die *courage* – den Mut –, alles zusammenzutragen und zu veröffentlichen. Unmittelbar vor dem Erscheinen ihres Artikels hatte man sie zur Strecke gebracht … Er allein hielt nun den Schlüssel in der Hand, um Zoés Werk zu vollenden. Hatte er auch ihren Mut?

Sturni hatte genug gelesen. Er schaltete den Computer aus und blickte versonnen auf den Kinderspielplatz. Noch vor wenigen

Jahren hatte er mit Christian viele Stunden auf solchen Spielplätzen verbracht. Die Erinnerungen gehörten zu den schönsten seines Lebens. Wenn Le Coqs Artikel der Wahrheit entsprach, und davon ging er aus, dann waren alle diese Kinder in großer Gefahr. Christian war in Gefahr, er selbst, seine Familie und alle Franzosen und Europäer. Er zückte sein Handy und wählte die Nummer von Cédric Zeller.

»Antoine, was machen die Sonderermittler in Sachen Atomenergie? Seid ihr einem großen Skandal auf der Spur?«

Cédric lachte ins Telefon und war, wie immer, bester Laune. Er machte sich lustig über seinen alten Freund, eine der »größten Pfeifen« der französischen Polizei ...

Sturni schluckte. Zeller hatte noch nicht von Zoés Tod erfahren. Wie auch? Empathie war noch nie seine Stärke gewesen. Er musste Cédric schonend beibringen, dass seine enge Freundin und ehemalige Partnerin vor weniger als drei Stunden ermordet wurde.

»Zoé ist tot.«

Er biss sich auf die Unterlippe. Ein paar mitfühlende Worte wären vielleicht ganz angemessen gewesen. Er konnte einfach nicht anders, war in dieser Hinsicht ein totaler sozialer Blindgänger. Schweigen am anderen Ende der Leitung.

»Sie wurde ermordet, vor meinen Augen.«

»*Raconte!*«

Antoine konnte fühlen, wie betroffen sein Schulfreund war. Zoé und Cédric hatten sich einmal geliebt, waren im Guten auseinandergegangen. Sie standen sich immer noch nah. Ihr Tod musste ein Schock für ihn sein.

»Dank deiner Vermittlung habe ich mich, wie du weißt, heute Mittag mit ihr getroffen. Sie war nervös, hatte die Befürchtung, dass ihr etwas zustoßen könnte. Bevor sie ging, hat sie mir ein Tablet übergeben, auf dem sich ein Artikel von ihr befindet.«

Dieses Gespräch sollte nicht über eine ungesicherte Netzverbindung geführt werden. Zu leicht ließ es sich abhören. Er wusste es, aber er hatte keine andere Wahl, denn er war auf Cédrics Hilfe angewiesen – jetzt.

»Es handelt sich um eine Generalabrechnung mit der französischen Atompolitik, ihrem aktuellen Steckenpferd. Minutiös belegt sie, dass es einfach keinen Sinn mehr ergibt, an der Atomtechnologie festzuhalten, nicht nur aufgrund der Sicherheitsrisiken, sie ist einfach nicht rentabel. Jeder Punkt in dem Artikel ist mit Beweisen abgesichert, alles ist auf ihrem Rechner gespeichert. Zoé deckt die enge Vernetzung zwischen Industrie, Politik und den Aufsichtsbehörden schonungslos auf. Ein Karrierenetzwerk von Wirtschaftsgrößen und Spitzenbeamten schützt laut ihren Recherchen den ganzen Industriezweig, wohl wissend, dass sie damit Frankeich, ja ganz Europa in Gefahr bringen.«

Er spürte, wie Zeller am anderen Ende der Leitung um Fassung rang.

»Was hast du jetzt vor? Nachdem Zoé ermordet wurde, bist du wahrscheinlich der Einzige, der im Besitz ihres Materials ist?«

»Sie hat mich darum gebeten, dass ich dir die Unterlagen zukommen lasse, sollte ihr etwas zustoßen.«

»Wie genau ist sie gestorben?«

»Nach unserem Gespräch im *Relais Plaza* hat sie sich in ihren Ferrari gesetzt. In dem Moment explodierte eine Autobombe, wahrscheinlich aus der Ferne gezündet. Sie hatte nicht den Hauch einer Chance. Ich bin geflüchtet, kurz bevor die Polizei eintraf. Zoé hat einige Anspielungen gemacht, dass sie nicht sicher ist, wem sie noch vertrauen kann. Mit ihrem Artikel greift sie alle an, den Staat, die Regierung – zumindest mittelbar –, hohe Beamte und Wirtschaftsgrößen, macht sie alle mitverantwortlich für die Machenschaften der Konzerne in Staatseigentum und gibt ihnen indirekt auch die Schuld an der Ermordung von Edouard Wanzecki. Das ist wirklich starker Tobak!«

»Ich brauche diesen Artikel, Antoine, schnell. Das bin ich Zoé schuldig. Ich muss dafür sorgen, dass ihre Arbeit und ihr Tod nicht umsonst waren. Bist du dir bewusst, dass du selbst in Lebensgefahr schwebst?«

Cédric Zeller hatte den Ernst der Lage sofort erkannt. Wie Le Coq war er ein investigativer Journalist, der nicht davor zurückschreckte, unbequeme Wahrheiten publik zu machen. Wie Le Coq war er berühmt und wohlhabend. Wenn jemand Zoés letzten Willen umsetzen konnte, dann er.

»*Oui, oui*, mach dir um mich keine Sorgen. Ich habe schon ganz andere Situationen durchgestanden. Wie gehen wir vor?«

Er wollte nicht, dass sein Freund sich um ihn sorgte, doch ihm zitterten die Knie, während er Cédric gegenüber den starken Mann gab.

»Wo bist du gerade?«

»Ich sitze im Jardin du Luxembourg auf einer Parkbank, habe mich nicht ins Büro zurückgetraut. Wenn stimmt, was Zoé befürchtete, dass eventuell staatliche Stellen und sogar hohe Entscheidungsträger in den Skandal mit verwickelt sind, dann laufe ich Gefahr, dass das iPad von der Polizei oder sogar vom Inlandsgeheimdienst konfisziert wird und der Artikel nie an die Öffentlichkeit gerät. Das darf auf keinen Fall geschehen. Du musst Zoés Artikel publik machen.«

Von der Polizei konfisziert? Wie bizarr das klang. Er war selbst Polizist, mit Haut und Haaren.

»Das war vernünftig. Du gehst jetzt in aller Ruhe durch den *jardin* in Richtung Quartier Latin. Im Univiertel, rund um die Sorbonne, wirst du mehrere Copyshops und Internetcafés finden.«

»Gibt es so was überhaupt noch?«

Wie ein Schuljunge ließ er sich Anweisungen von Cédric geben. Er war am Ende seiner Kräfte und froh, dass sein alter Freund das Steuer übernahm.

»Du gehst in einen der Läden. Hast du ein Kabel, mit dem du die Daten von dem Tablet auf einen anderen Rechner laden kannst?«

Selbst das hatte Zoé ihm in die Hand gedrückt. Sie hatte wirklich an alles gedacht. Er bestätigte.

»*Bien*! Du legst dir dort eine neue E-Mail-Adresse an. Selbstverständlich nicht unter deinem eigenen Namen! Das geht in Nullkommanix. Dann greifst du auf die Dateien auf dem iPad zu und schickst sie mir. Danach löst du die E-Mail-Adresse sofort wieder auf. Ich sichte die Unterlagen und kümmere mich um alles Weitere. Wir besprechen dann morgen, wie wir vorgehen. Ich muss erst wissen, was in den Dokumenten steht, bevor ich entscheiden kann, was zu tun ist.«

Sturni tat, wie ihm geheißen. Die Situation hatte etwas Surreales. Bei schönstem Wetter spazierte er durch den Park, während verliebte Paare die Sonne in der Stadt der Liebe genossen. Er trottete wie benebelt durchs Univiertel, vorbei an der *école des mines*, wo Wanzecki, Le Coq und viele der Spitzenkräfte ausgebildet worden waren, die heute die französische Atomindustrie am Laufen hielten. In der Nähe der Sorbonne fand er einen Copyshop und befolgte haarklein Zellers Anweisungen. Nachdem alle Dokumente versandt waren, löschte er die E-Mail-Adresse und stellte sicher, dass sich keine Daten auf dem Rechner des Internetshops befanden – ein Trick, den ihm Auguste Romain, Leiter ihrer IT-Abteilung in Straßburg, einmal gezeigt hatte. Er atmete tief durch. Nun lastete die Verantwortung nicht mehr allein auf seinen Schultern. Zeller war ein alter Fuchs; er würde wissen, was zu tun war.

Nachricht Zeller:

> »Habe alles erhalten. Gönn dir erst einmal ein Bier oder ein gutes Glas Rotwein! Das hast du dir verdient. Wir sprechen morgen.«

Genau das hatte er jetzt vor, also machte er sich auf, den Sonnenuntergang an der Spitze der Île de la Cité am Pont Neuf bei einem guten Glas zu erleben. Er musste zur Ruhe kommen und verarbeiten, was heute alles passiert war. Zuvor wollte er noch das Tablet unter einer der morschen Dielen in seiner Absteige verstecken. Niemand würde es dort finden.

Er hatte Glück, selbst noch am Leben zu sein. Wäre die Detonation nur etwas stärker ausgefallen, dann wäre er jetzt mausetot. Die Erfahrung, so knapp dem Tod entronnen zu sein, hatte ihn grundlegend erschüttert und verändert. Nichts war mehr, wie es einmal war. All seine Probleme waren durch diese Erfahrung relativ geworden …

Er blinzelte in die Herbstsonne und musste zum ersten Mal an diesem Tag lächeln. Das Leben war ein Fest. Paris war ein Fest, fürs Leben! Er lebte, war gesund. Antoine nahm sich vor, jede Sekunde seines künftigen Lebens zu genießen. Selbst von seiner Mutter Clothilde würde er sich künftig nicht mehr die Laune verderben lassen.

24
La Bourgeoisie

»*Tant pis pour toi* – Pech für dich!«

Saba hatte seit fünf Uhr morgens die Büros in *La Défence* gereinigt, Toiletten geschrubbt und war gegen Mittag zu ihrem Zweitjob ins 16. Arrondissement gefahren. Dort lebte das alteingesessene Pariser Bürgertum – die *bourgeoisie.* Hundemüde kam sie dort an.

Die schwerreiche Familie Beaumont, die in einer dreihundert Quadratmeter großen Wohnung logierte, hatte sie eigentlich als *nounou* für ihre beiden Sprösslinge eingestellt. Neben der Kinderbetreuung durfte sie aber auch noch die Wohnung sauber halten, wenn eine ihrer Putzfrauen ausfiel, und kochen, wenn ihr Koch erkrankt oder mal wieder gefeuert wurde, weil *madame* nicht mit dem Dargereichten zufrieden war.

»Jean-Philippe, wie wäre es, wenn du mir ein wenig hilfst?«

Sie hatte normalerweise eine Engelsgeduld. Jean-Philippe, sieben Jahre alt, und Camille-Louise, neun Jahre alt, waren die verwöhntesten Gören, mit denen sie jemals zu tun hatte, und sie hatte schon bei vielen Familien in diesem Milieu gearbeitet. Einmal wurde ihr gekündigt, weil sie der Hausherrin zu hübsch war und diese die Konkurrenz im eigenen Haus fürchtete, ein anderes Mal wurde ihr vorgeworfen, sie habe sich am Portemonnaie eines der Kinder bedient; dabei hatte der verzogene Junior sein ganzes Taschengeld in Videospiele investiert und ihr einen Diebstahl unterstellt. Zweimal ging sie selbst, weil sie vom Hausherrn belästigt wurde. Von einer Strafanzeige sah sie ab, wie auch, ohne Papiere …

Jean-Philippe saß auf seinem Stockbett, schaute auf sie herab und machte sich über sie lustig, während sie sein Zimmer aufräumte. Wäre es ihr eigener Sohn gewesen, dann hätte sie ihm gehörig den Marsch geblasen.

»Hier, fang das!«

Als Jean-Philippe ihr eine seiner Ninjago-Figuren von Lego an den Kopf pfefferte, platzte ihr der Kragen. Sie zog ihn von seinem Stockbett herunter und wusch ihm gehörig den Kopf.

Dummerweise schaute just in diesem Moment seine Mutter, Bernadette Beaumont, verschlafen zur Tür herein. Es war früher Nachmittag, *madame* pflegte auszuschlafen, während Saba die Kinder, nachdem sie die Wohnung gereinigt hatte, von der Schule abholte, sie zu ihren Nachmittagsaktivitäten brachte oder anderweitig beschäftigen musste. Bernadette Beaumont hatte ein Alkoholproblem, trank bis spät in die Nacht und benötigte zum Einschlafen mehrere Schlaftabletten. Häufig kam sie erst am Nachmittag aus den Federn und war dann ziemlich gerädert. Saba versuchte nach Möglichkeit, nicht mehr in der Wohnung zu sein, wenn *madame* sich aus dem Bett schälte. Heute hatte es nicht geklappt – mit fatalen Konsequenzen.

»*Mais qu'est-ce que tu fous là* – was machst du da? Lass sofort meinen Sohn los!«

»*Maman*, Saba hat mich geschlagen!«

Wenn es darauf ankam, hielt Familie Beaumont zusammen wie Pech und Schwefel …

Auf die Idee, dass ihr verzogener Sohn eine höfliche Zurechtweisung mehr als verdient hatte, kam *madame* natürlich nicht.

»Das sage ich meinem Mann. Du bist die längste Zeit unsere *nounou* gewesen.«

Saba wusste, was nun kommen würde. Sie hatte es zuvor schon so viele Male erlebt, bei diesen degenerierten Familien des Pariser Großbürgertums. Da hörte sie plötzlich die Tür knarzen, und der Hausherr, Vincent Beaumont, betrat die palastartige Wohnung. Es war das erste Mal, dass sie ihren Brötchengeber zu Gesicht bekam;

eingestellt worden war sie von Bernadette. *Monsieur* zog es vor, selten zu Hause zu sein. Sie konnte es ihm nicht verübeln, diese Familie war die Hölle. Vincent Beaumont war ein erfolgreicher Geschäftsmann, der in der ganzen Welt umherreiste. Der größte Fehler seines Lebens war es gewesen, diese Frau geheiratet und mit ihr zwei verzogene Kinder in die Welt gesetzt zu haben. Dieser zumindest in seinen Kreisen nicht reversiblen Entscheidung entzog er sich durch Flucht in Arbeit, Dienstreisen und Affären.

»Vincent, du kommst genau zum richtigen Zeitpunkt. Unsere *nounou* – ich habe vergessen, wie sie heißt – hat unseren Sohn geschlagen! Wir müssen sie umgehend entlassen.«

»Papa, Saba hat mich vom Bett gezerrt und verprügelt!«

Da war er wieder, der enge familiäre Zusammenhalt der Beaumonts …

Vincent Beaumont hatte inzwischen seine Schuhe aus- und seine Fellpantoffeln angezogen. Man sah ihm an, dass er die Entscheidung, heute ausnahmsweise einmal nach Hause gekommen zu sein, bereits zutiefst bereute.

»Riechst du etwa nach einem Frauenparfüm?«

Es gab eine unverhoffte Wendung in der seltenen Familienzusammenkunft der Eheleute Beaumont.

»*C'est qui, cette saloppe* – um welches Flittchen handelt es sich diesmal?«

Saba konnte es dem armen Gatten nicht verübeln, dass er sich in Affären flüchtete, bei dieser Frau. Sofort war sie vergessen, und die Eheleute warfen sich wüste Beschimpfungen, Alkoholismus, Affären, Raffsucht, Karrieregeilheit und vieles mehr an den Kopf. Dass ihr siebenjähriger Sohn der Konversation beiwohnte, schien sie nicht zu stören, von ihrer *nounou* ganz zu schweigen – die zählte ja ohnehin nicht.

Als Jean-Philippe das Durcheinander nutzte und sie wieder mit Lego-Figuren bewarf, war ihr klar, dass ihr Engagement hier beendet war. Sie musste nicht darauf warten, bis sie gefeuert wurde. Leise schlich sie an den zankenden Eheleuten vorbei und verließ die Wohnung, ohne sich noch einmal umzusehen.

Saba hatte es so satt. Sie wünschte sich so sehr ein normales Leben, einen geregelten und sicheren Job, eine ordentliche Wohnung, einen festen Freund, Kinder – *la vie normale, comme madame tout le monde.* War denn das zu viel verlangt?

In Frankreich blieb sie eine Bürgerin zweiter Klasse, nein, nicht einmal das. Die viel gerühmten Rechte der *citoyens* blieben ihr komplett verwehrt, sie war niemand, existierte nicht. Saba war gut genug, um vierzehn Stunden am Tag zu schuften und Steuern zu zahlen, doch den Mund aufmachen durfte sie nicht, dann drohten ihr eine Anzeige und die Abschiebung.

Saba beschloss, das Beste aus der Situation zu machen und sich einen, ohnehin viel zu seltenen, freien Nachmittag zu gönnen. Sie musste sich dringend eine ordentliche Matratze kaufen, ihre Rückenschmerzen wurden so langsam unerträglich …

25
Über den Dächern von Paris

Als er in den grauen Hinterhof trat, um über die wacklige Wendeltreppe zu seinem *chambre de bonne* hinaufzusteigen, war er baff. Der Aufgang zur Treppe und damit auch zu seinem Zimmer wurde ihm versperrt durch eine Matratze … die sich bewegte.

»*Pardon?!*«

Er räusperte sich. Wollte Olivia ihr kleines Zimmerchen nun endgültig in einen Liebestempel umbauen und komplett mit Matratzen auslegen? Hatte sie nicht kürzlich ihr winziges Zimmerchen mit einem Wasserbett ausgestattet, das er mit ihr in den siebten Stock wuchten durfte?

Da lugte hinter der Matratze zu seinem Erstaunen ein unbekanntes und dazu noch wunderschönes Gesicht hervor.

Die Wendeltreppe führte nur in den siebten Stock, es gab keine Abzweigung zu den unteren sechs Stockwerken. Demnach musste es sich um seine Mitbewohnerin handeln, mit der er seit Wochen Tür an Tür lebte, die er aber noch nie zu Gesicht bekommen hatte.

»*Excusez-moi,* die Matratze ist deutlich schwerer, als ich dachte, und ich bekomme sie einfach nicht die enge Wendeltreppe hoch.«

»*Mademoiselle* Sané?«

Erst jetzt kam ihm der Gedanke, dass er einfach mal hätte anklopfen und sich vorstellen können. Schließlich war er der Neuling in der Runde. Er hatte sich mal wieder unhöflich verhalten.

»Antoine Sturni, *ravi de vous rencontrer, enchanté* – es freut mich sehr, Sie einmal persönlich kennenzulernen. Ich muss mich bei Ihnen entschuldigen. Ich hätte mich schon viel früher vorstellen sollen.«

Seine Mitbewohnerin richtete sich auf und erschien nun endgültig hinter ihrem Matratzenversteck. Sie trug ein buntes, mit schönen Mustern besticktes Kleid, das ihren dunklen Teint gut zur Geltung brachte. Antoine war überwältigt von ihrem Anblick, versuchte aber, sich nichts anmerken zu lassen.

»Saba Sané. Sie müssen sich nicht entschuldigen. Ich hätte mich selbst auch mal vorstellen können. Unsere Arbeitszeiten sind wohl so unterschiedlich, dass wir nichts voneinander mitbekommen haben.«

Das konnte man wohl sagen. Sie schien heute einen freien Tag zu haben. Es war später Nachmittag. Wochenlang hatte er nichts von ihr gesehen oder gehört, und nun stand da urplötzlich ein afrikanischer Engel vor ihm …

»Kann ich Ihnen helfen? Die Matratze scheint ziemlich schwer zu sein. Allein schaffen Sie das nicht, bei den steilen Treppenstufen.«

Sturni gab sich als Gentleman. Sie nahm sein Angebot dankend an, und so wuchteten sie gemeinsam ihre neue Matratze in den siebten Stock, die lange, enge Wendeltreppe hinauf. Antoine stemmte von unten und vergaß beim bezaubernden Anblick seiner Nachbarin sogar die sonst üblichen Schwindelgefühle.

Selbst mit vereinten Kräften dauerte es zwanzig Minuten und viele fachkundige Diskussionen darüber, wie die schwere Matratze um die nächste Biegung der Wendeltreppe gehoben werden konnte, bis sie endlich ihr Ziel erreicht hatten. Schnell gingen Saba und Sturni zum vertrauten »du« über. Oben angekommen, bedankte sie sich höflich und wollte sich verabschieden.

»*As-tu quelque chose de prévu pour ce soir* – hast du heute Abend schon etwas vor?«

Er nahm seinen ganzen Mut zusammen und lud Saba zu einem abendlichen Picknick ein. Schließlich hatte er sich soeben vorgenommen, jeden Moment seines künftigen Lebens intensiv zu genießen, weshalb nicht mit dieser bezaubernden Schönheit damit anfangen? Er hatte noch größere Vorräte elsässischer Köstlichkeiten in seinem Zimmerchen. Außerdem beschlich ihn das dumpfe Gefühl, dass sich sein Paris-Abenteuer dem Ende entgegenneigte. Die eiserne Reserve konnte er also getrost aufbrauchen.

Zu seiner Überraschung sagte Saba umgehend zu. Wochenlang hatten sie Tür an Tür verbracht, ohne dass er auch nur einen Pieps von ihr gehört hatte, und nun gingen sie zusammen picknicken. Wenn das mal kein gutes Omen war …

Sie verabredeten sich in einer Viertelstunde auf dem Gang vor ihren Zimmern. Er war froh, dass er die Zeit nicht allein verbringen musste. Vielleicht war er ja paranoid, aber nach dem, was heute Mittag passiert war, beschlich ihn eine Vorahnung, dass man auf der Suche nach ihm war. Mit einer charmanten Begleitung würde er sich auf jeden Fall sicherer fühlen, zumindest würde sie ihn von seinen düsteren Gedanken ablenken. Beim Anblick Sabas ging die Sonne auf, so ebenmäßig schön war sie.

Schnell duschte er in seiner engen Plastikbox und packte dann eine Picknickdecke, elsässische Leckereien und einige Flaschen *Crémant d'Alsace* in seinen altbewährten Seesack. Auf der anderen Seite der Trennwand hörte er, wie auch Saba sich frisch machte. Le Coqs iPad versteckte er unter einer morschen Holzdiele, die sich leicht lösen ließ, seinem Geheimversteck im *chambre de bonne*. Er hielt es für unwahrscheinlich, konnte aber nicht ausschließen, dass er während seiner Abwesenheit unliebsamen Besuch bekommen würde, der bei ihm herumschnüffelte. Kurz überlegte er noch, ob er das wertvolle iPad sicher in einem Schließfach verstauen sollte, nahm dann aber Abstand davon. Cédric Zeller hatte alle Unterlagen bekommen, man würde ihn nicht mehr aufhalten können. Es würde nichts bringen, wenn man ihm das Tablet jetzt noch entwendete. Außerdem hielt er das Versteck für ziemlich sicher.

Zeitgleich öffneten Saba und er die Zimmertüren. Sie standen einander direkt gegenüber in ihrem engen Gang. Sturni war überwältigt. Saba hatte sich schick gemacht, das Kleid gewechselt, die

Frisur etwas verändert. Das Ergebnis war atemberaubend. Ihre langen tiefschwarzen Haare trug sie nun offen, und die Locken fielen ihr zwischen die Schulterblätter und ins Dekolleté. Ihr buntes Kleid hatte sie gegen eine schlichte, eng anliegende rote *robe* ausgetauscht. Hätte er nicht gewusst, dass sie in ärmlichen Verhältnissen unterm Dach in einem *chambre de bonne* hauste, so hätte er sie für eine Laufstegschönheit der Pariser *haute couture* gehalten. Ein *rendez-vous* mit solch einer Prinzessin war genau das Richtige, um sich von den Schrecken des heutigen Tages abzulenken.

Munter plaudernd, flanierten sie die Rue Saint-Jacques in Richtung Seine hinunter. Zielstrebig steuerte Antoine die Spitze der Insel am Pont Neuf an, die sich im Lauf der letzten Wochen zu einem seiner Lieblingsplätze entwickelt hatte. Sie fanden noch einen kleinen freien Platz für ihre Picknickdecke. Wie immer bei schönem Wetter war die Spitze der Insel mit verliebten Paaren und Erasmus-Studenten bevölkert.

Er köpfte eine gut gekühlte Flasche *Crémant d'Alsace,* und sie stießen auf das Kennenlernen und die erfolgreiche Matratzenaktion an. Mit Begeisterung nahm er zur Kenntnis, dass sie sein elsässisches Sauerkraut aus der Dose und die Straßburger Gänseleberpastete zu schätzen wusste.

Nach der Erfahrung der letzten Wochen hatte Antoine eine verschlossene, in sich gekehrte Person als Nachbarin erwartet, ein graues Mäuschen. Das Gegenteil war der Fall. Saba sprühte nur so vor Lebensfreude und genoss ihren gemeinsamen Ausflug sichtlich. Sie kam wohl nicht häufig raus aus ihrem Alltagstrott. Ihre heitere, gewinnende Art vertrieb seine dunklen Gedanken, die sich in den kleinen Pausen ihrer Konversation immer wieder einschlichen. Warum musste Zoé sterben? Wer steckte dahinter? War er selbst in Gefahr? Wurden sie beobachtet?

Antoine öffnete die zweite Flasche *crémant* und nahm einen

großen Schluck. Inzwischen hatten sie sich gegenseitig ihre Lebensgeschichte erzählt. Saba verriet ihm, dass sie schon als kleines Kind mit ihren Eltern aus dem Senegal nach Frankreich gekommen sei. Ihre Eltern waren kurz nach der Ankunft verstorben, und seitdem musste sie sich irgendwie alleine durchschlagen. Sie arbeitete als Putzfrau und als Kindermädchen. Deshalb waren sie sich zuvor nicht begegnet. Sie stand zu nachtschlafender Zeit auf und fuhr jeden Morgen nach *La Défence,* dem Geschäftsviertel westlich von Paris, um dort Großraumbüros in Hochhäusern zu reinigen, während Sturni sich noch im Tiefschlaf befand. Danach arbeitete sie bei reichen Familien als *nounou.* Nur zum Schlafen hielt sie sich in ihrem kleinen Zimmer auf, arbeitete bestimmt sechzehn Stunden am Tag. Während er das Leben in Paris mit seinem sicheren Beamtengehalt, üppigen Zulagen und viel freier Zeit verbracht hatte, schuftete Saba fast rund um die Uhr, um sich irgendwie über Wasser zu halten. Kein Wunder, dass sie den kleinen Ausflug mit ihm genoss …

Er war sich nicht sicher, ob er ihre Geschichte glauben sollte. Sie sprach Französisch mit einem stark gutturalen Akzent, was nicht gerade dafür sprach, dass sie ihre Kindheit in Paris verbracht hatte. Antoine stellte aber keine kritischen Rückfragen, wollte sie nicht in Verlegenheit bringen. Er genoss einfach den Moment, den noch warmen Spätsommer oder bereits Frühherbst, die untergehende Sonne, die *bateaux mouches,* die langsam auf der Seine an ihnen vorbeiglitten … und seine bezaubernde Begleitung.

Auch er erzählte aus seinem Leben. Von seiner Ehe mit Caroline, seinem Sohn Christian, und auch seine neue Liebe Margaux sparte er nicht aus, obwohl er kurz versucht war, dieses kleine Detail lieber wegzulassen.

Nachricht Margaux:

»Habe Christian gerade ins Bett gebracht. Wo steckst du? Was machst du? Ich muss mit dir reden.«

Das war ein denkbar ungünstiger Zeitpunkt. Er linste nur kurz auf sein Display, drückte die Nachricht schnell weg und steckte das Handy wieder in seine Tasche.

Saba hatte die heftige Auseinandersetzung zwischen ihm und Margaux neulich wohl mitbekommen, leugnen wäre demnach sinnlos gewesen. Sie lächelte nur wissend, als er von ihr erzählte. Die beiden waren mit einem ähnlichen Temperament ausgestattet.

Beruflich hielt er sich bedeckt, erzählte nur, dass seine Firma ihn für einige Monate von Straßburg nach Paris entsandt habe. Details schienen sie ohnehin nicht zu interessieren. Sie verstanden sich blendend, scherzten viel, machten sich über Olivia und ihre unzähligen Liebhaber lustig, die sie allesamt abservierte, nachdem sie von ihnen bekommen hatte, was sie wollte.

Als die Sonne schon fast untergegangen war, die dritte Flasche *crémant* zur Neige ging und eine kurze Konversationspause entstand, küsste Antoine sie. Er hatte es nicht geplant, war von sich selbst überrascht. Es geschah ganz natürlich, aus der Situation heraus. Zu seiner Überraschung erwiderte sie den Kuss. Es war ein Moment perfekter Romantik, der Sonnenuntergang, die Seine, die an ihnen vorbeiziehenden Boote, verliebte Paare rundherum. Ein Moment, der sich in sein Gedächtnis einbrannte, für immer …

Nach einer gefühlten Ewigkeit ließen sie voneinander ab, und eine betretene Stille breitete sich aus. Sturni wusste nicht mehr, wo ihm der Kopf stand. Noch heute Mittag war er Zeuge eines perfiden Mordanschlags geworden, der ihn um ein Haar selbst ins Jenseits befördert hätte. Am Nachmittag hatte er Kenntnis von einer Kette von Skandalen erhalten, welche die Sicherheit Frankreichs, ja ganz

Europas gefährdeten. Er schwebte selbst in Lebensgefahr, wurde gesucht, vielleicht sogar per Haftbefehl – wer wusste das zum aktuellen Zeitpunkt schon? Und nun lag er in den Armen dieser westafrikanischen Göttin. Die ganze Situation war einfach zu bizarr. Er musste an Margaux denken. Eigentlich war er doch frisch und glücklich liiert. Er sollte sie anrufen, später …

Saba schien seine Gedanken erraten zu haben.

»*Pas de soucis, c'est bon. Il faut toujours profiter des beaux moments* – genieß einfach den Augenblick!«

Wie recht sie doch hatte. Nur das Hier und Jetzt zählte. Wer wusste schon, ob er in wenigen Stunden noch am Leben war?

Sie nahm ihn an der Hand, und gemeinsam tingelten sie Arm in Arm in Richtung Rue Saint-Jacques, nachdem sie die Reste ihres Picknicks in seinem Seesack verstaut hatten. Die Frage, ob zu ihr oder zu ihm, spielte keine große Rolle, als sie im siebten Stockwerk angekommen waren – sie lebten ja Tür an Tür. Wie selbstverständlich kam sie mit zu ihm. Es war ihm nicht peinlich, dass er in so beengten Verhältnissen hauste, ihr Zimmer sah bestimmt nicht besser aus. Vielleicht hätten sie doch zu ihr gehen sollen. Wer war diese Frau? Wie lebte sie?

Die enge Matratze auf dem Drahtgestell war kein Hinderungsgrund für sie. Erotik auf diesem neunzig Zentimeter breiten Nagelkissen war also doch möglich. Antoine befand sich in einem ekstatischen Rauschzustand, die drei Flaschen *crémant,* das über den Tag aufgestaute Adrenalin und der betörende Duft dieser fremden und zugleich vertrauten Frau benebelten ihm die Sinne …

***

Mitten in der Nacht wurden sie jäh aus dem Schlaf gerissen. Sturni, der an der Außenseite des Bettgestells gelegen hatte, fiel von der Matratze und landete auf dem harten Holzboden. Dabei musste er mit dem Kopf aufgeschlagen sein. Blut klebte an seinen Händen, als er sich an die schmerzende Stelle über seiner Augenbraue fasste.

»*Police, ouvrez la porte* – Polizei, öffnen Sie die Tür!«

Langsam kam er zu sich. Saba saß nackt und aufrecht auf seiner Matratze, Panik im Gesicht.

Auch er bekam es mit der Angst zu tun. Kamen sie ihn jetzt holen? War das wirklich die Polizei oder vielleicht doch ein Killerkommando? Und wenn es die Polizei war, was wurde ihm zur Last gelegt? Wollte man ihn aus dem Verkehr ziehen wegen Le Coqs Artikel?

Ganz allmählich lichtete sich der Nebel, und er war wieder imstande, einen klaren Gedanken zu fassen, dachte wie ein Kriminalist, einer der besten Frankreichs. Wenn die Polizei tatsächlich zu ihm wollte, warum klopften sie dann an Sabas Tür? Schließlich stand sein Name vor seiner Eingangstür. So dumm konnte die Pariser Polizei dann doch nicht sein. Beim Gedanken an seinen derzeitigen Stellvertreter in Straßburg, Inspektor François Straumann, hielt er einen solchen Irrtum doch wieder für eine realistische Möglichkeit ...

Ein erneutes heftiges Bollern gegen die Tür riss ihn aus seinen tiefschürfenden Überlegungen.

»*Autorité d'immigration* – Einwanderungsbehörde! Frau Sané, öffnen Sie die Tür! Wir wissen, dass Sie hier sind!«

Die Ansage versetzte Saba einen solchen Schrecken, dass auch sie vom klapprigen Lattenrost fiel. Beide saßen sie nun splitternackt nebeneinander auf den harten Holzdielen.

»Sie kommen, um mich zu holen. Ich soll abgeschoben werden. Ich habe dich belogen, es tut mir so leid. Ich bin illegal in Frankreich.«

Sturni hatte sich schon so etwas gedacht, war ihr aber trotzdem nicht böse – wie konnte er auch, in dieser Situation. Er hatte ihr ja auch verschwiegen, dass er Polizist war.

Im Gang hörten sie, wie die Polizei und ein Vertreter der Einwanderungsbehörde mit einem Brecheisen Sabas Tür aufstemmten. Das hätten sie sich sparen können, ein leichter Tritt hätte genügt. Die Tür leistete kaum Widerstand und fiel mit einem lauten Krachen in Sabas Zimmer. Sie hörten den Dielenboden durch die Wand knarzen, die dünn war wie Pappe. Die Beamten durchsuchten Sabas Zimmer, rissen alle ihre Schranktüren auf und wühlten in ihren wenigen Habseligkeiten. Saba blieb still, während ihr die Tränen über die Wangen rannen.

Kurz darauf klopfte es bei ihm:

»Herr Sturni, öffnen Sie bitte die Tür, Polizei!«

Saba saß mit angstverzerrtem Gesicht neben ihm. Es ließ erahnen, was sie in ihrem Leben bereits durchgemacht hatte. Die Vorstellung, von der Polizei aufgegriffen und in ihr Heimatland abgeschoben zu werden, war ein Albtraum für sie, der nun wahr zu werden drohte.

Er überlegte fieberhaft. Die kleine Dachluke, das war die Lösung. Schnell streifte er Saba sein altes, ausgeleiertes T-Shirt über.

»Einen Moment bitte, ich muss mich erst anziehen.«

Das verschaffte ihnen die entscheidenden zwei Minuten, um Saba zu retten. Er war ja nicht der Gesuchte, zumindest nicht von dieser Einheit. So viel Höflichkeit musste die Polizei gegenüber einem rechtschaffenen Bürger zu nachtschlafender Zeit aufbringen.

So leise wie möglich öffnete er die Dachluke und hievte Saba nach oben. Sie war schlank und sportlich und schaffte es ohne Probleme, sich auf das Dach hochzuziehen. Er half noch etwas nach und schob sie an Gesäß und Beinen durch die Luke. Dann verschloss er sie schnell wieder, versteckte Sabas Kleid unter der Bettdecke, zog Jeans und Pullover an und öffnete die Tür.

»Bitte entschuldigen Sie die Störung. Wir sind auf der Suche nach Frau Saba Sané, Ihrer Nachbarin.«

Vor ihm standen drei Polizisten in Uniform und ein Mann in Zivil, anscheinend der Mitarbeiter der Einwanderungsbehörde, mit Sabas Abschiebebescheid in der Hand.

Er räusperte sich, versuchte, Zeit zu gewinnen und sich selbst unter Kontrolle bringen.

»Sie ist nicht hier. Ich kenne diese Frau gar nicht, auch wenn sie angeblich neben mir wohnt.«

In gewisser Weise entsprach diese Aussage den Tatsachen, zumindest bis vor wenigen Stunden.

Der Mitarbeiter der Einwanderungsbehörde versuchte, an ihm vorbei in sein Zimmer zu linsen. Sturni machte sich breit und versperrte den Weg.

»Dürfen wir uns ein wenig in Ihrem Zimmer umsehen?«

Nun fing er auch noch an, dreist zu werden.

»Haben Sie einen Durchsuchungsbefehl?«

»Es ist Gefahr im Verzug, bitte machen Sie den Eingang frei.«

Die drei uniformierten Polizisten bauten sich bedrohlich vor ihm auf.

Sturni hatte die Faxen dicke. Er griff sich seinen Polizeiausweis und kramte nach dem Dokument, das ihn als einen hochrangigen Experten – Mitglied einer Spezialeinheit – der *direction centrale de la police judiciaire* auswies.

Den Polizisten fiel die Kinnlade herunter, als sie das Dokument in den Händen hielten, unterzeichnet vom Innenminister höchstpersönlich. Sie zogen sich ehrfurchtsvoll von der Türschwelle seines Zimmers zurück. Was hatte ein so hoher Polizeibeamter in einem *chambre de bonne* zu suchen? Genau diese Frage hatte Sturni sich auch gestellt – bei seiner Ankunft in Paris …

»Ich schlage vor, Sie verziehen sich umgehend, wenn Sie nicht wollen, dass der Vorfall disziplinarische Konsequenzen für Sie hat!«

Er hatte gelernt, dass man gegenüber Parisern immer selbstbewusst und forsch auftreten musste. Das galt auch für deren Polizei. Sturni bemühte sich, seinen elsässischen Akzent zu unterdrücken, um noch seriöser zu wirken. Mit der gutmütigen elsässischen Höflichkeit kam man hier nicht weit.

Seine Drohkulisse wirkte. Die Beamten verabschiedeten sich auf der Stelle. Er wartete, bis er auf den Metalltreppen keine Schritte mehr hörte. Dann schlich er zur Treppe und vergewisserte sich, dass sie tatsächlich alle verschwunden waren. Als die Luft rein war, schloss er seine Tür und öffnete die Dachluke. Er stellte sich auf seinen Stuhl und zwängte sich hindurch. Noch vor wenigen Wochen hätte er nicht hindurchgepasst, doch inzwischen war er wieder ziemlich schlank und muskulös.

Als er keuchend oben ankam, erwartete ihn eine Überraschung. Neben Saba saß ein junger Mann, ebenfalls nur mit Shorts und einem T-Shirt bekleidet. Als Kavalier zog Sturni zunächst seinen Pullover aus und legte ihn Saba um die Schultern, bevor er sich an den Fremden wandte.

»Heute scheint mein Glückstag zu sein. Da lerne ich meine beiden Mitbewohner, die ich zuvor wochenlang nicht zu Gesicht bekommen habe, am gleichen Tag kennen. Antoine Sturni, es freut mich, dich kennenzulernen.«

Auch sein dritter Mitbewohner war also nicht gut auf die Polizei zu sprechen und hatte sich auf das Dach zurückgezogen.

»Und mit wem habe ich über den Dächern von Paris die Ehre?«

»Mein Name ist Abdel, Abdel Menad.«

Er schüttelte ihm schüchtern die Hand. Es war ihm egal, dass Abdel kein gutes Verhältnis zur Polizei hatte. Im Moment wusste er ohnehin nicht, wer die Guten und wer die Bösen waren.

»Das müssen wir feiern, so eine Gelegenheit bekommt man nicht alle Tage. Ich hole eine Flasche Pinot blanc aus meiner Heimat aus dem Kühlschrank, und wir stoßen auf das Kennenlernen an.«

Abdel teilte ihm freundlich mit, dass er keinen Alkohol trinke, aber gerne einen Minztee aufsetzen werde, um ihre neue Bekanntschaft zu begießen. Nach wenigen Minuten kamen sie alle wieder auf dem Dach zusammen. Saba hatte sich gleichfalls zurückgezogen und kehrte kurz darauf angemessen gekleidet zurück.

Die Nacht war wolkenlos, für die Jahreszeit war es noch angenehm warm. Die unzähligen Lichter der Großstadt vermengten sich mit dem Licht des Mondes und der Sterne. Sie stießen mit Pinot blanc und Minztee an, und jeder war auf seine Weise froh, dem Zugriff der Polizei entronnen zu sein.

Abdel erzählte ihnen seine Geschichte, die abenteuerliche Reise von Algerien nach Frankreich, das Leben in Paris als Illegaler, in ständiger Angst vor Verhaftung und Abschiebung, ohne die tollen Arbeitnehmerrechte und Sozialansprüche, auf die man sich in Frankreich so viel einbildete.

Sturni war es vollkommen egal, dass beide illegal im Land waren. Er fand sie sympathisch und hatte Mitleid mit ihnen. Er war Kriminalkommissar, hatte mit Einwanderungsfragen nichts zu tun. Von ihm hatten die beiden nichts zu befürchten.

Irgendwann hörten sie unter sich Olivia nach Hause kommen, ausnahmsweise ohne Liebhaber. Als sie bemerkte, dass auf dem Dach eine Party stattfand, gesellte sie sich sofort zu ihnen. Keine Party ohne Olivia Stevenson, das war ihr Lebensmotto. Was für ein aufregender Tag, was für eine denkwürdige Nacht.

Von dem Dach hatte man eine atemberaubende Aussicht über die Stadt. Man sah bis hinüber zum Jardin du Luxembourg. Direkt neben dem Park lag das herrschaftliche Gebäude der *école des mines*. Beim Anblick des Universitätsgebäudes kam Sturni ins Grübeln. Lag dort vielleicht der Schlüssel zu seinem aktuellen Fall?

Wanzecki und Le Coq hatten in ein Wespennest gestochen, hatten belegt, dass die Atomindustrie viel riskanter war, als der Öffentlichkeit vorgegaukelt wurde. Dass sie unrentabel war, insbesondere wenn man alle Folgekosten mit einberechnete. Dass es sicherer und günstiger war, sofort aus dieser Technologie auszusteigen und alle Kraft in den Ausbau und die Entwicklung regenerativer, nachhaltiger Energieerzeugung zu stecken.

Die beiden hatten sich mit ihrem Engagement mächtige Feinde gemacht, sich mit der einflussreichsten Lobby in Frankreich angelegt, neben der Waffenlobby – und den französischen Jägern …

Hatte sie dieser Einsatz das Leben gekostet? Gab es tatsächlich einen Geheimbund eines Postgraduiertenprogramms für Hochbegabte, der seine schützende Hand über diese marode und hochgefährliche Technologie hielt und alles aus dem Weg räumte, was sich gegen sie und ihre Interessen richtete? Bestand vielleicht sogar ein »tiefer Staat« – in der Wiege der modernen Demokratie, der *Grande Nation?* Kamen selbst wohlwollende Politiker wie der jüngst zurückgetretene resignierte Umweltminister nicht gegen dieses Netzwerk an?

Sämtliche zaghaften Versuche, aus der Hochrisikotechnologie auszusteigen, verliefen nach kurzer Zeit im Sande; das zumindest war ein Fakt. Würde er jemals herausfinden, wer hinter den Morden steckte? Er verfiel in düstere Gedanken, während seine sympathischen Mitbewohner die laue Nacht auf dem Dach auskosteten, das noch immer die Wärme des Tages gespeichert hatte und ihre Allerwertesten angenehm wärmte. Nur ab und zu holte Saba ihn mit einem zarten Kuss auf die Wange aus seinen düsteren Gedankengängen.

Es dämmerte, als sie sich dazu durchrangen, wieder in ihre kleinen Kämmerchen hinabzusteigen, diesmal jeder in sein eigenes. Er gönnte sich noch wenige Stunden Schlaf. Der nächste Tag würde eine Entscheidung bringen, und er wollte vorbereitet sein, zumindest einigermaßen ausgeschlafen.

26
Das Elsass in Gefahr

Er erwachte erst am späten Vormittag und war unschlüssig, was er nun tun sollte. Konnte er überhaupt noch in seinem Büro aufkreuzen? Würde er auf der Stelle verhaftet, wenn er dort erschien?

Andererseits war er immer noch französischer Polizeibeamter, der seinen Dienst verrichten musste. Über so viel Staatsvertrauen verfügte er noch. Er war sich keiner Schuld bewusst. Im Gegenteil, er war seiner Pflicht nachgekommen und hatte in Sachen Korruption und Sicherheitsrisiken bei der französischen Atomindustrie ermittelt – vielleicht mit mehr Erfolg, als seinen Vorgesetzten lieb war, aber dafür konnte man ihn ja schlecht zur Rechenschaft ziehen.

Er entschloss sich daher, wie jeden Morgen zu Fuß zu seinem Arbeitsplatz zu spazieren und seinen obligatorischen *café* mit Schokocroissant in einem der Cafés auf der Rue Saint-Jacques einzunehmen.

***

Im Büro erwartete ihn ein großes Tohuwabohu. Sein komplettes Zimmer war auf den Kopf gestellt worden, Akten lagen wahllos auf dem Boden herum, Blätter waren herausgerissen – teilweise zerrissen –, sein Computer fehlte. Schnell suchte er nach der Akte Wanzecki. Sie war verschwunden. Genau das hatte er erwartet. Was ging hier vor sich?

Er hatte nur wenige Minuten in seinem Zimmer verbracht, als sein Telefon klingelte. Sein Vorgesetzter, Iven Droumaguet, war am Apparat.

»Sturni, kommen Sie sofort in mein Büro!«

Er tat, wie ihm geheißen. Was hätte er auch sonst tun sollen? Wer auch immer sein Arbeitszimmer auf den Kopf gestellt hatte, war enttäuscht worden. Die Akte von Wanzecki gab nicht viel her, und auf seinem Rechner befand sich rein gar nichts. Alles Wichtige hatte er auf dem kleinen iPad von Le Coq gespeichert, das er heute Morgen wieder hervorgekramt hatte und nun bei sich führte.

***

»*Direction générale de la sécurité intérieure* – französischer Inlandsgeheimdienst«, raunte ihm einer seiner Kollegen auf dem Flur zu, mit dem er sich immer gut verstanden hatte, und klopfte ihm dabei mitfühlend auf die Schulter.

Er hatte ein mulmiges Gefühl. Was würde nun passieren? Würde man ihn wegen Hochverrats anklagen? Mit einem Pulsschlag von hundertachtzig klopfte er an Droumaguets Tür.

»*Entrez* – treten Sie ein!«

Es war nicht die Stimme seines Chefs, die ihn aufforderte einzutreten. Sein Vorgesetzter war nicht allein. Droumaguet hatte einen hochroten Kopf, es ging ihm offensichtlich nicht gut. Zwei muskelbepackte Herren in grauen Anzügen standen links und rechts von ihm. Man hatte den Eindruck, dass sie ihn zuvor in die Mangel genommen hatten.

Die beiden Kleiderschränke kamen auf ihn zu, sahen bedrohlich aus.

»*Commissaire* Antoine Sturni, stellen Sie sich an die Wand! Arme und Beine auseinander!«

Kein Wort der Begrüßung, keine Vorstellung. Was zum Teufel war hier los? Hilfe suchend sah er Droumaguet an.

»Tun Sie, was von Ihnen verlangt wird. Wir haben keine Wahl!«

Er stellte sich an die Wand, hob die Hände über seinem Kopf

und drückte sie gegen die Wand. Einer der beiden schob seine Beine auseinander, begann ihn abzutasten.

Sturni beglückwünschte sich zu seiner Entscheidung, Zoés iPad in seiner Schreibtischschublade gebunkert und nicht zur Unterredung mit seinem Chef mitgenommen zu haben. Sein Bürozimmer war schon durchwühlt worden, man würde es nicht noch einmal auf den Kopf stellen, so sein Kalkül. Ein cleverer Geistesblitz, der ihn nun vor großem Ungemach bewahrte.

»Nehmen Sie Platz! Wir haben einige Fragen an Sie.«

Gewaltsam zog der Mann ihn von der Wand und drückte ihn auf einen Stuhl. Was kam als Nächstes? Würde man ihn schlagen? Er befand sich in einer Polizeibehörde und wurde selbst rüde behandelt. Wäre er bei seinen eigenen Vernehmungen so grob vorgegangen, dann hätte er sich umgehend ein Disziplinarverfahren eingehandelt. Die allgemeinen Regeln im Polizeidienst schienen für die beiden finsteren Gesellen nicht zu gelten.

»Wo waren Sie gestern Mittag um zwölf Uhr dreißig?«

Es war sinnlos zu leugnen. Sie wussten alles, das war klar. Die Frage war nur, ob sie auch wussten oder in Erfahrung bringen konnten, dass er Zoés Artikel erhalten hatte.

»Im Restaurant *Relais Plaza* in der Avenue de Montaigne.«

»Mit wem haben Sie sich dort getroffen?«

Das Geplänkel konnten sie sich eigentlich sparen.

»Mit einer Journalistin.«

Die Herren wurden zunehmend ungemütlich.

»Wir wissen, mit wem Sie sich getroffen haben!«

War das noch ein Verhör oder schon eine körperliche Misshandlung? Einer seiner Peiniger stellte sich hinter ihn, legte die Hand auf seine Schulter und drückte fest zu. Es schmerzte. Diese Behandlung war absolut rechtswidrig, selbst für Geheimdienstmitarbeiter. Schließlich war er französischer Staatsbürger, selbst ein Diener dieses Staates.

»Warum fragen Sie dann?«

»Das wissen Sie ganz genau! Kurz nachdem sich Frau Le Coq mit Ihnen getroffen hat, wurde sie ermordet!«

»Werde ich verdächtigt?«

Die ganze Situation kam ihm einfach nur irrsinnig vor. Normalerweise war er es, der die Fragen stellte, und nun wurde er selbst mit haarsträubenden Verhörmethoden in die Mangel genommen.

»Sie waren der Letzte, der mit ihr gesprochen hat.«

»Das mag sein. Ich habe sie aber nicht in die Luft gejagt. Sie können mir gar nichts.«

Die beiden Geheimdienstmitarbeiter – er glaubte dem Hinweis seines Kollegen, dass sie vom Inlandsgeheimdienst waren, denn kein ordentlicher Polizist würde sich so verhalten – änderten ihre Taktik, machten auf guter und böser Cop.

»Was wollten Sie von Le Coq?«

Der gute Cop schenkte ihm eine Tasse Kaffee ein. Der böse löste seinen Zangengriff, verschränkte die Arme und baute sich bedrohlich vor ihm auf. Sturni zögerte, überlegte sich blitzschnell eine Strategie.

»Ich wollte sie zu ihrer Tätigkeit als investigative Journalistin im Bereich Atomenergie befragen. Das ist mein Job, Aufgabe unserer Spezialeinheit. Genau das habe ich gemacht, meine Arbeit, sonst nichts!«

Die Geheimdienstmitarbeiter sahen ihn verständnislos an. Droumaguet musste trotz der heiklen Situation schmunzeln. Sturni war nicht auf den Kopf gefallen, das musste er ihm lassen.

»*Ah oui*, richtig. Welche Informationen haben Sie von Frau Le Coq erhalten?«

Die beiden wurden plötzlich vorsichtiger. Wenn ihr unverschämtes Auftreten gegenüber einem gehobenen Polizeibeamten, der nur seiner Arbeit nachging, publik wurde, dann konnten sie und ihre Organisation ernsthafte Schwierigkeiten bekommen.

Schließlich unterstanden sie alle dem gleichen Minister als oberstem Dienstherrn. Die Situation war vertrackt …

»Ich hatte mir von Frau Le Coq Informationen zu meinen Ermittlungen erhofft, wurde aber enttäuscht. Sie misstraute unserer Einheit, und ich konnte nichts in Erfahrung bringen.«

Wenn sie ihm nicht nachweisen konnten, dass er etwas von Zoé erhalten hatte, dann war er vorerst aus dem Schneider. Sie konnten ihn ja schlecht vor seinem Vorgesetzten foltern, in der Zentrale der französischen Kriminalpolizei. Das schien nun auch den beiden Geheimdienstmitarbeitern klar zu werden.

»Wenn Sie uns belogen haben und Frau Le Coq Ihnen vor ihrem Tod Informationen oder Dokumente zur Verfügung gestellt hat, dann müssen Sie mit schwerwiegenden Konsequenzen rechnen. Wir haben ein Auge auf Sie! Herr Droumaguet, Sie wissen, was Sie zu tun haben.«

Wortlos verließen die beiden den Raum, das Verhör war zu Ende. Er hatte gesiegt, vorerst …

***

Fragend blickte er seinen Vorgesetzten an.

»Was sollte das? Könnten Sie mich bitte aufklären? Ich möchte eine formelle Beschwerde einlegen!«

Droumaguet zwirbelte nervös an seinem langen Schnauzbart. Die ganze Situation war ihm äußerst unangenehm. Er hüstelte und begann zu sprechen:

»*Alors*, wie erkläre ich es Ihnen am besten?«

Nach dem Anblick seines durchwühlten Büros und der Erfahrung mit den grauen Herren konnte er sich denken, was nun kommen würde. Man sah Droumaguet deutlich an, wie viel Überwindung ihn das Folgende kostete.

»Da Frau Le Coq ermordet wurde, besteht für unser Team keine Veranlassung mehr, noch weiter zu recherchieren.«

Wie bitte? Hatte er gerade richtig gehört? Keine Veranlassung mehr, zu ermitteln?

»Unsere Einheit wird in Kürze aufgelöst werden. Die Entscheidung ist auf höchster Ebene gefallen. Alle Mitarbeiter kehren zu ihren ursprünglichen Dienststellen zurück. Ich selbst gehe direkt nach Auflösung des Teams in den Ruhestand.«

Das war ja die Höhe! Zoé wurde eiskalt ermordet, und bereits am Tag darauf löste man sein Ermittlerteam auf? Wo kein Kläger, da kein Richter. Wer auch immer auf diese Idee gekommen war, würde sich warm anziehen müssen. Die Veröffentlichung von Le Coqs Artikel würde hohe Wellen schlagen, es würden Köpfe rollen. Zoé hatte in ihrem Artikel Ross und Reiter benannt und nicht davor zurückgeschreckt, die für die ganze Malaise Verantwortlichen namentlich zu benennen. Droumaguet zumindest schien froh darüber zu sein, bald in den Ruhestand gehen zu dürfen. Alles andere interessierte ihn nicht mehr.

»Für Sie gilt sogar eine Sonderregelung.«

Es war klar, dass Droumaguet nun zur entscheidenden Stelle seines kleinen Vortrags kam. Nervös nestelte er an seinem Hemdkragen herum. Fast tat er ihm leid. Er mochte Droumaguet, und ihm war klar, dass nicht er es war, der die Entscheidungen traf. Man hatte einen sympathischen, hochrangigen, aber der Aufgabe nicht gewachsenen Polizeibeamten ausgewählt, um diese vermeintliche Spezialeinheit zu leiten, und nun lief den Verantwortlichen die ganze Geschichte aus dem Ruder.

»Sie werden hiermit mit sofortiger Wirkung vom Dienst suspendiert. Selbstverständlich unter Beibehaltung Ihrer vollen Bezüge.«

Das zumindest war eine gute Nachricht. Es hätte auch schlimmer für ihn kommen können …

»In vierzehn Tagen kehren Sie zurück auf Ihre Stelle in Straßburg. Bis dahin sind Sie von jeglichen Dienstverpflichtungen freigestellt.«

Er hatte hier ohnehin nichts mehr verloren. Gemeinsam mit Zeller würde er die gesamte französische Atomindustrie hochgehen lassen, natürlich nur bildlich gesprochen. Da würde auch keine »Sonderermittlereinheit« die dafür Verantwortlichen vor den Konsequenzen bewahren können. Er erhob sich von seinem Sessel und begab sich in Richtung Tür. Droumaguet nahm ihn dabei freundschaftlich am Arm.

»Noch eine kleine Sache. Es ist Ihnen ab sofort untersagt, dieses Gebäude nochmals zu betreten. Sie müssen es sogar sofort verlassen und dürfen nichts mitnehmen. Außerdem müssen Sie sich zur Verfügung halten, dürfen Paris nicht verlassen. Anweisung der Organisation, mit deren Vertretern Sie gerade Bekanntschaft geschlossen haben. Die Typen sind nicht zimperlich. Für die gelten andere Spielregeln als für uns. Seien Sie vorsichtig, Sturni!«

Droumaguet hatte einen hochroten Kopf, ihm war die ganze Angelegenheit unheimlich peinlich.

»Mir sind die Hände gebunden. Ich kann nichts mehr für Sie tun. Ich weiß, dass Sie ein hervorragender Polizist sind und dass diese Behandlung völlig unangemessen ist.«

»*C'est n'est pas grave* – das ist nicht schlimm, Sie können ja nichts dafür.«

»Sie sind in Straßburg besser aufgehoben. Paris ist ein Haifischbecken, und man sollte sich nicht zu lange darin aufhalten, wenn man seine Integrität bewahren will. Lassen Sie die Finger von dieser Geschichte! Vergessen Sie es einfach! Es ist besser so für Sie, glauben Sie mir!«

Der Ton seines *supérieur* hatte etwas Flehentliches. Er war in ernster Sorge um seinen Mitarbeiter. Sturni umarmte ihn herzlich und verabschiedete sich.

Sein Direktor hatte sich das Ende seiner Karriere bestimmt anders vorgestellt. Ein halbes Jahr bezahlten Urlaub in Paris, bevor er sich in einem bretonischen Fischerdorf dem wohlverdienten Ruhestand widmen und Kriminalromane lesen konnte. Nun war ihm durch den Mord an Le Coq und die damit verbundene Auflösung des Ermittlerteams klar geworden, dass er instrumentalisiert worden war. Er hatte seinen Namen und seinen guten Ruf für eine Alibiveranstaltung hergegeben, hatte sein ganzes Leben lang geglaubt, auf der richtigen Seite zu stehen, zu den Guten zu gehören, und wurde nun, in den letzten Wochen seines Dienstes, auf schmerzliche Weise eines Besseren belehrt.

Im Hinausgehen verabschiedete sich Sturni von seinen Kollegen. Einige waren schon dabei, ihren Schreibtisch aufzuräumen; das ganze Team befand sich in Auflösung. Zwar hatte er in den letzten Wochen keine engeren Beziehungen zu ihnen geknüpft, doch er empfand große Sympathie für das Kollegium, ehrenwerte Polizeibeamte, die im Rahmen ihrer Fähigkeiten ihr Bestes gegeben hatten. Bevor er endgültig hinauskomplimentiert wurde, stahl er sich nochmals in sein Büro und holte Zoés iPad aus seiner Schreibtischschublade …

***

Nachdem er das Gebäude verlassen hatte, überlegte Sturni, was er nun anstellen sollte. Alles hing von Cédric Zeller ab. Er war es, der Zoés Vermächtnis umsetzen und ihren Artikel veröffentlichen musste. Zeller war der Medienprofi, dagegen war er nur ein unbedeutender *commissaire*, der – schon wieder und rein zufällig – in eine große Geschichte gestolpert war.

Ziellos schlenderte er von der Île de la Cité auf die Île Saint-Louis und besorgte sich ein großes Eis bei *Berthillon,* wahrscheinlich sein letztes während seines Aufenthalts in Paris. Er hatte die

Stadt, der er anfangs so kritisch gegenüberstand, mittlerweile lieb gewonnen. Natürlich freute er sich auf Straßburg, auf Margaux, Christian, doch er würde auch etwas zurücklassen – Saba Sané.

Nachricht Margaux:

»Weshalb meldest du dich nicht? Stimmt etwas nicht? Gibt es eine andere Frau?«

Er sollte Margaux anrufen, doch momentan war ihm nicht danach. Sturni wusste nicht, wo ihm der Kopf stand, und er wollte ihr nichts vormachen. Wie kam sie darauf, dass es eine andere Frau geben könnte? Verfügte sie über einen siebten Sinn? So, wie sie sich während ihres schiefgelaufenen Wochenendes mit *grand-mère* verhalten hatte, interessierte ihn vielmehr, ob es bei ihr einen anderen Mann gab …

Gedankenverloren trottete er vom Quai d'Anjou auf den Boulevard Henri IV, bis er am anderen Ende der Île Saint-Louis angekommen war. Das kleine Eckhaus zwischen den Straßen hatte es ihm besonders angetan. Sollte er es einmal zum Multimillionär bringen, dann würde er es als Feriendomizil erwerben; sein Erstwohnsitz bliebe selbstverständlich Straßburg.

Er überquerte den Pont de Sully und fand sich wieder vor dem Institut du Monde Arabe. Von dem Café auf der Dachterrasse sollte man den besten Blick auf die Kathedrale Notre-Dame haben. Außerdem würde man dort den besten marokkanischen Minztee der Stadt servieren, hatte Abdel ihm auf ihrer nächtlichen Dachparty erzählt. Es gab noch so vieles, was es in dieser Stadt zu entdecken galt und wozu er nun keine Zeit mehr haben würde.

Auf der Dachterrasse angekommen, bestellte er den von Abdel empfohlenen Tee und genoss die Aussicht auf die weltberühmte

Kirche. Er zückte sein *portable* und wählte die Nummer von Gilbert Kleitz:

»Antoine, weshalb nur habe ich auf deinen Anruf gewartet?«

»Ich wollte mich erkundigen, wie du mit den Ermittlungen im Fall Wanzecki weiterkommst?«

Oberste Priorität hatte gerade die Veröffentlichung von Le Coqs Unterlagen. Abgesehen davon waren aber immer noch zwei Morde aufzuklären, und Gilbert Kleitz konnte ihm am ehesten weiterhelfen. Er war der ermittelnde *commissaire.*

»Es gibt keinen Fall Wanzecki mehr, zumindest nicht mehr für mich.«

»*Raconte!*«

»Mir wurde der Fall heute Morgen offiziell entzogen. Eine noch zu gründende Sondereinheit bei der Generaldirektion der *police nationale* wird sich um den Fall kümmern, Place Beauvau, 8. Arrondissement, höher geht es nicht.«

Nach dem heute Erlebten überraschte ihn diese Information überhaupt nicht mehr.

»Hast du vom Mord an Zoé Le Coq gehört?«

»Wie könnte ich nicht davon gehört haben. Die Medien überschlagen sich ja geradezu. Eine der bekanntesten Journalistinnen Frankreichs, und darüber hinaus noch stinkreiches Kind der französischen *haute société,* wird bei einem Sprengstoffanschlag auf der Avenue Montaigne vor dem luxuriösesten Hotel in Paris ermordet. Die Schlagzeile findest du in allen Gazetten auf der ersten Seite.«

»Seid ihr bei den Ermittlungen mit im Boot?«

Er hörte ein kehliges Lachen am anderen Ende der Leitung.

»Du machst Witze! Wir dürfen ja nicht mal im Fall Wanzecki weiterermitteln. Kaum war mein Team vor Ort, erschien ein hochrangiger Mitarbeiter der *police nationale* und teilte mit, dass er die Ermittlungen übernehmen werde. Seitens der Polizei dürfe keine

Auskunft über das Attentat gegeben werden, die nicht vorab von ihm persönlich autorisiert wurde – ein totaler Maulkorb also.«

Wo war er da nur wieder reingeraten?

»Gibst du auf?«

»Du kennst mich. Ich gebe niemals auf, aber im Moment sind mir einfach die Hände gebunden.«

Sturni verabschiedete sich und legte auf. Er beglich die Rechnung, lehnte sich noch ein wenig über die Brüstung der Dachterrasse des Institut du Monde Arabe und genoss den Blick auf Notre-Dame. Was für ein Baudenkmal!

Wenige Minuten später befand er sich wieder auf der Straße, ließ sich treiben, spazierte an der Seine entlang in Richtung Jardin des Plantes. Direkt am Fluss erstreckten sich Tanzflächen, auf denen er mit Olivia an heißen Augustabenden Salsa geübt hatte. Bei dem Gedanken daran wurde er ganz nostalgisch.

*

Endlich kam der lang ersehnte Anruf von Cédric Zeller. Seiner Stimme konnte er entnehmen, wie sehr ihn der Tod seiner Ex-Freundin getroffen hatte. Trotzdem war er aufgekratzt wie selten.

»Antoine, die Operation läuft auf Hochtouren. Wir werden Zoés Mission erfüllen, koste es, was es wolle.«

Es sprudelte aus ihm heraus wie ein Wasserfall. Sturni kam gar nicht zu Wort, konnte keine Fragen stellen. Das war aber auch gar nicht notwendig. Zeller teilte ihm alles mit, was er wissen musste.

»Ich bin mit einem Verleger befreundet, der eine der größten belgischen Tageszeitungen herausgibt. Er bringt Zoés Artikel morgen auf den ersten vier Seiten, ungekürzt und mit ihrem Namen als Verfasserin. Leider konnte ich in Frankreich keine große Tageszeitung dazu bringen, den Artikel abzudrucken. Ihr Tod ist zu frisch, die Anschuldigungen klingen zu monströs, und die Verbindungen zwischen Politik und der Presse sind zu eng.«

Zeller redete sich in Rage.

»Macht aber nichts. Parallel zur Veröffentlichung ihres Artikels geht eine Zusammenfassung über alle Ticker der großen Nachrichtenagenturen: Reuters, dpa, Agence France-Presse. Innerhalb von Minuten werden sich ihr Artikel und die Aufdeckung des Skandals rund um den Globus verbreiten. Ich habe alle meine Kontakte spielen lassen.«

»Du bist einfach der Beste. Was würde ich ohne dich machen?«

»Ich mache das für Zoé. Ihre Abrechnung mit der französischen Atomindustrie ist so umfassend und fundiert, dass der Artikel Konsequenzen haben wird. Würde mich nicht wundern, wenn wir kurz nach der Veröffentlichung eine Ansprache des Präsidenten zur Lage der Nation aus aktuellem Anlass hören würden ...«

»*Merci, pour tout* – danke, für alles ...«

Er wollte gerade auflegen, als Zeller noch etwas einfiel.

»Hast du eigentlich auch Zoés Kapitel über das elsässische Atomkraftwerk gelesen?«

Sturni hatte gestern im Jardin du Luxembourg den Artikel und die weiteren Unterlagen nur überflogen. Das hatte gereicht, um bei ihm alle Alarmglocken läuten zu lassen. Ein Abschnitt über den maroden Atommeiler im Elsass war ihm dabei wohl entgangen.

»*Non*, was hat es denn mit dem alten Schrottmeiler auf sich?«

Er war überrascht, zu erfahren, dass dieser alte Kasten überhaupt noch am Netz war. Das älteste Atomkraftwerk Frankreichs stand dummerweise nur etwa zwanzig Kilometer von seinem Heimatdorf Ribeauvillé entfernt. Schon zigmal hatte die Politik versprochen, das Pannenkraftwerk endlich abzuschalten, und den Termin dann doch immer wieder verschoben. Offensichtlich war das bis heute noch nicht geschehen.

»Solltest du unbedingt noch lesen, und zwar heute und nicht

erst morgen in der Zeitung. Kein Wunder, dass du noch in Paris sitzt. Hättest du ihn gelesen, dann hättest du dich schon längst aufs Pferd oder zumindest in den nächsten TGV gesetzt, um dein geliebtes Elsass zu retten.«

»Spann mich nicht länger auf die Folter!«

»Wenn alle Aussagen in Zoés Artikel stimmen, wovon ich ausgehe, dann ist der Meiler so marode, dass es jederzeit zu einem Super-GAU kommen könnte. Es ist grob fahrlässig, das Ding noch weiterlaufen zu lassen, und jedermann weiß es. Er wurde nur aus einem Grund noch nicht abgeschaltet, weil er den Konzernen nach wie vor schöne Gewinne einbringt und schon längst abgeschrieben ist.«

Sturni war gespannt wie ein Flitzebogen. Er musste unbedingt das Kapitel lesen, das ihm bei der gestrigen Lektüre entgangen war. Was für ein grober Fauxpas! Er beendete das Gespräch, und beide verabredeten sich zu einem gediegenen *dîner* in Paris, wenn alles vorbei war.

Inzwischen war er im Jardin des Plantes angekommen. Er setzte sich auf eine Parkbank, holte Zoés iPad heraus, schaltete es ein und suchte fieberhaft nach den Unterlagen, die das elsässische Atomkraftwerk betrafen. Mit stockendem Atem begann er zu lesen.

Es war genauso, wie Zeller es ihm angekündigt hatte. Von allen Atomkraftwerken in Frankreich war das elsässische mit Abstand am stärksten risikobehaftet. Schon längst hätte es stillgelegt werden müssen. Dass es pannenanfällig war, war allgemein bekannt. Was er jedoch hier zu lesen bekam, setzte dem Ganzen die Krone auf.

Neben den bekannten Störfällen gab es noch eine Vielzahl von Zwischenfällen, die der Öffentlichkeit vorenthalten wurden. Selbst die Aufsichtsbehörden hatten trotz der ungesunden Nähe zu den Konzernen, die sie eigentlich überwachen sollten, in internen Papieren wieder und wieder die sofortige Abschaltung des Hochrisikoreaktors gefordert – ohne Erfolg. Die Atomlobby war stärker. Wirtschaftsinteressen gingen vor der Sicherheit der *citoyens* – der Bürgerinnen und Bürger –, mal wieder. Le Coq kam zu dem Schluss, dass im Elsass jeden Moment eine Katastrophe passieren konnte, welche die Region für Jahrhunderte unbewohnbar machen würde.

In ihren Quellen fand er auf einem internen Aktenvermerk, der niemals hätte an die Öffentlichkeit gelangen sollen, handschriftliche Notizen. Nach Auffassung des anonymen Verfassers müsse man es mit der Sicherheit in diesem Kraftwerk nicht ganz so genau nehmen. Schließlich stehe es direkt an der französischen Ostgrenze, und der Wind wehe hier verlässlich gen Osten, das heißt Richtung Deutschland. Ein atomarer Zwischenfall würde Frankreich demnach kaum belasten, sondern nur die Nachbarn in Freiburg, Stuttgart, München. Waren wir nicht mit denen seit vielen Jahrzehnten befreundet, schoss es Sturni durch den Kopf?

Weiter wurde in der handschriftlichen Notiz ausgeführt, dass im Falle eines atomaren Zwischenfalls auf französischer Seite lediglich ein Radius von etwa fünfundzwanzig Kilometern um das Kraftwerk akut betroffen sei: Colmar, Kaysersberg, Ribeauvillé, das müsse man dann eben als Kollateralschaden in Kauf nehmen. Sturni ließ vor Schreck das iPad fallen. Hatte er richtig gelesen? Ribeauvillé, ein Kollateralschaden?

Das Elsass war in Gefahr. Bei seiner Heimat hörte der Spaß endgültig auf. Er musste sofort nach Hause und nach dem Rechten sehen. Zur Not würde er den Pannenreaktor eigenhändig abschalten. Auf seinem *portable* suchte er die nächste TGV-Verbindung von Paris nach Straßburg. *Zut* – Mist – alle Verbindungen zwischen Paris und Straßburg waren für heute ausgebucht, und im TGV bestand eine Reservierungspflicht für Sitzplätze, man konnte nicht einfach so mitfahren. Die nächste Möglichkeit gab es erst wieder morgen gegen Mittag, das war viel zu spät. Bis dahin konnte der Reaktor schon längst in die Luft geflogen sein!

Plötzlich fiel ihm Olivia ein. Sie hatte ein eigenes Auto, das immer in der Nähe ihres *chambre de bonne* parkte; es handelte sich zwar nur um einen alten Citroën 2CV, aber immerhin. Schnell wählte er ihre Nummer.

»Antoine, wo steckst du? Ich sitze gerade mit Saba und Abdel auf unserer neu entdeckten Dachterrasse, und wir genießen den Himmel über den Dächern von Paris. Wir sollten hier eine illegale Cocktailbar eröffnen, was meinst du? Ist doch eine super Geschäftsidee. Du hängst einfach deinen Beamtenjob an den Nagel und ziehst nach Paris ...«

Sturni hatte keine Zeit für solche Fantastereien. Noch war der Himmel über Paris nicht verstrahlt, aber das konnte jederzeit passieren. Jede Minute zählte.

»Olivia, ich habe nicht viel Zeit. Kannst du mich mit deinem Auto ins Elsass bringen, vorerst nach Straßburg? Die Sicherheit Frankreichs steht auf dem Spiel!«

Olivia musste herzhaft lachen. Ihm wurde bewusst, wie abwegig ihr seine Aussage vorkommen musste. Andererseits war sie immer für ein Abenteuer zu haben, in jeder Hinsicht ...

»Wenn die Sicherheit Frankreichs auf dem Spiel steht, dann kann ich dich ja nicht hängen lassen. Ihr Franzosen konntet euch schon immer auf uns Amerikaner verlassen, wenn es drauf ankam. Selbst unser Präsident wird daran nichts ändern. Klar bringe ich dich in die Heimat. Wochenlang bist du mir in den Ohren gelegen, wie schön es dort ist. Jetzt will ich es auch mal mit eigenen Augen sehen, Straßburg und das Elsass.«

Ein Stein fiel ihm vom Herzen.

»Abdel und Saba haben heute und morgen übrigens ausnahmsweise frei. Sie kommen bestimmt auch mit. Das wird doch lustig, ein richtiges Abenteuer. Wir könnten ein *road-movie* drehen: »Ein *commissaire,* eine durchgeknallte Amerikanerin und zwei illegale Afrikaner in einem 2CV von Paris nach Straßburg« – das wird bestimmt ein Hit!«

Antoine war nicht nach Lachen zumute.

»Ich bin in wenigen Minuten bei euch. Packt schon mal einige Sachen zusammen. Ich habe auch noch Proviant in meinem Zimmer. Den sollten wir mitnehmen, für Notfälle.«

»Dein elsässisches Sauerkraut in Dosen? Das müssen wir unbedingt in unser *road-movie* einbauen ...«

Selbst die Perspektive einer nächtlichen Sauerkrautverkostung auf einer französischen Autobahnraststätte konnte Olivia nicht den Spaß verderben. Sie war Feuer und Flamme für ihr neues Abenteuer und hatte noch keine Ahnung vom Ernst der Lage.

Er hetzte zu Fuß vom Jardin des Plantes über die Rue Mouffetard, wo er ebenfalls schöne Abende mit Olivia verbracht hatte, Richtung seiner Wohnung. Schon Ernest Hemingway – so seine Reiseführerin Olivia – verbrachte hier in den legendären Zwanzigerjahren des letzten Jahrhunderts eine gute Zeit. Inzwischen war das nette Gässchen überschwemmt von Touristen und hatte viel vom Charme vergangener Tage verloren.

Am Place de la Contrescarpe passierte er ein Gebäude, dessen Fassade ein aus der Zeit gefallenes Gemälde zierte. Bei dem Bild mit dem Titel »*AU NÈGRE JOYEUX*« – zum fröhlichen Neger – hatte er sich immer gefragt, ob diese Überschrift in der heutigen Zeit auf so einem belebten Platz noch *politiquement correct* – politisch korrekt – war.

Bei Gelegenheit würde er nachforschen, was es damit auf sich hatte; jetzt war keine Zeit dafür. Vielleicht sollte sich der Stadtrat mal mit der Thematik befassen. Zumindest wäre mal eine Infotafel mit einer Erklärung über dieses Relikt aus vergangenen Zeiten angebracht. Er bog ein in die Rue Blainville und hatte es fast geschafft.

27
Kommissar Sturnis Heldentat

Vor seiner Haustür stand Olivias pinkfarbener 2CV. Er hatte Zweifel, ob das rostige Gefährt sie sicher ins Elsass bringen würde, aber ihm blieb keine Wahl. Die superschnelle TGV-Verbindung war restlos ausgebucht, und die *SNCF* machte keine Ausnahme für vom Dienst suspendierte Kriminalhauptkommissare.

Er stürmte die Wendeltreppe hoch, und seine Mitbewohner nahmen ihn oben in Empfang. Sturni umarmte Abdel und begrüßte Olivia und Saba mit *bises,* die bei Saba etwas intensiver ausfielen als geplant. Alle waren ganz aufgekratzt, freuten sich auf das anstehende Abenteuer.

Rasch sprang er noch in seine Plastikduschkabine, so viel Zeit musste sein. Dann packte er einige Flaschen *crémant,* elsässische *charcuterie, choucroute* in Dosen, vakuumierte *tarte flambée* und *foie gras* in seinen großen Seesack. Mit diesem Proviant sollte die weite Strecke selbst in einem alten 2CV zu bewältigen sein.

Als er vor seine Tür trat, warteten Olivia, Saba und Abdel bereits auf ihn. Saba trug wieder ein farbenfrohes traditionelles afrikanisches Kleid und sah einfach umwerfend aus. Den Gedanken an ein Schäferstündchen mit ihr schob er schnell von sich – die Rettung des Elsass hatte absoluten Vorrang!

Gemeinsam eilten sie die Wendeltreppe hinunter, die beim Gewicht aller vier Bewohner des siebten Stocks bedenklich schwankte. Anschließend beluden sie die Ente mit Proviant und zwängten sich hinein. Sturni und Olivia wollten sich beim Fahren abwechseln, Saba und Abdel quetschten sich auf die enge Hinterbank. Es wäre zu riskant für sie gewesen, am Steuer erwischt zu werden.

Das Auto kam nur mühsam in Fahrt. Im Berufsverkehr dauerte es fast eine Stunde, bis sie den Boulevard Périphérique – die Pariser

Stadtautobahn – erreicht hatten und endlich auf die Autobahn gen Osten in Richtung Straßburg abzweigen konnten. Sturni sandte Nachrichten an Straumann, Isinger und Margaux. Er bat sie, sich morgen früh im *hôtel de police* einzufinden – viel früher würden sie bei dem Schnecken- oder besser Ententempo bestimmt nicht in Straßburg ankommen …

Seine beiden Inspektoren wies er an, eine Handvoll Uniformierter einzubestellen und einige Streifenwagen zu reservieren, ein hochgeheimer Einsatz stehe bevor. Außerdem sollten sie kein Wort gegenüber Bouget verlieren, er wollte ihn allenfalls nach der Operation einweihen – am besten gar nicht.

Nachricht Isinger nach dreißig Sekunden:

»Wird gemacht, *mon commissaire*. Willkommen zu Hause! Direktor Bouget befindet sich derzeit auf einem Seminar von Interpol in Lyon – Bekämpfung von Cyberkriminalität …«

Das waren gute Neuigkeiten. Ihr Direktor war außer Haus und konnte ihnen keinen Ärger machen.

Nachricht Margaux nach zwei Minuten:

»Endlich meldest du dich. Ich hatte mir schon Sorgen gemacht. Du kommst uns besuchen, wie schön. Ich bin da und bringe Christian mit.«

Sturni überlegte, ob es wirklich sinnvoll war, seinen Sohn zu einem so hochgefährlichen Einsatz mitzunehmen, freute sich dann aber, dass er ihn schon bald wiedersehen würde. Das ganze Unterfangen war ohnehin hochgradig illegal, da kam es darauf auch nicht mehr an …

Nachricht Straumann? – Fehlanzeige.

Sein Stellvertreter befand sich vermutlich gerade in seiner Lieblings-Winstub, dem *Au Cruchon* in der Rue de Pucelles in der Straßburger Altstadt, hatte sein *portable* abgeschaltet und verkostete edle Gewürztraminer.

Was er vorhatte, konnte ihn seinen Job kosten, ja sogar eine Gefängnisstrafe einbringen. Zunächst einmal war er derzeit gar kein *commissaire* der Straßburger Polizei. Er war ein vorläufig vom Dienst suspendiertes Mitglied einer aufgelösten Pariser Spezialeinheit. Außerdem hatte er keinerlei Kompetenz, die sofortige Abschaltung eines Atomkraftwerks anzuordnen. Es war ihm egal, er würde eine Lösung vor Ort finden. Er musste einfach handeln, sofort – es ging schließlich um seinen Geburtsort, seine Heimat.

Solange Straumann morgen rechtzeitig im *hôtel de police* erschien, war alles in Ordnung. Er konnte in seiner Funktion als kommissarischer Leiter der Mordkommission die Uniformierten anweisen, sie zu begleiten. Mit viel Glück würde Bouget nichts von der ganzen Aktion mitbekommen, zumindest so lange, bis alles über die Bühne gegangen war.

***

Bei Reims war eine längere Pause dringend angezeigt, allen schmerzte der Rücken von den weichen Sitzen des 2CV. Sturni kaufte eine Flasche Champagner auf der Autobahnraststätte. Er hatte sich schon vor langer Zeit vorgenommen, einen Direktvergleich zwischen den elsässischen *crémants* und dem echten Champagner zu machen, warum nicht hier und jetzt? Das Leben war einfach zu kurz, um schlechten *crémant* respektive Champagner zu trinken. Schließlich konnten sie jede Sekunde Opfer eines atomaren Super-GAUs werden, da galt es, jeden Moment zu genießen.

»Champagner ist das einzige Getränk, das Frauen schöner macht, je mehr sie davon trinken. *Santé!*«

Diesmal war es Saba, die mit einem verführerischen Lächeln einen illustren Trinkspruch zum Besten gab.

»Ein Zitat von einem deiner Vorfahren?«

»Mais non, Madame de Pompadour!«

Sturni war schwer beeindruckt. Wer über so vertiefte Kenntnisse der französischen Geschichte verfügte, verdiente seiner Ansicht nach auch die französische Staatsbürgerschaft, zumindest eine dauerhafte Aufenthalts- und Arbeitserlaubnis …

Wie erwartet, konnte der Tankstellen-Champagner nicht mit dem hervorragenden *crémant* aus seinem Heimatdorf mithalten. Sturni hatte es ja schon immer gewusst, ganz im Gegensatz zu Madame de Pompadour …

Völlig übermüdet, leicht beschwipst und in der Hoffnung, dass sie schon keine Polizeistreife anhalten werde, fuhren sie weiter. Der 2CV kam so langsam vorwärts, dass die leichten Schlangenlinien keine große Rolle spielten; die Autobahn war ohnehin so gut wie leer.

Die *autoroute* zog sich endlos dahin, und bei Verdun ereilte sie auch noch eine Autopanne. Es war einfach zu viel für das kultige, aber keinesfalls langstreckentaugliche Fahrzeug. Ein verdreckter Ölfilter, eine altbekannte Schwachstelle des 2CV. Zum Glück war Abdel nicht nur ein hervorragender Koch, sondern auch ein gewiefter Automechaniker, der die kleine Ente nach kurzer Zeit wieder flottbekam. Der junge Mann war ein Multitalent. Was könnte alles aus ihm werden, wenn er nur offiziell hier leben und arbeiten durfte, dachte sich Sturni, als er Abdel dabei zusah, wie er unter dem aufgebockten Auto herumschraubte. Er selbst besaß zwei linke Hände.

Gegen acht Uhr morgens hatten sie es endlich geschafft, die Ente fuhr in den Innenhof des *hôtel de police* ein, wo Straumann, Isinger,

Margaux und Christian schon auf sie warteten. Alle waren völlig übermüdet, doch Sturnis Adrenalinpegel und die Sorge um sein Heimatdorf trieben ihn zur Eile an.

Sein Sohn Christian sprang ihm in die Arme, kaum dass er sich aus dem kleinen Wagen gezwängt hatte. Auch Margaux umarmte ihn leidenschaftlich.

»Willkommen daheim, *mon commissaire*. Das Morddezernat gehört wieder ganz Ihnen.«

François Straumann schien froh zu sein, die Bürde der kommissarischen Leitung der Mordkommission wieder abgeben zu können. Zum Glück hatte es während seiner Abwesenheit keinen Mordfall in ihrem Bezirk gegeben. Straumann roch noch etwas nach Alkohol, war aber vor Ort und hatte sich auch um einige uniformierte Polizisten und Einsatzfahrzeuge gekümmert. Wenn es darauf ankam, konnte man sich auf ihn verlassen.

»Bereit zum Einsatz, *mon commissaire*. Was haben wir denn für einen geheimen Spezialauftrag?«

Sein jüngerer Inspektor, Bernard Isinger, war schon wieder Feuer und Flamme. Er konnte es kaum erwarten, zur Tat zu schreiten, ohne zu wissen, was für eine hochgeheime Aktion anstand.

Inzwischen hatten sich Saba und Abdel von der Rückbank aus dem Auto geschält.

»*Alors, je vous présente l'équipe de Paris* – ich darf euch mein Team aus Paris vorstellen. Das sind Olivia, Saba und Abdel. Sie werden uns bei unserer Aktion unterstützen.«

Seine Pariser und seine Straßburger *équipe* begrüßten einander freundlich. Nur bei Saba und Margaux fiel die Begrüßung etwas unterkühlt aus. Margaux hatte einen siebten Sinn für potenzielle Konkurrenz. Sie taxierte Saba von oben bis unten, sagte aber nichts. Saba nahm es gelassen, und auch Sturni beschloss, die atmosphärischen Spannungen geflissentlich zu übergehen.

»Straumann, Isinger, wir haben keine Zeit zu verlieren. Wo sind unsere Dienstwagen? Jede Minute zählt. Wir müssen ins südliche Elsass, zwischen Colmar und Mulhouse.«

»Das ist außerhalb unseres Zuständigkeitsbereichs.«

Bernard Isinger war zwar ein hervorragender Ermittler, aber auch ein hoffnungsloser Klugscheißer. Er musste noch ein wenig flexibler werden, wenn er es mal zum *commissaire* bringen wollte.

»Es handelt sich um einen Notfall! Weitere Informationen gibt es an unserem Ziel. Mir nach!«

Er bestieg einen der Dienstwagen, der von einem Uniformierten gesteuert wurde. Sein Sohn und Margaux stiegen mit in seinen Wagen, während sich der Rest seiner beiden *équipes* auf die anderen Polizeiwagen verteilte.

Mit hundertachtzig Sachen und Blaulicht brausten sie auf der A35 gen Süden. Außer ihm wusste immer noch niemand, wohin die Reise gehen würde.

Bei Colmar verließen sie die Autobahn und fuhren auf Landstraßen weiter. Schon von Ferne war das Monstrum zu sehen. Nun dämmerte auch den anderen, wohin die Reise gehen würde.

Unaufhaltsam näherten sie sich in rasanter Fahrt dem direkt am Rhein gelegenen Areal: ein riesiger Betonklotz, daneben zwei kreisrunde Türme, davor ein Hafenbecken, das einen direkten Zugang zum Fluss gewährleistete. Der Oberrhein sorgte für das notwendige Kühlwasser. Das Gebäude strahlte etwas Morbides, Bedrohliches aus.

An der Pforte des Kraftwerks angelangt, zückte er zunächst seinen Dienstausweis, der ihn als Kriminalhauptkommissar der Straßburger Mordkommission auswies.

»Kriminalhauptkommissar Antoine Sturni von der Kripo Straßburg, ich möchte umgehend den Leiter des Atomkraftwerks sprechen!«

Der Pförtner lächelte nur müde und teilte ihm freundlich mit, dass nicht jeder dahergelaufene Polizeibeamte Zutritt zu einem Atomkraftwerk erhalte.

»Mir ist kein Mordfall auf dem Gelände des Kraftwerks bekannt. *Désolé* – tut mir leid –, aber so einfach kommen Sie hier nicht rein.«

Inzwischen hatten die anderen Fahrzeuge zu ihnen aufgeschlossen und warteten vor der Schranke, die sie vom streng bewachten Bereich des Atomkraftwerks trennte.

Sturni war enttäuscht. Sollte dies bereits das Ende seiner groß angekündigten Aktion sein? Er machte sich lächerlich, vor seinen Inspektoren und den anderen Polizeibeamten, seiner Freundin und seinem One-Night-Stand, seinem Sohn und vor Olivia und Abdel. *Commissaire* Antoine Sturni scheitert beim Versuch, das Elsass vor einem atomaren GAU zu retten – am Pförtner …

Plötzlich fielen ihm sein Pariser Dienstausweis und das Begleitdokument ein, das er dazu erhalten hatte. Droumaguet hatte ihn zwar vom Dienst suspendiert, aber ihm seinen Dienstausweis und das vom zuständigen Minister höchstpersönlich unterzeichnete Begleitschreiben, wonach den Mitgliedern ihrer Spezialeinheit für ihre Recherchetätigkeit Zutritt zu allen Atomkraftwerken Frankreichs zu gewähren sei, nicht abgenommen. Was für ein Glücksfall!

Er kramte das Dokument, das er immer bei sich geführt hatte, aus seiner Jackentasche und reichte es dem Pförtner. Der studierte es lange, rieb sich die Augen und griff dann zum Telefon. Nach einiger Zeit kam ein Vorgesetzter, der sich wieder lange über das Dokument beugte und dann mehrere Telefonate führte.

Nach einer gefühlten Ewigkeit öffnete sich die Schranke, und ihnen wurde Einlass auf das Gelände des Atomkraftwerks gewährt. Er konnte sein Glück kaum fassen. Man hatte ihn also in aller Eile vom Dienst freigestellt, jedoch vergessen, diesen Umstand in die entsprechenden Computerdateien einzugeben. Er war hier immer noch ein mit allen Befugnissen ausgestatteter Sonderermittler der *police judiciaire* in Sachen Atomenergie.

»*Commissaire* Sturni, mein Name ist Augustin Morin. Ich bin der verantwortliche Direktor dieses Kraftwerks. Womit kann ich Ihnen dienen?«

Genauso hatte er sich das vorgestellt.

»Bringen Sie mich umgehend in das Kontrollzentrum des Kraftwerks.«

Morin schluckte seinen Ärger hinunter. Es passte ihm ganz und gar nicht, dass hier ein mit Sonderbefugnissen ausgestatteter Ermittler aufkreuzte, herumschnüffelte und Zugang in das Innerste des Kraftwerks verlangte.

»Die von Ihnen vorgelegten Dokumente berechtigen Sie dazu. Bitte folgen Sie mir.«

Auf dem Weg zum Kraftwerk hatte Sturni im Netz nach Informationen über dessen Direktor gesucht. Welche Überraschung: Morin war Absolvent des ominösen Postgraduiertenprogramms und gehörte der elitären Ehemaligenvereinigung an …

Der Direktor geleitete die ganze Mannschaft ins Zentrum des Kraftwerks. Sturni war schockiert darüber, wie marode und heruntergekommen es aussah. Alles hier wirkte technisch wie aus der Steinzeit, als es noch keine modernen Computer gab und das Internet noch in den Sternen stand. Er würde diesen Laden hier umgehend dichtmachen, und wenn es ihn seinen Job kosten sollte …

Im Kontrollzentrum fanden sie zu ihrem Erstaunen fast die gesamte Belegschaft vor. Alle starrten gebannt auf einen großen Bildschirm. Der Präsident der französischen Republik wandte sich gerade in einer aktuellen Ansprache zur Lage der Nation an seine *citoyens*.

Sturni konnte nicht länger warten. Er platzte vor Tatendrang, obwohl er letzte Nacht kein Auge zugetan hatte. Auf dem Weg hierher hatte er sich einige Notizen gemacht, mit welchen Worten er die umgehende Schließung des Kraftwerks anweisen wollte.

Nervös nestelte er nun an seinem Manuskript. Er räusperte sich und legte los:

»Meine sehr geehrten Damen und Herren – *Mesdames et Messieurs,* mein Name ist Antoine Sturni, ich bin Mitglied einer Sonderermittlereinheit der *police judiciaire,* die für die Sicherheit der Atomkraftwerke zuständig ist und vom Minister mit weitreichenden Befugnissen ausgestattet wurde.«

Wenn er schon seine nicht mehr existenten Kompetenzen hoffnungslos überschritt, kam es auf diese kleine Lüge auch nicht mehr an. Sie würde bei dem gegen ihn anstehenden Disziplinarverfahren kaum noch ins Gewicht fallen.

Er war etwas irritiert, dass niemand sich zu ihm umdrehte und ihm zuhörte. Alle starrten wie gebannt auf den Bildschirm, verfolgten schweigend die Rede des französischen Präsidenten. Sturni ließ sich davon nicht beirren, räusperte sich erneut und fuhr fort:

»Aufgrund akuter Sicherheitsmängel ordne ich das sofortige Herunterfahren des Atomkraftwerks an.«

Dazu war er keinesfalls befugt, aber er musste es zumindest versuchen.

Ein Raunen ging durch die Gruppe der anwesenden Mitarbeiterinnen und Mitarbeiter. Endlich eine Reaktion, freute sich Sturni. Das war auch ein Hammer. Da kam einfach ein Sonderermittler und ordnete an, das Atomkraftwerk unverzüglich abzuschalten. Das hatte bis jetzt noch niemand gewagt, obwohl es zuvor schon viele Versuche von Atomkraftgegnern gegeben hatte, das marode Kraftwerk zur Strecke zu bringen. Selbst französische Präsidenten hatten sich an dessen Schließung die Zähne ausgebissen. Komisch war nur, dass sich immer noch niemand zu ihm umdrehte, sondern alle weiterhin auf den Bildschirm mit dem französischen Präsidenten glotzten.

Zu seinem Erstaunen ergriff nun Direktor Morin das Wort:

»Meine Damen und Herren, Sie haben die Anweisung gehört,

der wir sofort Folge zu leisten haben. Bitte leiten Sie das Abschalten des Kraftwerks ein.«

Einige seiner Mitarbeiter reagierten unmittelbar, bedienten verschiedene Hebel und machten Eingaben an ihren völlig veralteten Rechenmaschinen.

Sturni konnte es kaum fassen, ihm fiel fast die Kinnlade herunter. Hatte er soeben die Schließung des gefährlichsten Atomkraftwerks Frankreichs bewirkt und somit das Elsass, Frankreich, ja vielleicht ganz Europa vor einem schlimmen Unheil bewahrt? Der Meiler wurde tatsächlich mit sofortiger Wirkung heruntergefahren, er hatte sein Ziel erreicht.

***

Hochzufrieden zog er mit seiner *équipe* wieder ab in Richtung Straßburg. Erst später erfuhr er, dass es eine gewisse Rolle gespielt haben dürfte, dass der Präsident in seiner Ansprache an die Nation die sofortige Einleitung einer Energiewende angekündigt hatte.

Der Artikel von Le Coq hatte sich wie ein Lauffeuer über das ganze Land verbreitet. Der junge und tatkräftige französische Präsident hatte umgehend eine Grundsatzrede anberaumt, die auf allen Fernsehkanälen Frankreichs und in den sozialen Netzwerken übertragen wurde.

Darin kündigte er den schrittweisen Ausstieg Frankreichs aus der Atomtechnologie an. Künftig wolle man nur noch auf regenerative Energiequellen setzen und massiv in diese Technologien investieren. Was Fukushima in Frankreich nicht bewirkt hatte, gelang der mutigen Zoé Le Coq. Frankreichs Fukushima hieß fortan Le Coq.

Der mit allen Wassern gewaschene Präsident nutzte die Gelegenheit und ordnete noch in seiner Fernsehansprache werbewirksam als erste konkrete Maßnahme die sofortige und längst überfällige Schließung des ältesten, zufälligerweise im Elsass stehenden Atomkraftwerks an – just in dem Moment, in dem Sturni seine Heldentat vollbrachte …

28
Banges Warten

Die Karawane fuhr mit Blaulicht, Vollgas und einem Hochgefühl im Bauch zurück nach Straßburg. Für seinen Sohn Christian war er mal wieder der Held, auch wenn ihm nicht zu hundert Prozent klar war, was da gerade vor sich gegangen war.

Sturni selbst war etwas mulmig zumute. Ihm war durchaus bewusst, was er gerade angestellt hatte. Vor seinem inneren Auge listete er die Dienstvergehen und sogar Straftaten auf, die er soeben begangen hatte, Amtsanmaßung und einiges mehr – er stand mit einem Bein im Gefängnis.

Zurück im *hôtel de police* entließ er zunächst die uniformierten Polizisten. Anschließend lud er seine beiden Teams noch auf ein gemeinsames Mittagessen ein, bevor Olivia, Abdel und Saba sich wieder auf den Weg nach Paris machen würden. Auf Olivia wartete ihre Arbeit im Louvre, und auch Abdel und Saba mussten wieder ihre Frondienste verrichten.

Sturni selbst wusste nicht so recht, was er nun anstellen sollte. Er beschloss, den Ball flach zu halten und einfach mal abzuwarten. Offiziell war er beurlaubt und sollte erst übernächste Woche wieder seinen Dienst als Leiter der Mordkommission in Straßburg antreten. Solange er nicht verhaftet wurde oder anderweitige Anweisungen erhielt, hatte er also zwei Wochen bezahlten Urlaub …

Wie selbstverständlich steuerte er vom Polizeipräsidium aus im Gefolge seiner Getreuen das *Corde à Linge* an, sein Lieblingsrestaurant in Straßburg. Der Blick von der Terrasse des Restaurants auf die an der Ill liegenden Fachwerkhäuser, die kleinen Fußgängerbrücken und die Schleusen, durch die die Touristenboote – wie am Canal Saint-Martin – nach oben beziehungsweise unten bewegt wurden, war für ihn einer der schönsten Straßburgs. Er atmete tief durch und war froh, wieder zu Hause zu sein; schließlich war das *Corde à Linge* so etwas wie sein zweites Zuhause.

Olivia war begeistert von Straßburg und löcherte ihn mit Fragen zur Geschichte der Stadt. Sturni kam in Bedrängnis; auf einmal wurde ihm bewusst, wie wenig er im Grunde genommen über seine Wahlheimat wusste. Er nahm sich vor, sich bei Gelegenheit einmal intensiv mit der Stadtgeschichte zu beschäftigen. Abdel und Saba waren ebenfalls hochzufrieden und genossen es, dem Pariser Großstadtdschungel und ihren harten Jobs für kurze Zeit entfliehen und einige unbeschwerte Moment erleben zu dürfen – schließlich standen sie gerade unter »Polizeischutz«, eine Abschiebung war damit nicht zu erwarten.

Sturni war gerührt, wie froh Straumann und Isinger darüber waren, dass ihr alter Chef wieder an Bord war. Sie mussten sich aber noch etwas gedulden. Er würde erst in zwei Wochen wieder im *hôtel de police* erscheinen.

Christian überschlug sich mit Fragen, was soeben im Atomkraftwerk eigentlich vorgefallen war und was das überhaupt ist – Atomkraft.

Nur Margaux blickte sauertöpfisch drein. Sie schien die Affäre zwischen Antoine und Saba zu spüren, konnte aber nichts beweisen und ihm daher keine Vorhaltungen machen. Er beschloss, es dabei zu belassen, da er sein junges Glück nicht durch die Beichte eines One-Night-Stands unnötig belasten wollte. Sie würde sich schon beruhigen, sobald er wieder dauerhaft in Straßburg war.

***

Nachdem er Olivia, Saba, Abdel und den treuen 2CV verabschiedet hatte, verbrachte er den restlichen Tag mit Margaux und Christian im *Parc de l'Orangerie*. Es war noch kein endgültiger Abschied von seinen Pariser Freunden. Er würde noch einmal zurückkehren, um seine restlichen Sachen abzuholen. Außerdem gab es noch etwas, das er unbedingt erledigen wollte.

Die nächsten Tage verbrachte er gespannt wie ein Flitzebogen. Täglich studierte er nicht nur die *Dernières Nouvelles d'Alsace*, sondern auch ganz entgegen seinen sonstigen Gewohnheiten die überregionalen Zeitungen. Jeden Vormittag stürmte er zum Briefkasten, seine endgültige Suspendierung vom Dienst befürchtend, doch es geschah – nichts.

In den Medien wurde sein Freund Cédric Zeller als der große Held gefeiert, der den letzten Willen seiner ehemaligen Liebe Zoé Le Coq vollstreckt und das Kartenhaus der französischen Atomindustrie zum Einsturz gebracht hatte. Es war völlig konsequent und logisch, dass Le Coq ihm das brisante Papier vor ihrer Ermordung hatte zukommen lassen, damit er es veröffentlichen konnte, falls ihr selbst etwas zustoßen sollte. Schließlich waren die beiden einmal ein Paar und gehörten zur *crème de la crème* der unabhängigen Journalisten. Zeller spielte mit und verheimlichte – natürlich in Absprache mit seinem alten Freund – Sturnis Rolle bei der ganzen Geschichte.

Nach einigen Tagen war Sturni klar, dass er damit durchkommen würde. Seine eigenmächtige Aktion im elsässischen Atomkraftwerk war nicht von Belang. Das Kraftwerk wurde auf Anordnung des Präsidenten der französischen Republik abgeschaltet, die heldenhafte Rolle von *commissaire* Antoine Sturni interessierte keinen. Sein Glück ging sogar so weit, dass niemand – nicht einmal die Uniformierten, von denen er nicht wusste, wie gut sie auf ihn zu sprechen waren – den Vorfall gegenüber Bouget erwähnte. Direktor Bouget war im Präsidium so verhasst, dass keiner auf die Idee gekommen wäre, ihn zu verpetzen.

Für ihn würde also alles beim Alten bleiben, und das war genau das, was er sich sehnlichst wünschte. Selbst Margaux' Wut war nach einigen Tagen verraucht. Sie war nicht der Typ, der dauerhaft eingeschnappt und eifersüchtig sein konnte, schließlich war sie selbst auch kein Kind von Traurigkeit. Was in Paris auch immer geschehen sein mochte, blieb in Paris; sie hatte ihren Antoine zurück, und das war das Entscheidende für sie.

Bevor er seinen Dienst in Straßburg wieder antrat, konnte er sich demnach in aller Ruhe dem Anliegen widmen, das er unbedingt noch umsetzen wollte. Er führte mehrere Telefonate mit Gilbert Kleitz und Cédric Zeller, bevor er sich noch einmal nach Paris begab.

Epilog

An seinem letzten Abend in Paris hatte er alle seine Pariser Freunde und Weggefährten noch einmal um sich versammelt und in die *Tonnellerie* am Canal Saint-Martin eingeladen. In der *Tonnellerie* hatte sein Paris-Abenteuer im Grunde erst richtig begonnen. Ob Bouget ihm nun etwas Gutes tun oder ihn zwangsversetzen wollte, war ihm mittlerweile gleichgültig. Sturni hatte diese Erfahrung fürs Leben geprägt, er war ein anderer Mensch geworden. Mit einem gemeinsamen Abendessen im Kreise seiner Freunde wollte er diesen Lebensabschnitt angemessen beenden.

Olivia, Abdel, dem sein *patron* zur Feier des Tages freigegeben hatte, Saba, Gilbert Kleitz, Cédric Zeller und er hatten es sich an einem großen Tisch vor dem Restaurant direkt am Kanal gemütlich gemacht. Obwohl Abdel heute nicht in der Küche stand, schmeckte das Essen, wie immer, ganz vorzüglich.

In der großen Politik war inzwischen einiges passiert. Der jungdynamische Präsident hatte den durch Le Coqs tragischen Tod verursachten Stimmungsumschwung in Sachen Atomenergie für sich genutzt und eine Hundertachtzig-Grad-Wende vollzogen. Innerhalb seiner Bürokratie und auch bei den Staatskonzernen räumte er gehörig auf. Es kam zu einer Entlassungswelle vieler Spitzenbeamter und einiger Manager in Staatskonzernen, darunter etliche Mitglieder des Alumni-Klubs …

»Hast du etwas von den Ermittlungen in den Mordfällen Wanzecki und Le Coq gehört?«

Sturni wandte sich an Gilbert Kleitz. Zwar hatte man diesem beide Fälle entzogen, doch wäre er eigentlich der ermittelnde Kommissar, wenn sich nicht höhere Instanzen eingeschaltet hätten.

»*Silence absolu* – es gibt eine totale Kontaktsperre! Ich mache diesen Job schon seit vielen Jahren und habe mir im Lauf der Zeit ein gutes Netzwerk aufgebaut. So etwas habe ich aber noch nie erlebt. Wo auch immer ich bei meinen Quellen anfrage, wird gemauert und geschwiegen. Die meisten wissen nichts, und diejenigen, die etwas wissen könnten, haben Angst, mir etwas zu erzählen. Es wurde wohl eine Ermittlereinheit auf höchster Ebene eingesetzt, die direkt dem Generaldirektor der *police nationale* untersteht. Im Fall von Le Coq ist sogar der Inlandsgeheimdienst mit im Boot, da der Sprengstoffanschlag als Terrorattacke eingestuft wurde.«

Sturni erinnerte sich schmerzlich an seine Begegnung mit den beiden grauen Herren.

»Die Spezialeinheit und der Geheimdienst sollen die Morde nun aufklären.«

Eine Sache fuchste Sturni ungemein. Er war grundsätzlich zufrieden, wie sich die Dinge entwickelt hatten. Le Coq hatte einen riesigen Skandal aufgedeckt. Trotz zweier Morde – und er ging nach wie vor von einem Zusammenhang aus – war es den mutmaßlich Verantwortlichen nicht geglückt, ihre Machenschaften unter der Decke zu halten. Zeller und er hatten es verhindert und damit in Frankreich ein Erdbeben oder besser einen antiatomaren Tsunami ausgelöst, der die ganze Industrie überrollt hatte. Jetzt wurden endlich Konsequenzen gezogen gegen diese *folie,* diese Verrücktheit, die hochgefährlich war und sich nicht einmal wirtschaftlich rechnete, wie Le Coq belegt hatte. Der Lobby, die über Jahrzehnte von diesem hochgefährlichen Geschäftsmodell profitiert hatte, ging es endlich an den Kragen.

Leider hatte er die dumpfe Befürchtung, dass die Mörder von Wanzecki und Le Coq trotz – angeblich – größter Bemühungen der Ermittlungsbehörden nie gefunden würden. Als leidenschaftlichem Ermittler in Mordfällen konnte ihn das nicht zufriedenstellen. Kleitz schien seine Gedanken erraten zu haben.

»Wenn du meine persönliche Einschätzung haben willst, dann werden die Mörder und erst recht die Hintermänner niemals zur Rechenschaft gezogen werden. Man hätte die Fälle der Pariser

Kripo überlassen sollen. Ich hätte nichts unversucht gelassen, die beiden Morde aufzuklären, aber jetzt sind mir die Hände gebunden, und Ermittlungen auf eigene Faust könnten mich meinen Job kosten. Das hat man mir klar zu verstehen gegeben.«

Sie sahen sich desillusioniert an. Beide waren aus dem gleichen Holz geschnitzt. Die Vorstellung, dass die Morde an Wanzecki und Le Coq ungesühnt bleiben könnten, war für sie unerträglich.

»*On verra* – man wird sehen.«

Cédric Zeller schaltete sich in das Gespräch ein. Er verfügte über Kontakte bis in die höchsten Ebenen der Politik, hatte Zugang zu Insiderinformationen. Seit der Veröffentlichung von Zoés Artikel war er endgültig zum großen Star in der Szene avanciert.

»Gerade gibt es einen Machtkampf innerhalb der französischen Elite. Der Präsident gegen die pro Atomkraft eingestellte Bürokratie und die Lobbyisten der Branche. Natürlich hat der gewiefte Fuchs sein Fähnchen nach dem Wind gedreht, aber das soll ja auch schon in anderen Staaten vorgekommen sein.«

Vor einigen Jahren hatte die deutsche Kanzlerin eine ähnliche Kehrtwende vollzogen.

»Die Lobbyisten der Atomenergie hat diese Wende kalt erwischt. Der Präsident hat seine *chouchous* von heute auf morgen im Regen stehen lassen. Mehr noch, er nutzt die Gelegenheit und kehrt mit einem großen Besen durch die hohe Bürokratie und die Chefetagen der Konzerne, auf die der Staat Einfluss hat, und setzt weitestgehend ihm genehme Leute ein. Wir werden sehen, wie der Machtkampf ausgeht. Vielleicht werden die Mörder an Wanzecki und Le Coq irgendwann geschnappt. Offiziellen Quellen zufolge arbeitet man mit Hochdruck daran. Dass man die Auftraggeber und Hintermänner jemals zur Rechenschaft ziehen wird, wage ich aber zu bezweifeln. Diese Morde wurden von langer Hand geplant und präzise, ja fast klinisch ausgeführt. Es gibt aktuell keine Spuren.

Die Ermittlungen nach den Hintermännern, wenn sie denn stattfinden, werden im Sande verlaufen, da bin ich mir ziemlich sicher.«

***

Sturni lehnte sich auf seinem Bistrostuhl zurück und blickte versonnen auf den Kanal. Wie wunderschön es hier doch war, alles wirkte so friedlich. Der Ort erinnerte ihn an die *Corde à Linge* mit seinem Blick auf das Wasser, den Schleusen und den verliebten Paaren. Wie paradox es doch war, dass er an diesem romantischen Ort vor wenigen Wochen zum ersten Mal in seinem Leben eine entstellte Wasserleiche gesehen hatte. Der Anblick steckte ihm immer noch in den Knochen, erzeugte ein leichtes Schaudern. Ein Ort perfekter Harmonie, der ein schreckliches Geheimnis barg, das er wohl niemals würde lüften können.

Als das Dessert gereicht wurde – *crème brûlée* und dazu ein süßer Dessertwein aus dem Bordeaux –, beschloss Sturni, dass es an der Zeit war, sich erfreulicheren Dingen zu widmen. Er hatte getan, was er konnte, und viel mehr erreicht, als er sich im Rahmen seines Aufenthalts in Paris hatte erträumen lassen. Direktor Bouget würde sich hüten, ihn nochmals in ferne Gefilde zu den angeblich größten Versagern der französischen Polizei abzuordnen. Da müsste er ihn schon ins Ausland – etwa nach Deutschland – entsenden, um ihm nochmals solche Angst einzujagen.

Mit einem Augenzwinkern gab er Zeller und Kleitz ein Zeichen, dass es nun an der Zeit sei, die große Überraschung zu präsentieren. Ohne die Unterstützung der beiden hätte er es niemals geschafft, ihre Kontakte waren einfach Gold wert.

»Saba, Abdel, ich habe noch eine Kleinigkeit für euch.«

Abdels *patron,* dem er mit einem Wink zu verstehen gegeben hatte, dass nun der große Moment gekommen war, hatte sich zu ihnen gesellt; er stand hinter Abdel und legte ihm väterlich eine

Hand auf die Schulter. Der *patron* hatte mehr Glück als Verstand gehabt. Nachdem man die illegalen Arbeitskräfte bei der Razzia aufgegriffen hatte, war er mit einer saftigen Geldstrafe davongekommen, durfte seine Lizenz jedoch behalten. Es hätte auch anders für ihn ausgehen können. Abdel hatte er trotz des hohen Risikos weiterbeschäftigt. Er war einfach zu gut, als dass er auf ihn hätte verzichten wollen.

Sturni reichte Saba und Abdel jeweils einen versiegelten Briefumschlag. Neugierig machten sie ihn auf und vertieften sich in die Lektüre. Beide lasen angestrengt das Bürokratenfranzösisch, was zumindest für Abdel eine echte Herausforderung darstellte, da er kaum Französisch lesen und schreiben konnte. Auf dem Briefkopf der Schreiben glänzte das Hoheitszeichen der französischen Republik. Sabas Gesicht erhellte sich, als sie verstanden hatte, was dieses Schreiben für sie bedeutete – eine dauerhafte Aufenthaltsgenehmigung in Frankreich, verbunden mit einer unbeschränkten Arbeitserlaubnis.

»*C'est incroyable* – das ist unglaublich –, wie hast du das nur geschafft?«

Sie fiel ihm überschwänglich um den Hals. Nun verstand auch Abdel, was dieses Blatt Papier für ihn bedeutete: ein neues Leben in Freiheit mit Rechten und der Chance auf eine sichere Existenz.

An ihren Gesichtern konnte Sturni erkennen, wie hart die Zeit für Saba und Abdel als Illegale in Frankreich und Paris gewesen sein musste. Beide strahlten wie die Honigkuchenpferde, der Stress der letzten Jahre löste sich in Wohlgefallen auf.

Er gab Saba einen Kuss auf den Mund – einen letzten –, zumindest nahm er sich das fest vor. Sturni musste sich eingestehen, dass er verliebt war in diese Frau, die ihn mit ihrer unbändigen Energie und ihrem Optimismus beeindruckte, den sie sich trotz aller Härten bewahrt hatte.

Das Leben nahm doch sonderbare Wendungen. Noch vor einem

Jahr hatte er sich in einer schweren Krise befunden. Nur zwölf Monate später war er glücklich, hatte eine bezaubernde Freundin in Straßburg und dazu noch eine Freundschaft plus mit Saba. Er wusste, dass dieser Zustand nicht von Dauer sein konnte. Er liebte Margaux, wollte etwas Neues mit ihr aufbauen. Dennoch genoss er die Momente mit Saba, wohl wissend, dass sie flüchtig bleiben würden. Ihm war klar, dass er Saba aufgeben musste, es ging nicht anders. Er konnte nicht beides haben, nicht auf Dauer.

»Auch ich habe noch eine kleine Überraschung für dich, Abdel, nicht ganz uneigennützig, muss ich gestehen. Da du nun mit einer Arbeitserlaubnis in Frankreich ausgestattet bist, würde ich dich gerne fest bei mir anstellen.«

Abdels *patron* zog bei diesen Worten ein Papier aus der Tasche.

»Hier ist dein Arbeitsvertrag, du musst nur noch unterschreiben, gesetzliche Ferientage und Sozialleistungen inklusive. So einen hervorragenden Koch wie dich finde ich doch nie wieder. Ich würde mich sehr freuen, wenn du mein Angebot annehmen würdest.«

Abdel konnte sein Glück kaum fassen. Man sah ihm an, wie die Anspannung und der Druck von ihm abfielen, die Angst, jeden Tag aufgegriffen und abgeschoben zu werden. Endlich würde er sich in Frankeich frei bewegen können, konnte arbeiten, ohne Angst vor einer Razzia zu haben. Vielleicht würde er es bis zum französischen Staatsbürger bringen, der erste Schritt war jedenfalls gemacht. Schnell unterschrieb er den angebotenen Vertrag und reichte ihn seinem *patron*, der ihn trotz seines illegalen Status immer gut behandelt hatte – vielen seiner Kollegen in der Gastronomie war es nicht so gut ergangen wie ihm.

Dabei lebte die so viel gerühmte Pariser Gastronomie von ihnen – den Illegalen. Ohne sie hätte die Hälfte der Cafés und Restaurants in Paris wegen Personalmangels geschlossen.

***

Sturni blickte versonnen auf das Wasser und ließ seine Gedanken schweifen. Er vermutete, dass hinter den Morden an Le Coq und Wanzecki ein mächtiges Netzwerk stand, an das er niemals herankommen würde. Es blieb im Dunkeln, abstrakt, vage und unnahbar – *opaque* –, er hasste diesen Begriff, der so gar nicht mit seinem Berufsethos vereinbar war. In gewisser Weise hatte er bei diesem Fall versagt. Seine Aufgabe war es, Mordfälle aufzuklären, die Täter zur Strecke zu bringen. Ein himmelschreiendes Unrecht an zwei mutigen Menschen würde wohl für immer ungesühnt bleiben.

Der moralisch ach so erhabene Antoine Sturni musste sich allerdings eingestehen, dass auch er getrickst und seine Kontakte – Kleitz und Zeller sei Dank – ausgenutzt hatte, um an die Aufenthaltsgenehmigungen für Saba und Abdel heranzukommen.

Doch das war natürlich etwas völlig anderes. Kleine Mauscheleien – *magouilles* – für einen guten Zweck waren in Ordnung, selbst für einen französischen Polizeibeamten.

Er drückte Saba fest an sich und genoss seine letzten Momente in Paris.